美国路人

刘骁骞

著

新经典文化股份有限公司
www.readinglife.com
出 品

前言

大约十年前,当我刚开始构思第一本书的时候,我做过一个小的调查:我列出自己喜爱的几个作家,想知道他们是从自己的第几本书开始渐入佳境的。

"第三本!"我既得意又懊恼地把这个发现告诉一个朋友。"要不然你跳过前两本,直接从第三本写起?"他建议说。

这当然是玩笑话,但这些年我的确会忍不住去想自己的第三本书将是什么样的题材和长度。有时它离我那么近,仿佛唾手可得,有时我又觉得它遥远极了,尤其是在一些困难和失望的时刻,这样的时刻并不算太少。

当我越来越清晰地意识到第三本书将和美国有关时,我开始感受到一种前所未有的压力。这个国家已经被太多人书写,用不同的语言,在不同的时代,而他们中不乏地球上最伟大的作家。似乎再多一本,也只会是陈词滥调。

然而,疫情发生了,随之涌现的风暴让很多久居此地的侨民、甚至是土生土长的美国人都对周遭感到陌生。我就是在这个独特的时期开启了走遍美国的行程。在旅行被认为是禁忌的二〇二〇年,我去到了美国三十多个州,并在接下来的几年时间里继续拓宽地理和认知的疆域,同时也一再地故地重访。后者对我来说是新的体验。

以风雪和严冬闻名的芝加哥和我过往熟悉的生理体验截然不同,却宿命般以一种无比温暖的姿态接纳我这个过客。更重要的是,它让我有机会用一种置身其中的视角观察美国广大的腹地,而不是站在东西岸的制高点上俯视它。如果不是这座城市,这会是一本完全不同的书。

所以,我想把这本书献给芝加哥。

目 录

第一章
石头总统 / 飞越之地 / 历史课

1

第二章
战场 / 城市暴乱 / 午夜民兵 / 看守人

51

第三章
神话 / 私刑 / 南方遗产 / 棉田梦魇

131

第四章
消失的学校 / 寻骨 / 野蛮人 / 恶土之旅 / 回归

195

第 一 章

石头总统

飞越之地

历史课

最先出现的是一家石店。在那之前，我们租来的一辆老款美式跑车已经在黑山森林起伏的绿浪中迷失太久，这栋三角形屋顶的木屋如同一根突然出现的浮木，瞬间拦截住淹溺的视线。和散落在广阔腹地的同行们一样，南达科他州的卖石人把一车车堆满矿石的货柜径直陈列在公路边，还分门别类地贴上手写的价格标签，仿佛农夫集市上最新鲜的蔬果。

在美国各地，石头总让我驻足，它们是旅途中的一连串逗号。得克萨斯州的石店一到午后就难寻店主，推门进去，只有散发着铁锈味的寂静。但这并不妨碍生意，想要什么只需自觉把钱留下即可。有一回我从马尔法长途驱车前往奥斯汀，终于在一家石店外遇到店主。"这里卖化石吗？"我问。"如果不算我的话，那就没有了。"老人回答。这是得州人如矿石般粗糙的幽默感。

拉斯维加斯是一个例外，那里的霓虹招牌醒目得从高空机窗内都能昼夜无阻地看清，但石店却把自己藏了起来。在撒哈拉大街一栋外墙被刷成粉色的平房里,从月光石到沙虎鲨的牙齿,再到半人高的巴西紫晶洞,全被塞进了狭长走廊的柜台里。它们向徘徊的顾客投去委屈惊恐的眼神,仿佛在暗示自己沦落于此只因一场失意的赌注。

我原本计划下午六点从拉皮德城出发,到拉什莫尔山只需要半个小时车程,完全赶得上特朗普在晚上八点过后才开始的独立日集会。本地新闻提及印第安人会组织一场抗议,但路线和时间未定。为此我还在前一天冒雨拜访了城里一个苏族的办事处,露面的人很友善,但说的不多,因为担心抗议遭到警察的埋伏。离开时我们交换了手机号码。

快三点的时候,我突然收到他的短信,是一个直播链接。刚点击进去,画面就卡顿了,但能听见嘈杂的背景声:人们在叫喊、印第安风格的音乐、手持扩音器的嗡嗡声、风声。

我询问抗议的具体地点,但没有得到回复。

直播画面时断时续,只见一大群人站在马路中央,两边是山林,没有路标。几辆白色面包车头尾相连地把道路封住了,有人爬上车顶,举着印有标语的纸板。一面倒着的星条旗系在长杆上,上面用黑色墨水写着"偷窃的土地"。身穿荧光色短袖上衣的是警察。

在线收看直播的人数很快就超过了五千,我点开评论区,发现这个狭小的空间里正进行一场横跨美国的争辩。

"我从密西西比州为你们祈祷。"

"天啊,最讨厌这种集体闹剧。又不是学步的孩童,想要什么就乱喊乱叫。"

"我在夏威夷观看直播,献给你们爱和尊重!"

"被忽视只能说明太弱了。"

"你会说拉科塔语吗？否则就给我闭嘴！"

"当这块土地被掠夺时，美国只有民主党，去学学历史吧！"

"'川粉'知道自己快输了，所以才这么歇斯底里。"

"根本不存在土地被偷走，因为没有人真正拥有它。原住民只是更懂得保护地球罢了。"

"新冠肺炎影响到 Wi-Fi 信号。"

"有谁觉得特朗普挺性感的吗？"

七月的第一周，中西部的白日冗长得像大选年的政论节目。但只要想到一年中很大一部分时间这里都被茫茫大雪覆盖，就有一种洋洋得意的侥幸。一开始，我还专注地搜寻人群聚集的迹象，但很快就被车窗外的丘陵农场吸引住。一卷卷干草垛像是切好的瑞士卷，均匀地点缀在辽阔又略带起伏的草地上。

刚下飞机的那天，我就注意到了它们。从前我只在西部电影和油画上见过这种圆形的草垛，误以为它们只出现在秋收的季节。和新鲜感同时出现的还有一种身心畅快的熟悉感。机场大厅的自动门一打开，闷热空气扑面而来，遥远天际闪现出无声的白色雷电。在那一刻，我仿佛又回到了南美洲那些心无旁骛的历险。

像这样全然把自己交付给路途的感觉实在太好了。凭借过去十年的亲身经历，我相信它是这个职业最理所应当的状态，直到搬来美国。

我是从二〇一九年夏末开始在美国生活的。最开始的四个多月我待在华盛顿特区，生活在那里的人们像坚信最完美的正装搭配是一盒蔬菜沙拉那样，深信通往新闻真相的捷径是一栋栋由特警把守的新古典主义建筑。

在被彻底催眠之前,我搬到了芝加哥。我决定在这里重整旗鼓,以诺曼·梅勒笔下"美国最后的伟大城市"为起点,耐心地认识这个已经被前人说尽的陌生国度。再深谙劫数的算命师大概也预料不到,特朗普政府赠予我的"乔迁大礼"是一张驱逐令,同时袭来的还有新冠疫情。我根本分不清哪一个在前,哪一个在后。

短短几个月的时间里,整个世界都颠倒了。人们互相告诫和提醒,紧紧抓住过去不仅徒然,还是一个极其错误的想法。也因为如此,当我嗅到一丝熟悉的气味,即使非常微弱,也能立刻辨识出来。

基斯通是通向拉什莫尔山的最后一个驿站,这个常住居民不到四百人的小镇完全依靠旅游业而生。唯一的街道上充斥着速食比萨饼店、恶评如潮的星级酒店、总统雕像的纪念品。当地旅游局狡黠地将它比喻成一块游客的磁铁,我倒觉得更像血管上的增生。

然而在离基斯通只剩五分钟车程的岔口,一块临时路障阻拦住去路,我们无法正常左拐。这是前方出现抗议的征兆。和我同行的美国摄像师虽然年轻,但有很好的方向感,我们乐观地相信如果一路向西,途经希尔城,就能从另外一个方向抵达拉什莫尔山。

和它的英文名"Hill City"所暗示的一样,希尔城是一座普通的山间小城。由于不在常规的朝圣路线上,光顾此地的估计是一小撮精力旺盛的游客和迷路的记者。不过对于"总统山"年均两百万访客的庞大基数来说,只要一点零头就能让这里香火常焚。

一过希尔城,244号公路的标识就出现在墨绿色的路牌上。

从导航上看,这条连接拉什莫尔山的州道仿佛是随意划出的曲线,完全没有透露它是一条跨越陡峭地势的盘山路。在逶迤爬升的过程中,能时不时瞥见远处悬崖上的公路,像一条出没在松林间的银环蛇。

间或有几辆车迎面而过,说明前方的道路是通畅的。

然而当我们刚开过马贼湖的拐弯,就看见路肩上有人在挥手,身后停着几辆皮卡。

他们是国家公园的护林员,戴着卡其色的宽檐圆帽,卡通片里童子军的打扮。我摇下窗。

"请往回开,这里有交通管制。"

"我们是记者,要去拉什莫尔山采访。"

"你们应该走16号公路。"

"那条路被封了,所以我们才绕来这里。"

护林员有些犹豫,我感到一丝希望。

突然,车后方传来急促的警笛声,他拔腿跑开了。只见一辆警车快速通过,后面又跟了一辆铁灰色的面包车,可能载着特勤局或者白宫的随员。护林员向呼啸而过的车辆比了一个允许通行的手势,但显得有些多余。

他又回来。"你们先停到前面。"

原来,十几米外还有一道警察的关卡。然而谁也不知道该如何处理我们,只是手举对讲机互相转述着这个可能是当天唯一的突发状况,直到一个组长模样的警察从山坡上小跑下来。

"能出示一下活动证件吗?"他有些喘。

"我们不进特朗普集会,只要去基斯通采访。"我下意识不提抗议。

"抱歉,没有证件就不能放行。"

我们原路下山。盛夏的夕照一巴掌打在脸上,像是嘲讽,一想到可能会两手空空地回到拉皮德城的宾馆房间,山景也愈发显得单调和重复。我心里琢磨着找人问路,但一直没有开口。

美国人不喜欢问路。这一点在我雇用过的每一个美国摄像师身上都能体现,他们更愿意看地图或者相信直觉。每当我提议向路人求助时,他们总是一脸尴尬和为难。我正好相反,我信奉"路在嘴边",更何况没有一个借口比问路更容易和当地人攀谈了。

然而在返回希尔城的路上,完全看不见人烟。远眺湖景的房车营地是空的,山脚下的废弃农舍则散发着腐败的气息。有一阵子甚至连手机信号都消失了。因此当石店巨大的广告牌出现在路边时,我立刻提议在此稍作停留。

店铺前的空地上铺满碎石,步履再轻盈的人走在上面都显得有些聒噪,这或许能防盗。我趴在玻璃门上向内张望,一张"营业结束"的挂牌和疲惫失望的脸交会在玻璃的反光中。这时我才觉察到夏令时的欺骗性,虽然天光明亮,但黄昏已经逼近。

拉什莫尔山坐落在山岭的另一端,找到横穿的通道,至少从理论上是行得通的。

最终,我们孤注一掷地选择了一条朝西的小路,一头扎进松林中。像这样的路径有很多,其中一部分很快就中止在陌生人的家门口,剩余的选择往往通向更多的岔口。心算能力的欠缺让我意识不到抵达终点的几率到底有多少,然而寻路从来都不是一道数学题。

车窗外时暗时亮，树林密集的时候，我们像是行驶在一个由枝叶编织的隧道中。前方闪过一辆红色皮卡，但很快就把我们甩掉了。摄像师说能隐约听见带有节奏的鼓声，我竖起耳朵，只听见松林间的风声。

循着听觉上的海市蜃楼，我们把一个又一个岔口抛在身后。目光所及之处，唯一的道路向前延伸。在经过一块顶端被夕阳染成金色的巨大山石后，两边的视野渐渐打开。一条溪流出现了，有时在车的左边，有时又绕到车的右边。在一块开阔草甸的边上，停着几辆房车。一家老小把折叠椅摆成一排，对着空荡的山谷，那里应该是今夜烟花燃放的方向。

终于，市井独有的喧嚣传至耳边，街道和房屋的轮廓在松林的缝隙间逐渐浮现，直到我们像一条挣脱渔网的游鱼一般抵达基斯通。

* * *

新冠疫情把美国人的日程都无限期延后了，小至理发，大至结婚。但谁也没有特朗普这么着急。从二〇二〇年三月特朗普在白宫玫瑰园正式宣布美国进入"国家紧急状态"后的整整三个月里，他从未举行过一场线下竞选集会。要知道在二〇一六年美国总统大选时，特朗普常常一周七天都在各地举办见面会，有时甚至会在同一天现身三个不同的州，工作强度堪比最资深的美国空中乘务员。

这些马拉松式的竞选集会吸引了一百四十多万美国人到场参

加。一众电视评论员甚至将这种面对面的拉票方式归结为特朗普胜选的重要原因之一。他们自诩不凡地指出在距离大选投票日倒数一百天内,特朗普在六个摇摆州举行集会的时间比民主党总统候选人希拉里多出了百分之五十。

牛奶比水便宜的威斯康星州直接被当作典型。或许是过于迷信民主党在"美国奶酪之都"的号召力,希拉里在那最关键的一百天内竟从未踏足威斯康星州半步,只是象征性地派出自己和前总统克林顿的独生女为自己走过场。

威斯康星州虽然称不上绝对的蓝州,但历史上还是更偏民主党,该州最大城市密尔沃基以盛产民主革新派市长和啤酒著称。上一次共和党总统候选人在威斯康星州获胜还要追溯至一九八四年的罗纳德·里根,那一年寻求连任的里根凭借经济复苏的功绩赢得全美国五十个州中四十九个州的选票。除了明尼苏达州外,民主党票仓集体沦陷。

与希拉里形成鲜明对比的是,特朗普在大选季前后六次前往威斯康星州"路演",并最终以不到一个百分点的优势拿下威州。

一厢情愿也好,事后诸葛亮也罢,还有什么能比威斯康星州更能说明二〇一六年美国大选的"黑天鹅"事件源于希拉里竞选团队的一次误判?的确,作为美国选举制度的重要组成部分,竞选集会一直是投票结果揭晓前为数不多能够量化候选人受欢迎程度的工具之一。

在相当长的一段时间里,即使是共和党中最富想象力的那群人也无法预见特朗普的势头,直到二〇一五年八月特朗普在美国最保守州之一的亚拉巴马州举行了一场竞选集会。在美式狂欢节的起源地莫比尔，特朗普的见面会最开始安排在一个酒店里，但竞选团队很快就意识到入场券抢手极了，于是把活动场地升级到了空间更大的莫比尔文娱中心。然而，报名人数持续暴涨，不少人甚至千里迢迢从西岸赶来。

最终，活动改到了能够容纳下四万三千名观众的拉得皮博斯体育馆。在这个当地一所高中美式橄榄球队的主场里，将近三万人参加了当天的集会，他们无视南方夏日黄昏时的酷暑，大排长龙，只为了见特朗普一面。

在一张流传甚广的照片中，当穿着白色皮鞋和白色长裤的特朗普走向现场观众时，一个身着粉色紧身背心、满脸狂喜的年轻母亲将怀中的金发宝宝递向他，让那双因美黑过度而略显橘色的大手触碰孩童幼嫩的脸颊，仿佛它们拥有点石成金的魔力。这样的画面很容易让人联想起教皇出访时的情景，信徒们争先恐后地想让那位身披白袍的老人触碰自己，深信生理的绝症能因此痊愈，心灵的顽疾能得以康复。年轻母亲的身后，有人高举一块手写的纸板："感谢上帝和耶稣为我们带来了特朗普！"

美国有线电视新闻网（CNN）评论道：这场声势浩大的集会是特朗普在美国各地拥有广泛支持的最早征兆。

候选人和选民当面接触，让选民感觉自己被关注和重视，从而对候选人心生好感，投出自己的选票——再也没有比这更牢靠的因果关系了，尤其是在当前民粹主义盛行的美国！也因为如此，无论是特朗普自身，还是相当一部分社会舆论，都坚信举办大型的线下集会对特朗普在二〇一六年大选中的胜利起到至关重要的作用。

然而美国政治学界始终对这种因果性持怀疑态度，因为直到今天也没有任何确凿可靠的证据来证明这一点。

就职于美国埃默里大学的政治学教授阿伦·阿布拉莫维茨借助统计学的回归分析法，以全美国五十个州以及华盛顿特区为观察对象，研究了二〇一六年美国大选的选票差额和两位总统候选人在各州举行集会天数的关联性。他的研究结果显示，政治集会对大选结果并没有显著的影响。

过去数十年来，类似的学术研究在美国政治研究圈比比皆是。除了实际投票结果，有的则是以集会举办前后的民调差别作为因变量。然而绝大多数研究都有些站不住脚，因为它们无法弥补观察性研究在这一个主题上的致命性缺陷：举办政治集会的地点都是由竞选团队精心挑选而出，有的是选情极其胶着之地，这意味着经费投入更大，当地民众早已被电视、报纸和广播上的竞选广告狂轰滥炸了一番；有的举办地本来就是该候选人支持率很高的选区，毕竟谁都不想热脸贴冷屁股。这么一来，根本无法将竞选集会的作用隔绝出来独立观察。

庆幸的是，美国大选民调专家、得克萨斯州大学奥斯汀分校的政治学教授达伦·肖在二〇〇六年进行了一次史无前例的实验。当时，时任得州州长里克·佩里寻求连任，而早期民调显示佩里和对手旗鼓相当，于是达伦·肖劝说佩里的竞选经理配合自己的学术研究而随机选择州长的竞选集会地点，理由是州长可以通过实地实验得知适度或者激进的竞选日程哪一个对他更有成效。

事实证明，只要敢开口问，就有百分之五十的成功率。让达伦·肖吃惊的是，这位得州历史上任期最长的州长竟然同意了！

条件是他只给出三天时间，而且每天必须要有至少四场活动。

达伦·肖把整个得州按照美国媒体市场地图划分成二十个区域，这意味着每一个区域的选民可以接收相同的电视和广播电台节目，尽量排除不同媒体上竞选广告的差异而产生的影响。

于是，从二〇〇六年一月十日至十二日，肖每天随机选择四个区域举行见面会，一共十二个区域，即十二个实验组；剩下八个没有举行活动的区域则成为对照组。

达伦·肖雇用的调查公司会在竞选集会举行的前一天、第二天和一周后随机电话采访选民对佩里的支持度。

这个研究虽然存在不少瑕疵，但却从设计上满足了随机性的最根本要求，从而极大提高了研究结果的可信度。

最终，达伦·肖的团队在二〇一二年发表了学术报告，研究结果让外界颇为意外：竞选集会的确提高了州长佩里在当地选民间的支持度，但同时也提高了对手、民主党州长候选人克里斯·贝尔的支持度！颇有一种伤敌一千、自损八百的荒谬感。

如果说，向总统候选人解释竞选集会可能无助于提高胜选几率是一场完完全全的徒劳，那么就更难向他们说明支持率的下跌和不办竞选集会无关。

虽然线下竞选活动因防疫政策全部取消，但特朗普还是利用主场优势，日日出席白宫疫情简报会，从而获得大量媒体直播的机会。根据统计，他至少参加了三十五场简报会，累计讲话时间高达二十八小时。而这些宝贵的直播时间原本是给安东尼·福奇这样的传染病专家向处于恐慌中的美国民众通报疫情进展和抗疫举措的，却被特朗普挪用来攻击政敌，发表种族仇视言论。

如果不是因为民调下滑，特朗普恐怕会一路霸屏下去。

时间到了五月下旬，震惊世界的"弗洛伊德事件"发生，以明尼阿波利斯为代表的城市暴乱在美国各地出现，越来越多美国人走上街头加入了反种族歧视游行。

像所有成功的商人一样，特朗普也深谙任何一场危机中都隐藏着商机。很快，他决定重启线下竞选集会，并将首场活动安排在俄克拉荷马州的塔尔萨。

这个消息很快就在社交媒体炸开了锅。从表面上看，中西部的俄克拉荷马州是共和党的票仓，生活着全美国最保守的白人，在那里举行疫情暴发后的首场竞选集会，对特朗普来说再合适不过。然而举办城市是美国历史中一个抹不去的污点，一九二一年塔尔萨发生过一场骇人听闻的种族大屠杀，一个被称作"黑人华尔街"的富裕非洲裔街区被当地的白人至上主义者付之一炬，至少有三百名非洲裔美国人被杀害，尸骨全被扔进了乱葬岗。

其实，特朗普并不是第一个在塔尔萨留下足迹的共和党白人总统候选人，尼克松和老布什都曾在那里办过规模不小的竞选集会。特朗普的问题出在时机：弗洛伊德事件掀起了美国数十年来最激烈的种族问题讨论，而他和他的支持者们因其言论和形象愈发被看作是白人至上主义的代名词，每一次大规模集会都让人联想起美国南方历史上的三K党聚会。

火上浇油的是，这场集会的举办日期定在了纪念黑奴解放的联邦法定节日"六月节"。在那些极度厌恶特朗普的美国人眼中，即将发生在塔尔萨的竞选集会就是一次事先张扬的挑衅行为。

即使是对种族话题并不感冒的人也对特朗普的决定感到不安。

当时，死于新冠的美国人已经超过十万，感染人数更是日以万计，而疫情"震中"也正从美国东西两岸向广阔的内陆转移。传染病专家认为，像是竞选集会这样的大规模群聚活动很有可能导致塔尔萨及周边地区的新冠病例激增。

特朗普并不理会，特别是当竞选团队告知有超过一百万人申请了塔尔萨集会的入场券后，他多半觉得自己将再造当年在亚拉巴马州的传奇。

然而现实给了特朗普当头一棒。实际入座率远远低于预期，能够容纳将近两万人的俄克拉荷马州银行中心体育馆当晚只有三成观众，主办方被迫把外场的外围活动都取消了。

似乎连特朗普本人都更愿意相信，这场首秀的"翻车"源于TikTok美国网红们呼吁粉丝订票后缺席的恶作剧，而不敢去仔细琢磨一大片空座位背后更深层的原因。

从塔尔萨归来后，特朗普几次被抓拍到衣冠不整、心烦意乱的落魄场面。虽然几天后他按照拟定的行程前往威斯康星州的一家造船厂，出席一笔金额不小的联邦政府合同签署仪式，还顺道在军用机场附近参加了一场小型的市民大会，但无论是出访性质，还是活动规模，都不足以和塔尔萨相比较。

很快到了七月。在美国，七月四号很可能是一年中除了感恩节和圣诞节外最重要的节日。它是美国的独立日，相当于国庆节。然而如果只是出于爱国的角度，似乎并不能准确地反映这个节日在美国人心目中的地位：独立日是唯一发生在盛夏的联邦假期。

对于冬长夏短的美国中部和中西部腹地，当五月底的"阵亡将士纪念日"到来时，天气乍暖还寒，而九月初的"劳工节"则标志着夏季的结束。只有独立日假期能够让全体美国人无忧无虑地外出游玩，而不用担心寒潮的突袭。即使是那些惧怕节日交通拥堵而选择在家过节的人，也会在后院组织一场烤肉，或者参加当地的踩街游园活动。无论是城市，还是乡村，都会举办大型的烟花表演作为独立日庆祝活动的高潮。

对于寻求连任的总统候选人来说，没有哪一个节日比独立日更适合举办大规模竞选集会了。在举国同庆的气氛中夹带竞选的私货几乎是一种惯例，而他们通常都有两个选择：低调省钱的就直接在白宫南草坪办一场酒会，而高调烧钱的则会前往地方大操大办。

特朗普显然不可能是前者。他不仅要躲开被抗议人群环绕的白宫，还要去一个不允许燃放烟花的偏远地方：拉什莫尔山。

"是的，我偏要在那里放烟花。"特朗普在一档播客节目中大声宣布。

* * *

九十年代中国东南沿海的小学校园里经常出现一类推销员：他们操着浓重的外地口音，在班主任的带领下出现在讲台上（这时通常离下课还有五至十分钟），从手边的行李箱里取出各种新奇古怪的商品，包括第一代的坐姿矫正耳机（只要头离桌面太近，无线耳机就会发出尖锐刺耳的响声）、儿童版的百科全书（印刷质量堪忧）、《儿童心理学》（以学生家长为目标受众）。我人生中的第一张世界地图就出自这样一个行李箱：这张儿童版的世界地图上没有国名和国界,唯一的关键信息是在各个大洲上彩绘出各地的名胜古迹:吴哥窟、泰姬陵、金字塔……在很长一段时间里,我每天醒来后做的第一件事就是在床边墙壁的地图上探索新的角落,入睡前则会在脑海中一遍又一遍地想象自己在各地名胜中遨游的情景。

我并不确定是否因为那张地图,我成为了一个浪迹天涯、四海为家的人。但我始终记得,在蓝色大洋对岸的那一块大洲的中央,画着一个"四头像"。我不知道他们是谁,为什么肩连肩地出现在那里,但那个近似于连体婴的怪异形象深深地印刻在我的记忆中,成为我对美国的最初印象。

和绝大多数外国旅行者一样,我最早的几趟美国之行都集中在东西两岸和南部的得州,但直到我正式搬来美国,从职业的角度展开美国地图时,第一个从潜意识中浮现出的就是当年的四头像。令我惊讶的是,将近三十年后,我对它的了解几乎没有增长。只知道头像属于美国历史上的四个总统,除此之外依然是零:我不知道它在哪里,甚至不知道它叫什么。

更让我诧异的是,当我用白描的方法(在搜索栏输入"总统"和"雕像")在网络上搜索它时,从屏幕上跳出的地名和形状如同矩形的州都陌生极了。然而真正让我退缩的是交通,从我当时居住的华盛顿特区到离它最近的拉皮德城至少需要转机一次,如果是航班紧张的日期甚至就得像接力一样不断换乘。

我再次将它遗忘,直至这个地点出现在特朗普的集会日程中:他将在拉什莫尔山举行二〇二〇年的独立日庆典。

从芝加哥直飞拉皮德城的航班每天只有一趟,再加上是支线小机型,通常在一个月前就预订一空。大多数乘客只能和我一样被迫在中部的交通枢纽丹佛转机。

这是我在新冠疫情暴发后第一次搭乘飞机,之前的几次外地采访都是驱车前往。虽然在经历两个多月的居家隔离令后,大多数美国人已经再也按捺不住,借助各式各样的理由逃出了家门,但离正常出行还极其遥远。航空巨头们轮番在电视上哭穷,宣称要恢复至疫情前的旅客量还需要几年的时间。这也是为什么当我踏入芝加哥奥黑尔机场时,立刻就被眼前的景象惊呆了:铺着蓝白方形大理石的出发大厅挤满了出行的旅客,如果不是因为人人都戴着口罩,仿佛穿越回了疫情前的世界。过了安检后,拥挤程度更甚,从一个登机口奔向另一个登机口的旅客既像一阵又一阵的潮水,也像迁徙的群鸟。

大厅两侧的航班信息显示屏透露了玄机。航班大减,蓝色屏幕上如同提早收摊的集市般空荡荡的,但一旦定睛观察,就会发现仅存航班的出发时间和抵达时间都非常接近,上午和下午各一个区间,每个区间大约一个小时。这样的安排很容易理解,机场能减少对地勤人员的需求,在一个班次内尽量多地处理抵达和出发的航班。

在那架从芝加哥飞往丹佛的飞机上,我经历了人生中最拥挤的一趟航班。这架能容纳三百多名旅客的波音飞机彻底满座,为了在行李架上寻找一个空隙存放最小尺寸的登机箱,我不得不在飞机过道上绕了整整两圈,最后只能交给更加手足无措的乘务员。

我环顾四周,乘客中既有儿童,一眼望去还以为座位是空的,也有白发苍苍的老人。人们佩戴的口罩也各式各样,有最常见的一次性手术口罩,也有防护度更高的 N95 口罩,但更多人用的是花里胡哨的布口罩,把坐飞机当作一个展示品味的时尚伸展台。

一个看上去六旬的白人皮肤晒得十分黝黑,每个从他身边经过的人先是一惊,随即莞尔一笑。原来他戴的布口罩客制化地印上了自己的下半张脸。"好看,好看!"有的人开口夸赞道。他打趣地回答:"活了半辈子从来没有人说我好看,戴上自己的'脸'反而被夸是帅哥!"

坐在靠窗位置的是一个美国女孩,其实我隔得很远的时候就看见了她,还在心里默默祈祷她不是我的邻座。虽然并不是每一个乘客都愿意正确佩戴口罩,有的人会把鼻孔偷偷露出来,但这个女孩把蓝白色的手术口罩径直拉到下巴处,让整张脸露了出来,浑然不在意其他人异样的眼神。然而冤家路窄,我的座位正好在她旁边。

我有些不安地入座,用余光打量着她。女孩看上去二十出头,扎着一个松散的马尾,无论是头发的颜色,还是小巧的五官,都会让人想起年轻时的朱迪·福斯特。她把鞋子踢了,腿屈起来放在椅子上。对于病毒的恐惧让我一刻也不想理睬她,但职业的本能又让我对她充满好奇。

她叫艾米丽,来自加州,计划利用独立日小长假就去找朋友。"我平时不看新闻,但疫情完全是小题大做,所以我毫不担心!"她轻松地摇摇头,蹿出的金色发丝像是昆虫的触角。"大家看起来都焦虑极了,口罩戴得紧紧的,既然这样为何飞机都坐满了?"她质问道,看我没有回答,进一步追问,"你的社交圈里真的有人死于新冠吗?"

在剩余的飞行时间里,我一直在思索她的问题。我刚搬来美国不久,还没结交什么当地朋友就碰上了疫情。艾米丽倒是很快恢复平常,她时而玩手机,时而打盹,口罩始终没有拉上去。

美国人把南达科他州这样的地方称作"飞越之地",指的是往返于东海岸(以纽约为核心)和西海岸(以洛杉矶为核心)的航班会从这些州的上空掠过,乘客只会透过机窗看见它们,从不会涉足停留。从广义上看,凡是在美国东西海岸之间的广阔内陆都被涵盖在内,但并不是所有符合条件的州都愿意得此"殊荣",因为他们深知这个词另有所指,并没有意象上那么美妙。飞越之地往往是落后的,充满乡土味的,游客避而远之的。虽然《国家地理》曾经从词的起源出发,连篇累牍地论证这个词并不带有贬义色彩,甚至引经据典将它拔高为中西部美国人对精英分子的防御,但反而有了一种欲盖弥彰的嫌疑。

"得克萨斯州算得上是飞越之地吗?"有网友问。

旅游博客的回答是:"并不算,飞越之地多指农村地区,像是内布拉斯加州、堪萨斯州这样的地方。"

"内布拉斯加州是飞越之地吗?"有网友留言。

内布拉斯加州旅游局的回答是:"说实话,我们被冠以此名的唯一原因可能是内布拉斯加州壮丽的航拍景致!"

事实上,不同地区的美国人对这个词的理解也不尽相同:如果你问芝加哥人,他们多半会告诉你飞越之地特指密西西比河和洛基山脉中间那个开阔得十分乏味的平原,是龙卷风和《绿野仙踪》的故乡;旧金山人则信誓旦旦地认为从加州中央谷地一直到芝加哥都算是飞越之地。然而纽约客对上述两个观点皆不赞同,在他们的常识里,凡是离纽约市一小时车程以外的地方全部属于飞越之地!

飞越之地这个词首次被《牛津英语词典》收录是在一九八〇年,但它其实在七十年代就已经出现在美国的流行印刷物上。那时候美国的城市化进程在经历了一百二十年后终于达到顶峰,每十个美国人中就有七个生活在城镇。然而如果你搜索这个词在过去半个多世纪的使用频率,会发现它和普通热词存在一个区别:词频在总体上呈攀升趋势,但这条曲线每隔几年就会出现一个极其明显的峰点。

或许你可以在脑海中想象一个挤满人的房间,人们高声聊天谈笑,但时段一过,房间就迅速安静下来,直至下一个时段到来时,喧哗又立刻出现,如此不断循环。

这种周期性暗示了飞越之地的另一个无法摆脱的语境:大选!

没有人会质疑纽约和加州对美国经济和文化的引领和塑造,然而一到大选季,它们的话语权就如同午夜刚过灰姑娘的美丽纱裙和南瓜马车一样,全都消失了。此时,只有飞越之地的意见才是最关键的,因为这里聚集着美国大选最重要的几个摇摆州,候选人们开始频繁光顾这些在平时只会一飞而过的地方,媒体也蜂拥而至。而这里的选民也充分意识到自己能决定这个国家的政治前景,于是常常用一种戏谑,甚至复仇的心态投出自己的选票,作为对东西两岸精英文化的复仇和嘲笑。虽然没有人比特朗普更能代表纽约的价值观,但不少美国政客依然把他在二〇一六年大选中的胜利称为飞越之地对希拉里式精英主义的报复。

坐在从丹佛飞往拉皮德城的航班上,我想起美国乡村音乐歌手贾森·阿尔丁的一首歌《飞越之地》，出生于佐治亚州的阿尔丁用几句简单灵巧的歌词勾勒出这个词在美国主流社会中的形象：

> 几个坐头等舱的伙计
> 从纽约出发飞向洛杉矶
> 一路靠聊天打发时间
> 时不时逗逗空姐
> 在俄克拉荷马州上空三万英尺的空间
>
> 数不清的方形玉米田和小麦农场
> 天啊！它们看起来一模一样
> 一英里接着一英里的乡间小道和高速路
> 串起了名字滑稽的小镇
> 谁会想住在这种鸟不拉屎的地方

不过，此刻从舷窗望出去，三万英尺下的地貌正在逐渐发生变化，平地被山峦取代。特别是当飞机向目的地靠近时，视野中出现了连绵的褐色沟壑，犹如巨鸟的爪子，有些长方形的房子建在沟壑边上，颇有一点秘鲁安第斯山区的韵味。我的视线跟随着一条在山坡间凿出的公路不断向前，然而毫无预兆地，环山路蜕变成一条普通的平地路，路的两边开始出现典型的美国郊区独栋房。山沟依然时不时出现，但已经披上了一层绿色，能看见稀疏的树林。在飞机降落前的五分钟，平坦的土地上散落着黑点，它们是南达科他州最常见的黑安格斯牛。

拉皮德城机场是一座支线机场，但因为坐拥美国最著名的地标之一，明显比同级别的机场更气派，建筑外观甚至能隐约窥见美国建筑大师弗兰克·劳埃德·赖特的影响。机场大厅的天花板上悬挂着一架银白色铁皮的老式双翼飞机，看上去像是一个做工粗糙的仿制品。这个陈设的唯一目的是为了提醒旅客离机场十几分钟车程的地方坐落着埃尔斯沃思空军基地。扶手电梯一侧的角落被改造成一个小型的图片展，几张黑白照片讲述的是南达科他州的航空史。

其中一张照片吸引了我的注意：平地上一架双翼飞机被一大群人紧紧包围，人群中有好几个头戴巨大羽毛头饰的印第安酋长，远处是缓缓的丘陵。照片拍摄于一九一一年。原来，那是南达科他州历史上的第一次飞行，飞机的完整部件是由当时世界上最大的飞机制造商柯蒂斯飞机公司通过铁路运到拉皮德城，再一块一块重新组装起来。然而在首飞时，飞机遇到晴空湍流，导致飞行员出现误判，把飞机降落在一片印第安人的营地里。然而这张图片的出现似乎并不是为了揭秘这一段小插曲，而是想要暗示印第安人并没有缺席南达科他州的现代化进程。

在另一张同样出现原住民的黑白照片中，一群穿戴着部落节庆服饰的印第安男女老少站在一架福特三电机航空飞机巨大的机翼下，仿佛一群惊恐的、迫切需要得到佑护的幼鸟。有人举起双臂，做出飞翔的姿势。

"欢迎来到全美国最具有爱国精神的城市！"旅馆前台是一个年轻的小伙，他低着头，职业性的笑容已经浮现在嘴角。当他抬起头时，一丝惊恐从脸上划过，因为我戴着口罩。

从走出机场的那一刻起,我就再也没有见过一个戴口罩的人。这并不奇怪。南达科他州是当时全美国为数不多从未执行居家隔离令的州之一,除了呼呼民众适当保持社交距离外,并未像其他州一样在服务行业推出严格的防疫规定。州长克里斯蒂·诺姆对于防疫的见解一直和美国整体的防疫形势相违背,他力挺独立日庆典活动的举办,唯一的妥协是将现场座位调整至七千五百个。即使知道一半的持票观众来自外州(很大一部分甚至来自当时疫情出现严重反弹的加州),也毫不松口:"我不会要求现场的观众戴口罩,美国人应该享受自由的权利!"

办理入住的旅客中也没有人戴口罩。一个短发、腰肢粗壮的白人中年女子在我前面,旅馆的伙计要她出示身份证件,她掏出一个鼓鼓的长夹钱包,费力地在里面翻找着,最终气馁地把钱包往柜台上一扔:"我今天开了七个小时的车,眼睛都花了,你自己找吧!"当我在心里通过车程时间猜测着她从哪里来时,她一脸不解地打量着我脸上的口罩。

新冠疫情难道还有让时光不断倒流的副作用?那时的我时常这么想。三月初我到旧金山采访"至尊公主"号邮轮的疫情,在芝加哥飞往旧金山的航班里,我第一次戴上口罩,其他乘客皆用惊恐的眼神看我,仿佛把我当成一个病入膏肓的病人。而在几天后的返程飞机里,从加州出发的乘客似乎已经意识到新冠病毒的高传染性,戴口罩的人明显变多,我在乘客中也不再那么显眼。然而回到芝加哥后,我又变成了极少数群体:路上的行人、地铁上的乘客纷纷投来异样、甚至责怪的眼神,仿佛我是一个天外来客。许多旅居美国多年的华人试图从文化的角度为美国人的固执行径开脱，称在美国只有生病的人才戴口罩，可他们却无法解释为什么同根同源、且天性更加自由散漫的欧洲人已经用口罩捂得严严实实。

几个礼拜后，芝加哥疫情四溅，市民开始争抢口罩，许多干洗店甚至把旧衣服和裁剪下来的布料缝制成布口罩，即使标上每副二十多美元的高价，也很快被预订一空。我家附近的几个韩裔干洗店老板娘连日伏案赶工，像极了安徒生童话中用荆棘编织斗篷的受难公主，在被运往刑场的路上都没有停下过一刻。但即便如此，也赶不上顾客登门询问的速度。

当我以为终于从口罩风波中解脱出来时，却发现自己再一次陷入其中。惊恐的神情像是接力似的出现在拉皮德城每一个和我迎面而过的人脸上。我办理完入住手续后，拖着行李箱走进宾馆的电梯。电梯间里有一家四口，年轻的父母带着两个孩子，看见我时往后退到角落中。缓慢上升的狭小空间非常安静，能听见钢丝绳咯吱咯吱的声响。

踱步在拉皮德城中，你会有一种置身于主题公园的错觉：每个路口都矗立着一座真人大小的总统铜像，目前一共有四十四座。每座铜像的神态和动作各异，有朝着一家家具店脱帽致意的卡尔文·柯立芝，也有拿着羽毛笔、坐着撰写《独立宣言》的托马斯·杰斐逊，小布什的腋窝下夹着爱犬"巴尼"。不同年代的美国总统隔街而立，但眼神从未交错，似乎互相轻视又忌惮。这个依然处于进行时的项目始于二〇〇〇年，资金主要来自私人捐款。客观地说，这些大多出自本地雕刻家之手的铜像栩栩如生，给整体颜色呈浅褐色、十分单调的拉皮德城增添了一些趣味。

天空乌云密布,但丝毫没有影响城中游客的兴致,餐厅和酒吧人满为患,街道两侧停满了挂着邻州牌照的吉普车。然而我知道这远远不是拉皮德城游客最饱和的时候,城市中随处可见斯特吉斯拉力赛的宣传册和海报:每年八月的第一个星期,拉皮德城以北半小时车程的斯特吉斯都会举办世界上规模最大的摩托车拉力赛。在长达十天的赛程中,约有五十万人将涌入这个人口只有六千多人的小镇,届时拉皮德城的大小旅馆都会被拉力赛的外溢效应填满。虽然防疫专家一再劝告州政府取消这一年的活动,避免大型聚众引发区域性的疫情传播,但无论是组织方,还是绣满文身、朋克打扮的摩托车手都嗤之以鼻,后者坚信新冠肺炎不过是普通流感,很多人甚至怀疑疫情是否真的存在。

拉什莫尔山上一次放烟花已经是二〇〇九年的事了。过去十年来,公园管委会和当地的消防部门顾虑到山火和地下水污染的隐患,严禁在黑山森林燃放烟花。二〇一九年五月,共和党籍州长向白宫献策,想要用烟花把总统引来总统山。知情人士称,这个点子果然让特朗普大悦,顺利地在白宫内部会议上讨论通过了。

为了保证烟花表演如期举行,各级部门在申请流程上大开绿灯。主管部门美国国家公园管理局在最新的调研报告中宣称燃放烟花不再会导致负面影响,和环境专家的看法背道而驰。即使几个月后新冠疫情在美国暴发,州政府也不愿取消计划。细心的人发现,在疫情暴发前出炉的独立日庆典活动审批报告中,存在一个题为"人体健康和安全"的四页章节。然而到了活动前夕,这个章节悄然消失了。

我沿着海恩斯大道一直往北走,手机导航显示一家原住民权益机构的办公室就在这条街的某个拐角。然而每个路口的实际距离比地图上显示的要远得多,一个红绿灯接着另一个红绿灯。灰色的天空渐渐飘起雨丝,很快就把我的头发打湿了,我开始后悔没有开车来。直到海恩斯大道快要和14号国道交会时,一栋双层灰色小楼才终于出现。楼房二层的外墙还在装修,但从装潢保护纸的缝隙能看见美洲野牛的漆画。

这里是"防御、发展和去殖民化联合会"的总部,入口处悬挂着印有机构缩写"NDN"的牌匾:三个字母被设计成了血书的效果,而"D"形似一把镰刀,添加了一点红色共产的味道。联合会成立于二〇一八年,在其发起的一系列维护原住民权益和环保的倡议中,最引起外界注意的是一项要求关闭拉什莫尔山的请愿:"刻有总统雕像的纪念碑是一个建在偷窃土地上的白人至上主义和种族主义的图腾!"在特朗普将要光临总统山的消息传出后,联合会立刻表示反对,不但在社交媒体上打出了"归还土地"的主题标签,还计划在活动当天组织抗议以堵住特朗普和其他活动嘉宾的到来。

透过玻璃门能看见一楼大厅里一群身穿橙色圆领衫的年轻人正用粗头水彩笔在硬纸板上涂涂画画,墙边立着一大把竹竿。侧边的小门有人出入,我向其中一人说明来意,他点点头,回到楼内找来联合会里负责外联部门的人。出来的人个头不高,看上去四十岁左右,右脸颧骨的位置有一块食指指甲大小的深棕色胎记。他介绍自己的拉科塔语名字是"猫·铁·秀",但可以叫他安德鲁。

在我接触过的原住民组织成员中,不少人会带有一种与生俱来的警惕和称不上敌意的紧张感,但安德鲁出乎意料地温和,说话声也轻轻的。他指了指屋内，说志愿者们正在准备示威的横幅和海报。我问会有多少人参加抗议。"大多数示威者是生活在城里的原住民学生，"安德鲁解释说，"这里到处都是无视防疫规定的游客，很多部落成员因此不敢来城里，担心把新冠病毒带回部落。"

我记得曾经读到一些新闻报道，疫情已经在一些原住民保留地蔓延。普林斯顿大学的研究显示，原住民是美国少数种族中新冠致死率最高的群体。

我问安德鲁除了拦路外，是否还会组织其他的抗议活动。他十分谨慎，含糊地说可能会在城中一栋很高的白色建筑上放示威投影。可惜我不是本地人，否则就能轻而易举地猜出他暗示的是城中的彭宁顿郡监狱。

同安德鲁告辞后，硕大的雨点如同轰炸机携带的炸弹般落下，我跑进一间只有几平米大小的书店躲雨。外头一时电闪雷鸣，街道也被雨水淹没。正当我一筹莫展时，雨势突然变小，天渐渐亮了起来。又过了一小会儿，天空彻底放晴，回归到一个夏日的晴朗午后。

* * *

我决定在黄昏前去一趟拉什莫尔山，因为隔天一大早那里就会被特勤局封锁起来，为总统之行做地毯式安全排查。

一离开拉皮德城的地界，路的两边就时不时冒出一些恐龙的雕塑，有的甚至高达几十米，远远地就能看见恐龙的小脑袋和它细长的脖颈。我的脑海中立刻浮现出传奇毒枭巴勃罗·埃斯科瓦尔的脸。几年前我去哥伦比亚麦德林采访，在埃斯科瓦尔生前的那不勒斯庄园里见到许多水泥质地的恐龙雕塑，是毒枭为自己的孩子打造的恐龙主题的游乐园。毒枭死后，政府试图抹去麦德林贩毒集团的活动印迹，拆掉了气派的别墅，还用水泥填平了游泳池，唯独一座座巨型恐龙雕塑存留了下来，让庄园弥漫着一种荒诞诡异的气息。

沿途的恐龙雕塑唤醒了我当年的感触，不过几年后当我驱车拜访了南达科他州更多的区域，对这个州的了解也更加深入后，才知道这些史前动物的雕塑并不只是一种马戏团性质的道具。南达科他州是全球最著名的恐龙化石挖掘地之一，在这里挖掘出许多重磅级的恐龙化石。其中最负盛名的要数一九九〇年出土于夏安河原住民保留地、和主持发掘的古生物学家同名的霸王龙"苏"，它是迄今发现的最大、最完整的恐龙化石。然而和南达科他州许多令人费解的土地归属权问题一样，苏也逃不过所属权纷争的魔咒：无论是出资挖掘的黑山地质研究学院，还是土地所有者威廉姆斯夫妇，抑或是原住民保留地的行政管理者苏族部落，都认为自己才是苏的合法拥有者。这场官司持续了多年，最终以威廉姆斯夫妇的胜利收场。

车开过基斯通小镇后，山路盘旋而上，能明显感觉到海拔不断攀升。和美国许多匪夷所思的地名起源相比（例如芝加哥的意思是"浓味洋葱"），黑山的名字直接而形象，它源于拉科塔语"Paha Sapa"，意思是"黑色的山"。因为如果从四周的平原眺望，这座拔地而起的高山被松林覆盖，山体终年呈黑色。考古学家的研究显示，苏族的祖先至少在数千年前就已经出现在黑山一带。虽然他们以狩猎美洲野牛为生，过着游牧般的生活，但至少在欧洲殖民者抵达美洲的几百年前就已经在黑山建立了一定规模的定居点，至今依然能够找到古代的墓穴和举行宗教仪式的遗址。

黑山神秘而壮丽的形象以及祖先的生活印迹使得现代苏族人将它视为圣山。在一八六八年美国联邦政府和大平原原住民签署的第一份条约《马溪条约》（又称《拉勒米堡条约》）中，黑山被明确划分为"大苏族保留地"的一部分。条约规定除了政府事务和贸易的需要，任何美国人不得无故进入保留地。一旦"坏人"在保留地侵犯原住民权益，将依法被逮捕和惩罚。如果要对条约进行修改，必须获得全体原住民成年男性中四分之三的签名。

然而，该条约几乎刚签署就被联邦政府单方面违约了。当时黑山地区发现了大量黄金，在白人殖民者和淘金者的施压下，国会通过法案允许白人从苏族人手中购买黑山，然而这个举措遭到包括"坐牛酋长"和"疯马酋长"在内的多位著名原住民领袖的强烈反对。

联邦政府并没有善罢甘休，而是采取了另一种更冷酷的手段。那时候西进运动正大规模地进行着，大平原地带的生态环境遭到了严重破坏，而作为苏族人主要蛋白质来源的美洲野牛被拓荒者疯狂猎杀。美国博物学家艾温·威·蒂尔曾在他著名的自然文学作品《美国山川风物四记》里，反思了白人拓荒者肆意猎杀美洲野牛的行径："他们割下牛舌、撕下牛皮后，就把野牛的尸体随意丢弃，每一个季节送到东岸市场的野牛皮革都多达上百万张。"

失去食物来源的苏族人被迫不断迁居，联邦政府于是借机要求原住民搬至指定的地点，违反者将被视为敌人。一时间，小规模的冲突和战役频繁发生。而对于搬迁到指定区域的苏族人,联邦并没有履行承诺,常常以克扣口粮为威胁强迫他们签署新的条约。最终,十分之一的苏族成年男性迫于饥饿在新的条款上签字,允许农民和矿工移民侵占黑山。此时距离《马溪条约》的签署还不到十年。

一九二三年,走投无路的苏族人一纸状书将联邦政府告上美国联邦索赔法院,指控联邦政府对黑山的所有权违背了《马溪条约》,并要求获得相关赔偿。这个案件经过了极其烦琐的法律程序,前后竟然持续了好几十年,苏族人的代理律师甚至包括后来四次担任南达科他州州长、作风高调的比尔·詹克洛。到了二十世纪八十年代,美国最高法院最终做出判决,认定联邦政府的做法违反了《马溪条约》,苏族人应得到约一亿美元的经济赔偿。不过苏族人拒绝了这笔赔偿金,要求联邦政府归还黑山。这一亿美元就这样躺在联邦政府印第安事务局的账户里,算上利息如今已经超过十五亿美元,而黑山的土地纷争至今未得到解决。

当车向山顶驶去,窗外风景如画,逐渐西斜的太阳给松林的顶端染上了柔软的金黄色,实在很难想象这样的风景背后竟然藏着这么一场旷日持久的人间悲剧。在行车导航显示距离目的地不到五分钟的时候,雕刻着总统硕大头像的岩石毫无预兆地从松林的树梢间闪露出来。刚要仔细看,它又被山石遮挡住,仿佛在和我玩捉迷藏。就这样重复了好几次后,松林和山石都从视线中下沉,半空中只剩下总统的面庞,如同一张悬挂在天际间的幻灯片。

我已经无数次看过总统山的照片,但那一刻内心还是微微震动了一下。那几张脸仿佛正从岩石中生长而出,栩栩如生,有一种生命力。与此同时,他们又如同被岩石牢牢地禁锢住,随时会被山体吞噬掉。虽然气势颇为壮观,但周遭环境之僻远,给眼前的景象增添了一种荒诞的气氛。

能够像这样吸引旅人的目光、甚至让他们驻足停留,是工程构思者的初衷。一九二三年,南达科他州历史学家多恩·罗宾逊率先提出在黑山修建一个以歌颂美国西部史为主题的纪念碑,旨在刺激该州的旅游业。罗宾逊认为,没有人比美国雕塑家古松·勃格兰姆更有资历来主持这个项目,因为当时勃格兰姆正在佐治亚州亚特兰大以北二十多公里的一座巨型石山上雕刻工程浩大、但如今备受争议的"联盟军领袖纪念浮雕"。一开始,勃格兰姆以日程冲突和黑山地形崎岖、工程难度过大为由拒绝了罗宾逊的提案,差一点错过了这个让他扬名立万的机会。然而没过多久,石山工程出现资金问题,再加上勃格兰姆和工程管理委员会在创作自主权上存在严重分歧,早已心猿意马的勃格兰姆决定在黑山赌上一把,并于一九二五年正式和石山工程分道扬镳。

罗宾逊的倾力邀约使得勃格兰姆在黑山项目中获得了高度的自主权,他很快排除掉其他主题,决定采用美国历史上最具影响力的四个总统的头像。确认主题后,勃格兰姆开始在黑山的奇峰怪石中选址,最终在综合考虑了能见度、岩石质量和工程难易度后选择了拉什莫尔山。

也许因为时间已晚,停车楼里的车不多。通过几条标识清晰的水泥台阶,纪念公园的入口近在眼前,而宽敞通道的尽头就是总统山,山脚下有一个露天看台。我在出发前就从官网上得知公园由于疫情处于半开放状态,但无法确定齐腰高的、拦截住"州旗走廊"的铁栏杆是出于防疫目的,还是为了隔天的独立日庆典。所幸总统们的头像十分巨大,即使保持一段距离也能看得一清二楚。我像其他人一样爬上两侧种着松柏的小坡,很容易就拍到了没有任何遮挡的石头总统的照片。

根据勃格兰姆的设计,头像朝东北方,在保证岩石坚硬度的同时也能在一天中获得长时间的日照。但此时已过晚上八点,黄昏的余晖沉入山头的另一端,四个总统的脸庞笼罩在淡淡的阴影中。我仔细观察起这座被称作"山"的陡峭岩壁,它其实是一块灰白色的花岗岩,半山腰铺满了体积相仿的碎石,或许是开凿过程中散落的石料。

山名"拉什莫尔"源于十九世纪末一个名叫查尔斯·拉什莫尔的纽约律师。一八八五年,年仅二十八岁的拉什莫尔受雇于几个东岸商人到黑山附近的埃塔矿洽谈锡矿生意,旅行期间他对黑山的地貌印象深刻,尤其是一块高耸入天的花岗岩。拉什莫尔问身旁的当地向导这块岩石叫什么名字,向导回答说它还没有名字:"要不我们现在就给它起名吧,就叫作拉什莫尔峰!"

这一段过往并非谣传,而是被详实地记录在一九二五年拉什莫尔寄给多恩·罗宾逊的一封信中。他在信里回忆起这段往事:"事后没多久,华盛顿特区的土地办公室就把那块岩壁记录为'拉什莫尔山'。"已经年近七旬的拉什莫尔还专门澄清了一件事:"我来自纽约,而非传言中的费城!"

游客们围绕在铁栏杆外,很多人是全家出行,能看见各个年龄段的孩童和青少年,不同肤色的家长们似乎都把这行程当作一次难得的爱国主义教育。有人举着一张五美元的纸币拍照，纸币上印着林肯的头像，这和举着一张二十元人民币在桂林漓江拍照如出一辙。但我心中一紧，因为这张脏兮兮的纸币很快被旁人借走，最后在人群中传来传去。一旁的冰激凌店大排长龙，一双双摸过钱的手很快又举起了甜筒。

我走进另一旁的纪念品店，宽敞的店铺里能找到各式各样的画册、钥匙扣、巴掌大小的总统雕像模型。除了一些以总统山为主题的纪念品外，其他商品和我在费城独立宫里见到的一模一样，都是一排又一排美国总统们的玩偶。落地旋转卡片架上放着印有不同时期总统山照片的黑白明信片，很多是局部，仿佛想让我们借助鼻子的走向或者眼窝的形状辨认总统。有一张照片是拉什莫尔山开凿前的模样，肆意起伏的岩壁上布满褶皱和深深浅浅的裂痕，仿佛九旬老人伸出的掌纹凌乱的手心。

没有比拉什莫尔山更成功的打造旅游城市 IP 的案例了，几乎是从开凿的那一刻起，它就开始出现在明信片和海报上。虽然工期将持续几年甚至几十年，但公众都乐此不疲地脑补它竣工后的模样。在最热情的一众支持者中竟然包括了时任美国总统卡尔文·柯立芝，它素来低调沉默、有"冷酷卡尔"之称。柯立芝现身一九二七年总统山的奠基仪式，他身着西装领带，搭配长筒牛仔靴，在露天演讲中宣布了四个总统的雕刻顺序，为日后工程申请联邦资金和私人捐款铺平了道路。

根据勃格兰姆的蓝图，总统的雕像应该包括整个上半身，但最后的成品只有四个头像和"国父"乔治·华盛顿若隐若现的衣领。莫非勃格兰姆经手的大工程都有半途而止的宿命？

说来有些蹊跷，一九四一年，长期受鼻窦炎困扰的勃格兰姆决定通过手术摆脱顽疾，但手术没有成功，几天后他在芝加哥死于术后并发症。勃格兰姆的去世直接导致总统山工程的中断，虽然他的儿子接过主持的重担，试图推进工程，但"大萧条"给经济带来的后坐力依然严重，而潜在的资金和公众的关注都被混乱无序的二战转移了。然而雕刻成果已经基本实现了工程的目标，若是一掷千金继续开凿也只是锦上添花罢了。于是，拉什莫尔山国家纪念碑在一九四一年底正式宣告竣工。

在礼品店里能找到印有勃格兰姆和雕塑模型合影的明信片，我倒是觉得如今的"半成品"因为缺少着装和手势这些烦琐的细节，突显了总统们的神态和目光，反而更有力量。

从另一个角度看，工程的提前竣工可能让它因祸得福。一九四五年二战结束后，美国经济因为"战争财"和产业向高科技转型而进入黄金期，民众的消费欲望暴涨。同时，联邦政府加大对基础设施的投资，州际公路系统发展迅速，而诸如《退伍军人权利法案》的通过让更多美国家庭获得住房和教育的支持，从而有闲钱购买他们人生中的第一辆汽车。在各种因素的推动下，自驾游成为全国性的旅游热潮，而总统山恰逢其时地出现了，成了新兴的、适合驱车前往的旅游目的地。

在竣工后的半个世纪里，拉什莫尔山的热度始终不减，从普通民众到社会名流，都把这里当作必游之地。悬疑电影大师阿尔弗雷德·希区柯克甚至来这里为电影取景，在他的代表作《西北偏北》惊心动魄的最后五分钟，为了躲避凶残间谍的追逐，好莱坞当红硬汉加里·格兰特和身着紧身橘色套裙、脚踩细高跟鞋的爱娃·玛丽·森特在总统山陡峭的岩壁间爬上爬下，甚至还在开国元勋托马斯·杰斐逊的鼻孔底下出演了一场打戏（希区柯克最开始想让加里·格兰特在总统的鼻孔里打喷嚏），着实让石头总统们红到了好莱坞。

在拉什莫尔山最尊贵的访客名单中，没有人比美国总统更引人注目了，不少总统甚至在短短的任期内"二刷"此山。我想当他们抬头瞻仰前任们的面庞时，一定觊觎着岩壁上空余的区域吧。

然而过了新千年，来总统山的美国总统突然变少了。在特朗普宣布将亲历独立日庆典之前，唯一在任期内光顾此地的美国总统只有小布什。二〇〇二年，小布什以促进旅游业和环境保护为目的出访西部多个国家公园，拉什莫尔山国家纪念碑是巡回活动的其中一站。在四个石头总统如炬的目光下，他提到了"9·11"恐袭案（"只要我们怀抱自由，就一定有人想要伤害我们"），又提到了中国（"我和中国谈的时候，专门谈到了大豆，我要中国购买南达科他州的大豆"）。奥巴马则一直到两届任期的最后几个月才首次以总统的身份拜访南达科他州、正式成为"五十州俱乐部"的成员，但他却战略性地错过了总统山，完全不想回故地还愿。

如果没有地质灾难或者人为破坏，这些石头总统们能够完好无损地保存几百年、甚至上千年的时间，唯一发生变化的是人们的眼光。在美国，大规模讨论种族议题始于上世纪六十年代的平权运动，然而一直到本世纪第二个十年，它才因一宗又一宗引发全国关注的警察暴力执法案逐渐升级，如今耳熟能详的口号"黑人的命也是命"应运而生。也是从这个时期开始，更多的美国人开始重新审视曾经习以为常的邦联纪念碑和旗帜。

根据不完全统计，美国各地纪念邦联将领的雕像和建筑多达数千座。虽然它们中绝大多数位于美国南部，即南北战争时期维护奴隶制的邦联州的所在区域，但其实在北部、曾经的同盟州区域也能看见邦联将军的雕像，例如华盛顿特区司法广场就曾矗立着一座邦联军准将阿尔伯特·派克的雕像。

"南像北移"有很多原因。南北战争结束后，一些南方居民在向北迁徙的过程中，很自然地将他们无法割裂的政治信仰带到北方。文史学领域也曾经掀起一种"败局命定"的思潮，将邦联军的失败浪漫化为美国传统老派骑士面对贪婪恶毒、歌颂个人主义的北方而寡不敌众的结果。更关键的是，不同历史时期的地方政府对于南北战争的评价也会发生变化。最具代表性的要数矗立于波士顿市中心的"战士和水手纪念碑"，在这座建造于南北战争结束后不久、旨在纪念同盟军牺牲战士的纪念碑上，竟然出现了邦联军战士的雕像。这个在日后备受争议的决定，其实反映了当时社会中悼念战争受害者（无论为何方而战）号召南北团结的一种政治呼声。

很长一段时间里，美国人在报刊、电视上讨论着历史清算的可能性和必要性，但最先"动手"的是南卡罗莱纳州的查尔斯顿。二〇一五年，这座美国游客量常年排名第一的历史名城发生了一起震惊全国的血案，一名年仅二十二岁的白人至上主义者冲进当地的一个非洲裔教堂，开枪射杀了九名正在参加圣经讨论会的非洲裔教民，其中包括了教堂牧师、前州议员克莱门塔·平克尼。犯案前，一脸稚气的枪手曾在社交媒体上发布了许多手持邦联旗的照片，而即使在看守所的牢房里，他也依旧在日记里写道："我不后悔所作所为,也不会为无辜的死者流一滴眼泪。"这让民众意识到深埋在美国社会中的种族仇恨思想正在以邦联旗为媒介,转化为具体行动。最终,南卡罗莱纳州议会在经过数日激烈的讨论后,通过投票决定降下飘扬在州议会大厦上空数十载的邦联旗。

真正让"降旗"的潮流开始向"拆碑"升级的是两年后的弗吉尼亚州。二〇一七年八月,包括"新纳粹"在内的多个白人至上主义组织成员在弗吉尼亚州的夏洛茨维尔举行了名为"联合权利"的极右翼集会,反对市议会拆除邦联军传奇将领罗伯特·李(俗称"李将军")雕像的提案。离华盛顿特区仅一河之隔的弗州曾经是邦联州中人口最多、实力最强的,然而历史名城夏洛茨维尔却有另一个身份:和美国许多大学城一样,它被认为是一块进步主义的飞地。这也是为什么早在数年前,当地市议会就开始围绕拆除李将军雕像的可能性展开讨论。

极右翼集会上,高喊白人至上主义口号的示威者手持火把,点亮了夏洛茨维尔的漆黑夏夜。这样的场面很容易让人联想到美国历史上臭名昭著的三K党集会,但更让外界惊讶的是,示威者都是极其年轻的白人男性,其中甚至有在校大学生。冲突持续数日,最终以一名新纳粹分子驾车冲撞人群、造成一死十九伤的惨剧而收场。

事实上,弗州极右翼集会发生的几个月前,南方的新奥尔良市率先拆除了当地一座李将军的雕像,成为官方记录中全美国第一个拆除邦联雕像的案例,但这个决定只引起了地方性的讨论和抗议。虽然矗立在夏洛茨维尔的李将军的铜像直到二〇二一年才最终被拆除、铜像被熔化,然而当汽车冲撞人群的恐怖画面一经主流媒体和社交平台曝光，立刻把美国人看得瞠目结舌，更多人开始相信邦联雕像所象征的种族主义正在复活。

在一系列事件和情绪的酝酿之下，二〇二〇年美国大规模反种族歧视抗议将历史清算的诉求推上顶峰也就不足为奇了。当美国人凝视一座雕像时，不再只是从审美的角度匆匆一瞥，而是开始留意雕像人物的生平背景、雕刻者的身份，甚至是资金来源，并用更加苛刻的眼光来评定这些信息。越来越多的历史人物被放入黑名单中，包括曾经被美国人歌颂的探险家哥伦布和一些开拓大西部的先驱，他们代表种族灭绝真凶的这一个面相转到了舞台的正中。

正是在这个时刻，苏族人愚公移山般的古老诉求和美国当下的主流意识在时代的十字路口相遇了。

当美国人再次抬头仰望总统山时，看见的不再单纯是伟大的美国总统，而是带有种族主义斑迹的历史人物。

开国元勋乔治·华盛顿是名副其实的蓄奴者。根据史学家的研究，华盛顿一生拥有过数百名黑奴，并在第二个总统任期亲手签署了《逃亡奴隶追缉法》，允许奴隶主跨州追捕逃跑的奴隶。当我还在华盛顿特区居住时，拜访过半小时车程外的华盛顿故居"弗农山庄"。在华盛顿去世前，有一百二十三名黑奴在庄园里工作生活。曾经供黑奴居住、一间挤下八人的小木屋也在开放参观的范围内，但游人寥寥，如潮的访客都对开国元勋的假牙展览更感兴趣。

推动西进运动的托马斯·杰斐逊虽然在公开场合反对蓄奴，称奴隶制是"道德的恶魔"，但史学家普遍认为他言行不一。记录显示，杰斐逊在去世前拥有的黑奴数量高达六百多名。后人常常聊起杰斐逊曾经和一个名叫莎丽·海明斯的混血女奴有染，还共同育有子女，似乎想以此为总统的种族主义洗白。但史学家普遍认为，由于双方身份地位的巨大悬殊，根本无法判断两人是真心相爱，还是自上而下的占有和剥削。

石头总统的缔造者也被置于放大镜中。没有任何文献显示多恩·罗宾逊是一个白人至上主义者，除了总统的头像外，雕刻大平原上的原住民传奇领袖也曾在罗宾逊的备选之中。然而工程的另一个领头人——美国雕塑家古松·勃格兰姆就难逃干系。勃格兰姆和许多颂扬白人至上主义、传播种族歧视的组织存在联系，而有确凿的证据显示他本人就曾经在一九二三年加入三K党，并维持了多年的成员身份。有历史学家试图为勃格兰姆洗白，称他和三K党交往甚密纯粹是为了获得资金赞助，但后人在勃格兰姆的一些亲笔书信中发现了他对人种改良的提倡。

天色终于暗下来，山脚下的一张巨大的电子屏幕亮了起来，上面有粉红色烟花图案，配有庆典的音乐声。我走下台阶前回头望了一眼，林肯窄长的脸颊忽明忽暗，工作人员在调试灯光。

*　*　*

成功抵达基斯通让我松了一口气。街道两侧摩肩接踵，到处都是等待总统车队的游客。和前一天相比，人数明显翻倍。美国摄像师非常果断地把车拐进华美达连锁酒店的露天停车场，侥幸地捡到了一个车位。我们尝试沿着公路徒步上山，原住民抗议的位置就在不远的转角处,但警察不允许任何人继续往上走。

我并没有很沮丧,基斯通唯一的主干道此时已经变成了热闹非凡的竞选集会现场。街道西侧是一座带有双层露台的小型购物餐饮中心,在足足有上百米长的露台栏杆上除了"山景比萨"和"露台烤肉"这一类的广告牌外,已经被一面接着一面的"挺川旗"挂满。露台上的人穿着印有各种特朗普头像和标语的夏装,手里拿着玻璃瓶装的淡啤酒。在依然猛烈的斜阳照耀下,双颊显得更加绯红了。

空中传来直升机的引擎声。"是他,是他!"有人喊道。一架小型直升机很快被松林遮挡住。

在场的人意识到是一场虚惊,便继续喝酒聊天,宛如一场再平常不过的美式露天聚会。

然而这个场面很快被几辆从山上开下、印有红十字图案的部队装甲车打破,一股骚动突然从人群中窜出。"USA!USA!"人们默契地齐声高喊。

路沿上,一个扎着马尾、皮肤晒成深棕色的白人女子举起手中的海报牌,上面印着:"美国优先!"

马路的另一侧,一家人展开一面巨大的特朗普竞选旗帜,让它随风飘扬。他们的小女儿(一个胖乎乎、双颊和膝盖一样通红的白人小女孩)戴着一顶白色的鸭舌帽,帽子上印着"支持特朗普的女性",字体是粉红色的。她看上去只有六七岁,笑得那么天真灿烂,仿佛到了迪士尼乐园那么激动。

"USA!USA!"两侧的游客继续齐声喊道,仿佛某一个看不见的地方正在进行一场有美国队参加的奥运比赛。

作为在场唯一的非白人,我能明显觉察出一种带有侵略性的胁迫。脸上的口罩或许略微遮挡住我的外貌,却也让我在人群中显得尤为明显。

突然间有一个人朝我喊:"拿掉你的口罩!"我佯装没有听见,不想理会他。然而露台上的其他人仿佛被点醒了似的,也开始居高临下地喊道:"把口罩摘了!把口罩摘了!"

我无处可去,仿佛被困在一座斗兽场的中央,旁边的人甚至作势想要夺走我的口罩。

就在这时,露台上的人突然都伸头看向路的前方,开始大声地咒骂。不远处,几辆吉普车缓缓开来。领头的是一辆皮卡,车身上绑着三根奥哥拉拉部落的旗帜,奥哥拉拉是苏族的一个分支,后车厢里堆放着抗议的横幅和海报。一个脖子上系着印花方巾的苏族小伙从副驾驶座上探出身来,毫不示弱地回应着露台上的人:"瞧瞧我们!我们把你们的总统拦住了!"

一个家庭主妇打扮的白人中年女人破口大骂:"你们这些猴子,快给我滚吧!"

这样一个美国女性的形象,在美剧中是端出蜜桃派和橘子汽水的好邻居,是在机场守候儿子从战地荣归的老母亲,关键时刻还能从巨鳄嘴中救下失足的丈夫。但在这一刻,她的心中只有恨,对一群陌生人的恨。

女人的外表和口中的恶言形成极其鲜明的反差,她周围的几个头戴"挺川"鸭舌帽的年轻人先是一惊,然后捂着嘴笑了起来。

露台上的人群开始模仿起猿猴的叫声。

更多吉普车开过,车里的原住民长按鸣笛,朝露台竖起中指。

我注意到一个身穿蓝色圆领衫、戴着细框眼镜的中年男子一直沉默地站在路边,手叉着腰。突然间,他跑到一辆正在缓慢行驶的吉普车边,从车上的人手中抢走一张写着"偷来的圣山"的白色纸牌,徒手将它撕碎,扔在地上。

周围的游客拍手叫好,男子一脸得意。得到鼓励的他又试图去抢另一辆车上的部落旗帜。车上的人敏捷地把手一缩,他没有得逞。

"USA!USA!"成百上千的特朗普支持者高喊着,试图盖过吉普的鸣笛声,仿佛他们挚爱的美国和这些苏族人的美国并不是同一个国家。

无论是车里的印第安人,还是车外的白人,都拿出手机互相拍摄。两边的人都认为自己赢了,两边的人又都怀疑自己输了。

一群由苏族青年组成的队伍选择徒步下山,他们戴着黑色的口罩,手中举着"美国印第安运动"的旗帜。这个成立于一九六八年的美国原住民组织曾经在上世纪七十年代组织过一次横跨美国的"长征",参与者从加州步行至华盛顿特区,耗时五个月。

仿佛有人暗中指挥似的,露台上的人群改变了口号:"再四年!再四年!"

不时有狂热的人从路沿伸出手挑衅。一个头戴红色鸭舌帽的白人老头和一个身披部落旗帜的印第安女孩突然拉扯了起来,被旁人分开后,老头还忍不住朝她吐了一嘴口水。

"多受点教育吧!"一个白人男子朝印第安青年吼道。

"你们才该多学点历史!"青年回嘴。

很显然,不但两人口中的美国不是同一个国家,连读的历史书也不是同一本。

在一块刻着"欢迎来到基斯通"的木牌边,交通灯亮了,最后一辆吉普车停下来等候绿灯。一个四肢布满文身的"红脖子"手舞足蹈地对车上的人说:"让我们心平气和地聊聊!"他穿着一件宽松的黑色无袖上衣,上面印着一个白色的骷髅,骷髅头戴特朗普的金黄假发。"说实话,你们输了,就是这么简单。"他故作诚恳地摆摆手。

一个白人少女站在他身旁,头发染成一半绿色、一半粉红色,她得意地摇摆着腰肢,表示非常赞成。

"你才该清醒一点吧,川普输定了!"车里的年轻人模仿起红脖子的手势。

"不可能。"少女一脸愠怒,但语气有些迟疑。

"那又怎么样?另一个有钱的白人会取代他,会有你们印第安人的出头之日?"男人大笑。

"等着吧,我们会回来的。"吉普车向前开动。

正当我以为风波终于平息时,露台尽头竟然爆发出一阵热烈的掌声和欢呼声。原来,被派到抗议现场打破封锁的警察和士兵们完成任务,正乘坐警车沿着公路缓缓下山。

"谢谢你们,太棒了!"撕碎海报的蓝衣男子朝警车喊道。

我在激动的人群中看见一个四五岁大的女孩,她穿着红蓝相间的小裙子,把细细的胳膊举过头顶,也学着大人们鼓掌,仿佛在向网球比赛的胜者致以祝贺。

"谢谢,谢谢你们!"人群继续喊道。

这些来自拉皮德城的警察把手臂放在车窗上,忍不住晃动着手指,以此回应街边的人,仿佛在默默暗示:"这是我们之间的小秘密。"

警车上印着一匹红马,马背上插着如同印第安酋长头饰的雄鹰羽毛。我后来知道,这是一个苏族刺青师的设计作品,拉皮德城警察局从二〇一六年开始把这个印第安风格的涂鸦印在外出巡逻的警车上。

在当年的新闻公关稿中,警局发言人说:"这个创新且十分醒目的决定是为了进一步改善警察和原住民的关系,同时帮助拉皮德城的市民更好地了解苏族拉科塔人的文化传统。"

等到警车和装甲车完全离开后,露台上的游客才终于散去了。他们也许见不到总统的真身,但这个夏日的聚会应该会难以忘怀吧。

黄昏的天空中,辨识度极高的"海军陆战队一号"终于出现,旁边还有两架直升机伴飞。可是人们都筋疲力尽了,赶着去吃热腾腾的比萨和烤肉。

来势凶猛的疫情、两种截然相反的美国叙事、政客唾沫里的"中国间谍",我怎么也想不到,驻外记者生涯的第二个十年会以这种完全陌生的模样向我席卷而来。

南达科他州拉皮德城机场的印第安文化展览

拉什莫尔国家公园

位于美国南方腹地的蒙哥马利拥有大量邦联雕像,其中最著名的是亚拉巴马州议会大厦的邦联纪念碑

亚特兰大以北的"联盟军领袖纪念浮雕"备受争议

总统山脚下，印第安抗议群体和白人游客发生冲突

第 二 章

战　　　　场

城　市　暴　乱

午　夜　民　兵

看　守　人

我一直记得那栋楼。工业风的浅褐色砖楼占据了整整一个街角，有四层楼高。镶嵌在楼层之间、凸出的白色石线是大不列颠乔治王朝最时髦的建筑元素，但在二十世纪初，也就是这栋建筑竣工的时候，已经成为美国城市再常见不过的门面。一根朱红色的罗马柱支撑起楼的一角，如同一只优雅的高跟鞋跟，不但为略显硬朗的外观增添了一丝怀旧浪漫的情怀，还兼具功能性——它十分巧妙地为拐角的商铺开了一道门。

建筑最初是一个共济会背景的会所，每个周末都会举办舞会，日常聚会更是接连不断。气派的宴会厅在顶楼，即使没有拉上红丝绒的窗帘，过往的行人也窥视不见轻歌曼舞的贵宾，只有隐隐约约的音乐声供他们浮想联翩。一百年后当大楼转手给一个靠卖拉丁音乐唱片起家的餐饮公司时，内部结构已经落伍，但韵味犹存的建筑外观赶上了潮人对复古风情的推崇。罗马柱的正上方挂起了一块"新牛仔场"的餐厅招牌：白天做口味正宗的墨西哥菜，晚上是热闹的俱乐部。附近一些游手好闲的青壮年和想要挣点外快的警察都在那里当过兼职保安,把砸场闹事的地痞无赖们一个一个揪到大街上。

然而当我第一次亲眼看见那栋楼时,建筑的一边已经完全塌了,另一边剩下三面高耸的、摇摇欲坠的砖墙,如同几个缺乏练习的杂技演员叠起罗汉。持续了整整一夜的大火烧光了木地板、房梁和所有的窗框,在熏黑的危墙上留下一个又一个仿佛被挖去眼球的长方形窟窿。土堆之下还有什么东西在继续燃烧,刺鼻的白色烟雾不断升起。六个月后当我重返旧地时,两辆挖土机正艰难地碾过残垣,把变形的废铁和破碎的墙体铲到卡车上。一年后当我再次来到此地时,平整的空地上已经长出膝盖高的野草。

我从未身临炮火连天的战场,但当下的我能够想到的、也最能准确描述眼前所见的词就是战场。城市的这个角落仿佛刚刚遭遇了一场空袭,废墟和残余的火苗随处可见。我从烟雾弥漫的十字路口继续向前走,整条街的商铺都被烧没了,水泥质地的巨大横梁横亘在人行道上,路边的人可以踩着它从人行道走到屋顶。一根根裸露在外、被拦腰截断的自来水管依然在喷水,高的像被忘了关掉的淋浴莲蓬头,低的像草地上的自动花洒。

几栋楼房的残骸随时会倒塌,有人从附近超市的露天停车场推来几辆红色的购物车,系上黄色的警戒线,把楼房正前方的空地围起来。购物车上粘着一块手写着"危险!"的纸板,车轮上还绑着砖块大小的木块,防止购物车滑动。

志愿者从倒塌建筑物形成的一座土丘上一直排到路中央,他们接力把一桶又一桶的砂石运送出去,但效果并不明显。几个筋疲力尽的人试着用铲子清理废墟的外沿，在真空般的环境中发出唰唰的单调声响。

我从被烧毁的第三警局一路向南走到最近的一个联邦邮局。更准确地说，是邮局的残骸。大火在红砖墙上留下了水流般的黑色印迹，像是廉价、被泪水晕染过的睫毛膏。我探头进去，只认得出一面被熏黑的铁邮柜。

这场发生在明尼阿波利斯的暴力冲突是美国自一九九二年洛杉矶暴乱以来最严重的种族骚乱，而它波及的范围远远超过后者。乔治·弗洛伊德之死掀起的抗议是美国历史上规模最大的抗议，它触及美国的每一个州和每一座城市，不但把总统吓进了白宫地堡，还以一种确定的却又无法量化的方式影响了同年的美国大选。

即使是那些跻身抗议一线的明州人，也很难解释火苗是如何被点燃，又为何能在短短几天内达到燎原的规模。美国社会最虔诚的观察家们虽然对骚乱的原委众说纷纭，却在一件事上达成惊人的一致：要想真正看清事件的来龙和去脉，需要等几年，甚至更长的时间。

明尼阿波利斯的城市暴乱也改变了我。从表面上看，我终于可以无视疫情，彻底回到人群中。但更关键的是，它照亮了新一个阶段的采访母题，即关于种族问题的讨论和回溯。这一个主题，在我生活于南美洲的近十年里，已经有了基础性的理解和思考。而在接下来的一段时间里，我开始围绕着这个母题，奔赴新的采访目的地，同时也一次又一次地回到明尼阿波利斯，试图识破当时身处烟雾、奔波于一场又一场的抗议而无法看清的东西。

* * *

前往明尼阿波利斯的决定非常仓促，得知自己需要去现场采访的两个小时后，我就已经在出发的路上了。

对于绝大多数出差前夕的场景，我都已经毫无印象，但那一次是一个例外。前一天晚上，我在奈飞上收看了美国前第一夫人米歇尔·奥巴马的传记片《成为》。我历来对名人政客的传记性作品兴趣不大，特别是几年前阅读了希拉里·克林顿如砖头般厚重的自传《艰难抉择》后，就对类似的纪实作品避而远之。

令我意外的是，这部影片节奏合适，也许是因为片中收录了大段米歇尔的风趣谈话，又或许因为奥巴马夫妇的诸多人生轨迹发生在我生活的芝加哥，我竟然一口气看到了剧终，并且内心浮现出一丝温暖的感伤。

当时的我正处于人生中最困难的时期。这种困难并不只是一种主观情绪，而是真实存在、甚至可以触碰到的。

我刚搬到芝加哥这座大城市，谁都不认识，这件事要是换到十几岁、二十几岁的时候，一定能让我无比雀跃。我确实也是这么走过来的：去北京上大学，去巴西南部做交换生，毕业后又搬到圣保罗工作，之后再从圣保罗搬到里约热内卢，然后是美国华盛顿。但这一次，当我步入了凡事开始寻找意义的而立之年，搬到一个完全陌生的城市，心理上比我以为的更加困难。

好在我很快就用经验，或者可以称之为惯性的东西再一次搭建生活的框架。那是美国五大湖区的深冬，我冒着大雪外出寻找长租的公寓，希望尽早把邮寄来的几大纸箱行李拆开，里面装着必需的日常用品。自从它们在里约热内卢被装箱封存后,已经过去整整十个月了。

就在我签完租约、准备搬入新公寓时,猝不及防地收到了一个消息:特朗普政府宣布将立即限制中国官方媒体驻美记者的数量,从登记在案的一百六十人减少至一百人,以此反制中方此前吊销《华尔街日报》驻华记者的记者证。

我是在一辆行驶中的出租车上收到这条消息的,后备厢还放着一把我刚买的靠背椅。新闻从副驾驶座后背上的电子屏滚动出来的时候,我困惑地看了好几遍才勉强读懂它的意思。

这种无论从数量还是比例都毫不对等的反制只说明一点,特朗普已经决定了大选年的竞选策略,而这种计谋和我产生了交集。

在明亮的、空无一物的新公寓里,我坐在唯一的一把椅子上,心中有一种失重感,仿佛身处一艘夜航的木船,不知道前方是什么,也看不见岸。

很快,几乎一半的同事遭遇了这场变相驱逐,在要求的期限内离开美国。而作为留下来的几个记者,我并没有感到轻松。由迈克·蓬佩奥主持的美国国务院每隔几天就通过各种渠道对外放话,表示将对剩余的中国记者实施新的签证限制。这意味着离开的人已经走进了并非他们最初计划的却也是确定的现实,而留下来的人被卷入了新的不确定性中,看似具体的生活随时可能分崩离析。

这种生活的不确定性让我感到非常痛苦。我总结出两个原因:首先,驻外记者有别于短期特派记者,除了报道眼下之事,还需要策划更长期、更大范围的选题。如果随时面临任期结束的可能,无论是实际操作，还是心理上，我都不可能安心工作，这好比让一个知道自己随时会被辞退的厨师着手准备三个月后的一桌宴席。

除了这个具有共性的因素外，另一个原因则更私人，也更具有破坏力。我刚入行不久就成为驻外记者，所以工作年份可能少于一些同行，但驻外时间和经历却多于他们。漫长的驻外生活让我对家的概念出现了移位。海峡西岸的故乡不再是我真正意义上的家，寄存社会身份的北京也不是家，而长期居住的国家和外国城市在法律意义上更不是我的家。

家的概念变得模糊而具体，它就是我创造出来的这一个空间，里面有我阅读的书、喂养的小狗，有我的收纳方法和烹饪习惯。我在这个空间憧憬新的旅行，也直面日常的疾病和生活的琐碎。这个家是临时的，却也极其坚固。当我去贫民窟采访毒贩，去安第斯山采访游击队员，无论生理上经历了多少动荡，一想到终究能回到这个空间里，内心就是平静的。我之所以能不断出发，是因为确信自己能够不断返回。

然而在这一刻，这个空间在尚未成型的时候就被搁置了。我不确定是否要解除租约，搬进一个随时可以退房的酒店里。我不敢添置更多的家具和日用品，更不敢拆开那几大箱行李，因为我随时可能需要搬离这个国家。我觉得自己可能去任何地方，却也无处可去。

同时，我开始不断地在各种新闻推送中读到以自身为新闻对象的报道。几乎所有的驻外记者，无论来自哪个国家，在报道时都有一种隔岸观火的心态，这既源于新闻客观性的要求，也和记者外国人的局外身份有关。但这次，发生在我身上的事成了新闻。

更讽刺的是，一众自诩公平的美国主流媒体在英文报道中极其详细地描述中方的措施，同时把自己的驻华记者打造成受害者的形象，而美方对中国记者的胁迫则一笔带过，甚至完全不提。因为在他们连自己都没有意识到的偏见中，我是"外国使团人员"，是"第三方利益代理人"，也许还可能是"间谍"，但唯独不是记者。这种叙事源于西方媒体从业人员的一种与生俱来的傲慢：记者是一种资格，而不是身份。

在仿佛一切不会更糟的时候，新冠疫情袭击了美国，民主党执政的蓝州率先推行了居家隔离令，繁华的大城市变为"死城"，平日里最多只出现在墓园、靠吃祭品为生的郊狼开始在市中心的大街上晃荡。我不得不接受一个新的事实：在我所剩无几的驻美时间里，连正常报道的机会都被剥夺了。

因为养狗，无论刮风下雪，我都必须雷打不动地每天外出遛狗。正因为这种"特权"，我有机会观察到疫情中的社会万象。在找不到摄像师的情况下，我拿上手机和话筒，独自一人记录所见所闻，将视频和采访发回国内。

我甚至开始琢磨如何通过手机设备在电视上直播。我在客厅里架好手机和灯光，为了尽量打造实景演播室的效果，我背靠一扇巨大的玻璃窗，从镜头里能依稀看见街道和还未长出绿芽的空枝。于是在那个三月中旬的下午，我和我的客厅第一次出现在中文国际频道的早间新闻中，和我一起亮相的还有主持人鲁健和分别在巴黎演播室和罗马演播室的同事。从那以后，国内各个电视台的驻外记者也开始用这种方式和总部连线。

这是一种极其特殊的体验。在那之前，我做直播连线的场合通常是重灾区、总统弹劾、奥运会，任何你能想象到的最嘈杂、混乱的环境。有时周围的喧哗声大到我无法听见自己的声音，另一些时候通讯信号在倒计时阶段突然消失，让准备了一整天的直播前功尽弃。然而这一刻，所有的问题都不存在了：网速稳定，不再有风吹日晒，我只要在开播前五分钟慢悠悠地挪步到客厅里即可。唯一潜在的突发情况是家狗的吠叫，对此我的对策是在直播时手上捏着一根笔，只要角落里略微传出低吼声，就把笔扔过去，从而制止它出声。

电视台的栏目也意识到这种连线方式的高效，常常从早到晚安排好几档直播。我的家里依然空荡荡的，大号纸箱照旧堆满了角落。美国国务院依然没有亮牌，但我的生活已经以一种新的形式忙碌了起来。很多时候我忙得必须得在北京时间的早间新闻结束后才能出门遛狗，在天黑时走过一户一户人家，透过窗户窥见美国人窝在更黑暗的角落里看电视，仿佛自己是电影《后窗》里那个摔断腿的摄影师。

可当新鲜感消失后，这种演播室主持人独享的舒适总让我觉得有些不对劲。我怀念身处现场的共振感，而不是一切都在掌握之中却重复而无聊的工作。特别是当五月上旬美国国土安全部正式宣布把中国驻美记者的签证期限缩短至三个月时，我决定推掉所有在家连线的任务，寻找一切出门采访的机会。

那个时候，美国湖区的几个州成立了抗疫联盟，希望能在防疫政策的实施上共进退。然而威斯康星州率先放松了餐厅禁令，允许一定比例的堂食，而相邻的伊利诺伊州依然只允许外卖服务，营业时间也被砍半。防疫政策的不同步导致很多生活在州界附近的伊州人，甚至是芝加哥的居民，开车到州界另一端的餐厅里大快朵颐，全然不顾病毒传染的可能性。

我临时找到了一个愿意出门的摄像师，两人开着车出发前往州界两端。果然，州界以南的商业街大门紧闭，行人罕至。而在州界以北不到五分钟车程的一座购物中心，餐厅喧嚣如平常，无论是顾客还是店员，都没有佩戴口罩。我到露天停车场瞄了一眼，超过一半的车牌都是带有亚伯拉罕·林肯头像的蓝色牌照：伊利诺伊州是公认的"林肯之乡"。虽然这位美国"国父"出生在肯塔基州，并随家人一直在印第安纳州生活到了二十一岁，但他是在伊利诺伊州开启了律师生涯，并一路踏上政坛。在前往首都华盛顿特区担任总统前，林肯在伊利诺伊州生活了三十多年。州首府春田市坐落着林肯的故居和陵墓。

整趟采访虽然遇到了一些小插曲，但总体上非常顺利。

几天后的这个晚上，当我坐在客厅沙发上无意看起美国前第一夫人的传记片，特别是当片中讲述非洲裔美国人的遭遇时，我回想起自己在巴西采访过的那些相似的故事。我还是我，但身处的境地却大不相同了。

* * *

从芝加哥一刻不停地开车到明尼阿波利斯至少需要六个小时，途经三个州。中途我在威斯康星州一家连锁速食餐厅的露天停车场解决了午餐。几乎所有的广播调频都已经是骚乱的新闻：前一晚抗议者闯入并焚烧了一个警察局，导致事态严重升级。而几个小时前，当地警察在现场直播的情况下逮捕了一名正在做连线报道的CNN记者。前方的情形相当不明朗。

这一切都源于一段手机视频：几天前，明尼阿波利斯南区的一家便利店员工报警，称有人使用二十美元的假钞购物。几名警察抵达现场后，将嫌疑人——四十六岁的黑人男子乔治·弗洛伊德摁倒在地，其中一名白人警察用自己的膝盖压住弗洛伊德的脖子长达八分四十六秒。其间弗洛伊德多次呼救，但白人警察置之不理，最终弗洛伊德失去意识。即使当急救人员抵达现场，白人警察依然没有移开他的膝盖。整个过程被路边一个当时只有十七岁的黑人少女用手机拍摄下来，并将视频上传至脸书。

州际高速路上车很少，偶尔看见一两辆载着摩托艇的皮卡飞速而过。美国中西部的这个角落湖泊极多，上一个冰河时期它曾被厚厚的冰川覆盖，冰川退去后大大小小的内陆湖留了下来，明尼苏达于是有了"万湖之州"的别称。夏季正是水上运动的黄金时间。

另外一个地貌特征也在我的意料之外。当明尼阿波利斯的城市轮廓越来越清晰时，汽车猝不及防地跨过一条宽阔秀丽的大河，夏季的水量十分充沛。这条河就是著名的密西西比河。或许是因为《汤姆叔叔的小屋》和威廉·福克纳长篇小说的缘故，我总是会把密西西比河和湿热的气候、蒸汽船、奴隶的甘蔗田等美国南方的意象联系在一起，而误以为它在地理上也属于南方。其实，和加拿大毗连的明尼苏达州是密西西比河的源头，它从该州西北边的艾塔斯卡湖流出，从北向南横穿整个中央大平原，之后途经密西西比平原和滨海平原，最后流入墨西哥湾。

虽然我早早地纠正了自己的错误认知,但之后每次在意想不到的城市偶遇它时,内心还是会有一点惊讶。

车一跨过密西西比河就来到了明尼阿波利斯高楼耸立的市中心。街道极其空旷,看不见行人,午后的阳光在高楼的玻璃墙上投射出肃静的光影。正当我为这种平静感到诧异时,路边出现一座布满玻璃碎片的公交停靠站,站台一扇两米多高的玻璃墙被外力砸破,布满了冰霜般的裂痕,残余的玻璃体像是一块湿漉漉的浴巾悬挂在外框上。再往前开,能在高楼的阴影和十字路口看见一些拿着厚纸板的年轻人。每一群人前进的方向都不相同,稍后我才知道,在同一天的同一时段,发生在明尼阿波利斯的抗议有很多场。

我的首要目的地并不是弗洛伊德遇害的十字路口,虽然那里已经挤满了悼念的人群,一个临时的纪念广场已见雏形,但真正的新闻现场已转移至骚乱程度最严重的明尼阿波利斯第三警局。

第三警局离市中心只有十几分钟的车程,但手机导航上红线蔓延,整个区域都处于交通管制中。我们把车停在一个能够步行抵达现场、但又能避免汽车被突发的骚乱而砸烂的安全区域,然后带上采访设备,随着移动的人潮向前走。

在离警局还有一个街口的位置,示威者就像水流遇到闸门一样被一整排全副武装的明尼苏达州巡警拦截下来。警察头戴透明的面罩,里面又戴了蓝白色的手术口罩,膝盖上鼓起的黑色护膝像是一团肉瘤。我猜想每一条通向警局的通道都有同样的警力配备,就没有试着从其他的方向进入。

空气中到处弥漫着一股塑料烧焦的气味,几架直升机持续盘旋，巨大的引擎声交汇在一起，像是两条互相打结的电线。示威者从四面八方赶来，有几个人压抑不住愤怒，朝着面无表情的警察大声嚷嚷，但大多数人只是焦急地等待着接下来会发生什么。

有不少穆斯林模样的黑人女子，她们身披长及脚踝的黑袍，头戴各种颜色的头巾，在人群中非常显眼。身边的男子们也不像本土的美国黑人，他们的脸和身型都更窄。

在现场的上百人中，各个年龄段的人都有，年轻人偏多。两个白人中年妇女拥有完全相同的装备：一手推着粉色的婴儿车，另一手拉着一辆蓝色的小四轮推车。婴儿车和推车里都放着给示威者准备的水和饮料。

几个抗议经验丰富的年轻人骑着自行车，燕雀般轻巧地在人群中穿行：一旦警察开始暴力清场，他们可以迅速撤离。一个头发染成各种颜色、把防护眼罩架在额头上的女孩提醒我，今天可能会有宵禁，时间一到警察就会来硬的。

现在回想，如果上演在明尼阿波利斯第三警局的是另外一个剧本，那么针对弗洛伊德之死的抗议很可能在持续数日后平息，和那些发生在美国其他城市的暴力执法案如出一辙。然而，历史无法被改写。

一天前，抗议者聚集在明尼阿波利斯南区的第三警局外，这里距离弗洛伊德的遇害地点并不近，但却是主要涉事警察德里克·肖万就职的部门。手机视频曝光后，肖万就被辞退了，但抗议者认为这不过是警察部门息事宁人的方式罢了。他们要求逮捕肖万，按照法律程序对他提起刑事诉讼。

这已经不是抗议民众第一次聚集在第三警局外。过去几天，楼外的示威声持续不断，第三警局早早地就在建筑的四周架上了防护网，并在警局的房顶部署了执勤警力。除了有零星的抗议者向大楼投掷石块外，前几天的抗议总体上较为和平，但警长还是多次下令向抗议人群投掷催泪瓦斯和防暴弹。

美国警界包庇警察的情形极其常见，绝大多数涉事警察都会受到警察工会的保护而不会遭到任何惩罚，极其严重者也只是接受行政休假，薪酬并不受影响。肖万本人就是一个最佳例子，本地媒体调查发现，在跪压导致弗洛伊德死亡之前，肖万在从警的十余年间曾经面临至少十七宗投诉，而其中十六宗都无疾而终。媒体还发现，肖万曾至少六次在执法过程中跪压嫌疑人的脖子或胸口，而将近七成的施暴对象为有色人种。

事实上，肖万供职的明尼阿波利斯第三警局一直被当地居民认为是违纪警察的乐土。根据明尼阿波利斯《明星论坛报》获得普利策奖的独家调查报道，第三警局存在大量违法执警的记录，包括殴打低级犯罪嫌疑人，骚扰低收入住房项目居民上下班，在钓鱼执法过程中要求疑似性工作者长时间触碰其生殖器，等等。

第三警局为所欲为的行事作风甚至在兄弟单位间尽人皆知。二〇〇七年至二〇一七年的十年间，明尼阿波利斯市政府为第三警局的失职付出了两百多万美元的和解金。明尼阿波利斯市警监会委员、同时担任公设辩护人的阿比盖尔·塞拉对媒体表示，手机视频中肖万的举动实际上是第三警局针对低收入有色群体的执法标准。

连续两天施放催泪瓦斯和防暴弹彻底激怒了示威的民众，在部分极端骚乱者的诱导下，抗议人群开始将怒火投向警局周围的建筑和商铺,焚烧和打劫的迹象开始出现。一夜之间,第三警局附近有十六处建筑出现火情。然而第三警局不再出警,而是继续守在大楼内。

就在我抵达明尼阿波利斯的前一晚,准确地说,就是在我收看奥巴马夫人纪录片的当下,第三警局外的抗议形势进一步升级。抗议者切断了防护网,再次试图闯入建筑内。第三警局的警长随即下令所有警察撤离警局。根据网上流传的视频,警察的车队冲出侧门的围栏,在抗议者的咒骂和欢呼声中仓皇逃离,把一个空荡荡的警察局抛在身后。

事后媒体报道,明尼阿波利斯的官员曾经就撤离的决定讨论许久。有的人支持,认为这样能避免可能出现的人员伤亡;也有人反对,因为抛弃警察局的做法违背了美国警察的战术流程,在近代美国历史上并不常见。然而无论后世如何评判这一决定,有一点是可以肯定的:抗议者闯入警局并将建筑付之一炬,标志着警民关系彻底决裂,明尼阿波利斯的暴乱由此进入到完全有别于之前的阶段。

当我和其他抗议者被阻拦在第三警局外的街角时,由白宫亲自下令的美国军队正向明尼阿波利斯挺进。我的首要任务是用手机和晨间节目做一场电视直播,但由于现场有太多人,手机信号时强时弱,极其不稳定。

在和北京总部测试信号的时候,手机收到即时新闻推送:德里克·肖万被控三级谋杀和二级过失杀人罪并被拘捕入狱。然而这个消息让弗洛伊德家人的律师和在场的抗议者都非常沮丧,他们认为指控太轻。在美国,绝大多数州都把谋杀罪分为两级,即一级谋杀罪和二级谋杀罪。然而明尼苏达州是一个例外，它又分出了情节更轻的三级谋杀罪，针对无意杀人但造成被害人死亡的情况。这意味着检察官尚无充分的证据或者勇气论证肖万蓄意杀害了弗洛伊德，而将它放进了"漠视人命致死"这一行列。

手机信号的强度远远无法达到正常直播的程度，但栏目认为直播能持续多长时间并不是最重要的，在如此受关注的国际突发新闻面前，只要能连上线，即使中途断掉，也已经是胜利。

然而，约定的直播时间开始时，信号太弱了：我的声音是清晰流畅的，但画面卡住了。栏目于是先播放了其他新闻短片，把直播窗口往后推。短片播完后，画面动起来了，但声音又不行。就这么重复了好几轮。当我已经气喘吁吁、不再抱任何希望时，信号强度开始一路增强，视频和音频都流畅了起来。栏目当机立断把信号推进正在直播的节目。

这是疫情开始以来我第一次在新闻现场做直播连线，阳光晒得睁不开眼，我对着镜子给自己剪的头发被风吹得一团乱，耳朵里交织着直升机引擎声和嘈杂的人声，甚至就在直播开始后的几秒时间里，一辆不知道从哪里来的小汽车突然开进画面，径直停在我和抗议人群的中间，破坏了摄像师的构图。即便如此，我当下的感觉好极了，浑身的毛孔都舒展开来。我成为一个介体，而我确信电视机前的观众能够通过这个介体充分感知到这个跨越了大洲和大洋的新闻现场。

我开始和主播交谈，介绍一路的见闻。就在我开始期待整场直播能顺利结束时，耳机里啪的一声，信号掉线了。直播持续了一分半钟，但已经完全超出栏目的预期。

直播结束后没多久，形势逐渐发生了变化。原来拦住抗议者去路的州警们仿佛收到了指令，突然间从现场撤离了。这个决定和涉事警察已被逮捕提控有关吗？还是因为其他区域需要增援警力？又或者这是一种以退为进的做法，以此引诱抗议者跨过红线再一网打尽？和我一样充满困惑的人不在少数，抗议的方阵继续向前移动，但只有胆量最大的那些人率先向第三警局的方向跑去。

我想要和抗议者们聊聊，许多人以不想在电视媒体上露脸为理由婉拒了。那是抗议浪潮的最初期，参与抗议的行为是否会引来某种形式的清算尚不明朗，人们的谨慎可以理解。

不过我还是说服了几个人。一个四十岁出头的黑人妇女手里抓着一台家用手持录像机，脖子上挂着一条细链子，坠子上印着一个儿童的照片。她说越来越多的人不顾疫情走上街头，初衷只有一个，就是把肇事警察绳之以法。我问她如何理解已经出现的破坏，她不以为然地说："只有这样他们才能听见我们，他们才会知道我们这些'狗娘养的'这一次是认真的。"

突如其来的爆炸声打断了谈话。我们同时循声望去，拐角处升起了白色和黄色的烟雾，防暴警察正在向朝着第三警局进发的抗议人群投掷催泪瓦斯。亮光持续闪烁，伴随着枪弹声，警察开始发射防暴弹。几个骑着自行车的抗议者憋着气从弥漫了整个街角的烟雾中冲出，志愿者立刻上前，拿出随身携带的、装在矿泉水瓶里的牛奶，浇在他们的脸上。虽然很多专家认为牛奶并不能有效缓解催泪瓦斯给眼睛造成的刺激，但依然被众多的抗议者当作一个约定俗成的偏方。

目光所及，上百名防暴警察正迅速向第三警局后方的街道排开。已经有些分散的抗议方阵又重新汇集在一起,给彼此创造一些安全感。

我让摄像师给我拍摄一段现场出镜,记录抗议前线的胶着氛围。就在我对着摄像头讲述现场的细节和自己的分析时,突然感觉耳后有一阵风,然后是巨大的骚动声。我回过头,示威的人群像是失控了一般朝我冲来。根据我的经验,一定是防暴警察升级了清场动作,引发现场民众的惊恐。我立刻转变话题,开始描述正在发生的骚动,同时摄像师也没有摁下摄像机的暂停键,继续保持录制状态。惊恐逃窜的人们擦过我的肩膀,撞开我的手臂,我一下子隐身在人群中,一下子又被镜头捞出,就这样记录下从平静到骚动的整个过程。

一个新闻事件看似由无数瞬间组成,但大多数都是时间或者角度的复刻,最点题的瞬间其实只有那么几个。例如在"9·11"曼哈顿恐袭案中,被后世的观众一遍又一遍观看的永远是飞机撞进世贸大楼的那一刻,以及绝望的上班族纵身一跃的情景。那种从日常的、略显无聊的静到完全炸裂的一瞬既让观众恐惧,也让他们痴情凝望。报刊的文字记者可以借用飞扬的、同时也是经过推敲的文采来填补时间错位的劣势(或者也是优势),把一个生动的瞬间重现在一段话、甚至一个长句中。然而电视记者面对的挑战是紧逼神经的,时间的迫切让它失去了斟酌的可能,而且还要有一点未卜先知的运气。所以当谙熟行业的人们聊起它时,常常会带有一种神秘性。

对于我来说,一次成功的记录也是由一次又一次的遗憾积累出来的。我已经记不清有多少次在拉美各地报道抗议的现场,当防暴弹和催泪瓦斯袭来时,嘴里纵然有千言万语,思绪却仿佛被水泥紧紧堵塞住。我开始意识到,只有当一个电视记者不再事先准备任何台词,对新闻事件既有极其充分的掌握,却又不带任何预设时,触觉才会完全打开。只有这样,当新闻之神眷顾地向你抛出一颗球时,你才能松弛有度地接住它。

经过洪流般的逃窜后,街上的抗议者变得零零散散,犹如被冲散的蚁群。日头西斜,原本被阳光照射得发烫冒烟的沥青马路陷入建筑的阴影中。很多人离开了,另一些人则赶赴新的抗议地点。我和他们打听到离第三警局最近的第五警局也开始有示威人群,于是开车往那个方向赶去。

第五警局外的情景和我预想中的颇有不同,警察把四个路口都架上了禁止通行的标示。透过车窗,我望见一小群抗议者坐在警局正门外的空地上。

这时候,我的手机猛烈振动了起来,原来是明尼阿波利斯给全市发送的无线紧急情况警示:"宵禁将从晚上八点开始,直至隔天上午六点。"稍早时我在手机新闻推送里读到警察正试图关闭进出明尼阿波利斯的高速路,阻碍从其他州涌入的抗议者和潜在的破坏分子。此时离宵禁时间还剩二十分钟,我当即决定返回市中心,避免因临时的交通管制而无法入住酒店。

立交桥上空无一车,夕阳刚好悬在路肩上,像是一颗正在散开的蛋黄,给城市的天际线糊上了一层海市蜃楼般的剪影。

再次来到市中心,我才注意到酒店和商铺最为密集的那几条街道上,商家已经用巨大的木板把玻璃橱窗和玻璃门紧紧罩住。我们不敢把车停在路边,转了好几圈才在附近的一栋大楼里找到一个室内停车场。

这是疫情暴发以来我第一次入住酒店,前台立着一个透明的防护罩,又搬来几张巨大的桌子作为间隔。办理入住时,我把证件和信用卡放进一个方形的塑料盘里,然后把盘子滑到桌子的另一端。登记完毕后,前台的员工又把盘子滑过来,如同一场冰壶比赛。

我从未如此手足无措过,什么都不敢碰,但又什么都碰了:签字的圆珠笔、电梯楼层摁钮、门把手。一进房间,我就拿出一包从芝加哥带来的(当时极其稀缺的)酒精湿巾,把灯光按钮、床头、写字台、卫生间的洗手台擦拭了一遍。由此我也发现了前一个住客在沙发上留下的饼干屑,听见了来自隔壁住客的声响:酒店可能并没有像承诺的那样在两个不同的住客之间隔一个空房。

晚上八点,强制宵禁正式开始。根据州长和市长办公室发布的公告,除了应急救援人员、媒体工作者以及正在上下班途中的市民外,其他人不得出现在公共场所和街道,违反者将面临罚款和不超过九十天的拘留。然而此时街道上却传来了极其响亮的喧哗声,我赶紧下楼,发现一个由上千人组成的抗议队伍正高喊口号,横穿过市中心。

"说出他的名字!"

"乔治·弗洛伊德。"

大多数人步行,有的人骑着或推着自行车。几辆小汽车出现在游行方阵中,缓缓地开动着。年轻的小伙子们钻出车的天窗,直接坐在车顶。好几个女孩则站在副驾驶座上,上半身露出天窗,手里举着手写有标语的海报。几辆皮卡的后车厢也站满了人。

"没有公正,就没有和平!"

在之后的很长一段时间里,我和美国各地的民众一样,频繁地听到这几句口号,甚至连音调的起伏都大同小异,仿佛成为一种环境音。一些情绪激动的抗议者拿出喷漆的小铁罐,在临街的建筑和防护木板喷上意味深长的符号。

我答应给北京时间接近正午的新闻栏目做一档直播连线,虽然已经筋疲力尽,但还是没有推托。晚上十点多,市中心的街道暂时恢复了平静,我选择在酒店大门外的街道上做直播,这样可以借用酒店的无线网络信号。栏目编辑一再交代不要在连线背景中露出建筑外墙上的抗议涂鸦,但无论朝哪一个方向镜头都能稍许捕捉到,很难完全规避。

更多的栏目发来连线邀约,但都被我推辞了。重复的、脱离新闻环境的直播报道除了增加记者的曝光度外,没有更多的意义,何况我需要抓紧时间把稍早拍摄到的采访素材编辑后发回总部。

把手头的工作处理完已经过了午夜,我这才发现整座城市的外卖服务因为强制宵禁令而暂停了。我从背包里翻出一块已经被压变形的薯饼,庆幸中午吃剩没有将它扔掉。

天微微亮的时候,我被一波又一波的手机短信声吵醒。国内的朋友看见了我在前方的采访,纷纷发信息让我注意安全。我摁掉手机,想在闹钟响起前再眯一会儿。

* * *

即使是今天,在我已经去过六七次明尼阿波利斯后,我依然很难用一句话来描绘这座城市是一个什么样的地方。最接近理想状态的是：明尼阿波利斯是西雅图和芝加哥之间的广阔大陆上唯一一座大城市。这句并不生动的描述完美地刻画出它的孤单，以及犹如沙漠绿洲般的蓬勃生机。

明尼阿波利斯引以为豪的天际线和芝加哥颇为相似，更准确地说，它更像是芝加哥市中心的一个角落。最大的区别是这里的楼与楼之间有玻璃天桥相连，这种封闭的透明通道是为了抵御冬天的极寒天气，行人完全不需要出现在寒风呼啸的街道上就能往返于市中心所有的建筑之间。它连接起餐厅、健身房、牙医诊所、公寓楼，甚至还有一座教堂。唯一的"死胡同"出现在马凯特大街，如果你闭着眼睛往前走，就会从五米高的地方掉到一个空旷的停车场上。不过这个问题早就被解决了。

自从上世纪六十年代第一座玻璃天桥在明尼阿波利斯出现后，天桥的累计长度达到了十五公里，是地球上最长的封闭式天桥系统。对于同样生活在严寒城市、眼睫毛常常被二月寒风冻住的我来说，这个设计纵然有商业上的考量，但极具人性化。

从某种程度上说，明尼阿波利斯是一座现实版的乌比冈湖。相比其他较为保守的中西部友邻，明尼苏达州更加自由进步，也拥有丰富的工作机会、教育和医疗资源。在《美国新闻与世界报道》颇具影响力的"全美最佳居住地"的调查中，明尼苏达州和明尼阿波利斯市常年名列前茅，还被认为是全美国最适合"Z时代"生活和学习的城市之一。

更加引人注目的是明尼苏达州的移民政策。上世纪七十年代，该州人口中超过百分之九十八为白人，其中以德裔和来自斯堪的纳维亚半岛的北欧移民居多。他们不仅复制了注重教育的传统（明尼苏达州的识字率排名全美国第二，仅次于新罕布什尔州），该州引以为傲的精酿啤酒产业也是这些欧洲移民在十九世纪初带来的。

然而这个比例在短短几年内就发生了明显的变化。越战后期，联邦政府对美国的移民政策进行了颠覆性的改革，表面是为了缓解东南亚的难民危机，实质则是想要解决美国国内劳动力短缺的威胁，大量来自东南亚的移民因此涌入美国。

奥运冰球选手出身的时任明尼苏达州州长温德尔·R.安德森顺应了这股政治潮流，在一九七五年底创立了"中南半岛难民安置办公室"，协助越南、柬埔寨和老挝等地的难民获得美国地方上的资源。安德森以其英俊的相貌、先进的执政理念和一位喜欢模仿杰奎琳打扮的夫人，一直有着"中西部肯尼迪"的昵称。虽然他后来因参选议员失败而早早地告别了政治舞台，但创建的移民安置体系一直顺利地运行至上世纪八十年代末。

九十年代起，大量索马里难民因国内的内战来到美国，而明尼苏达州再一次为他们敞开了大门。明尼阿波利斯是全球索马里移民人数最多的城市，位于密西西比河畔的西岸区更是因为有大量索马里移民居住而被称作"小摩加迪沙"。虽然他们曾因索马里和基地组织的联系而在"9·11"恐袭案后受到美国联邦调查局的监视，但这并不能遮掩索马里人在明尼苏达州获得的成功。其中最耀眼的例子就是生于索马里摩加迪沙的伊尔汗·奥马尔在二〇一八年成功当选明尼苏达州的联邦众议员，成为美国首位索马里裔的国会议员。

明尼阿波利斯的进步主义还体现在一系列针对低收入人口的城

市政策上。二〇一七年，市议员投票决定将最低工资提升到每小时十五美元，是同年联邦最低工资标准的整整两倍。尽管历代经济学家在提高最低时薪是否能真正增加劳动者收入的问题上存在争议，但至少能在短期内充实工人的荷包，也起到很好的宣传效果。

二〇一八年底，民主党人士占绝大多数，甚至包括两名跨性别黑人成员的市议会投票通过了一个更加大胆而先锋的决定：取消城市所有街区的独户分区制。这个始于二十世纪初的政策规定明尼阿波利斯高达七成的住宅土地只允许建造独户住宅，只有少数批准的区域才能建造两套以上的住宅或者复式建筑。这个遍及美国各大城市的分区政策最初是为了避免城市过度拥挤而威胁居民的生活质量，也鼓励郊区发展。但它却忽略了一个事实：独户住宅的建造成本更高，户主也多为收入水平更高的白人家庭，这间接导致了新时期的种族隔离。近年来美国各大城市对于独户分区制的质疑声越来越大，但只有明尼阿波利斯率先迈出了第一步。

然而，就是在这个政治氛围温和、信奉多元文化的富饶地区爆发了这场骇人听闻、而且丝毫看不见尽头的种族骚乱。它究竟是一个随机事件，还是说表面的一团和气只是一种假象？我在一个远离市中心的街区终于找到了一家处于营业状态的早餐店，马路对面有一座平静的小湖，此刻湖面和四周的绿树都洒满了清晨的阳光。我坐在湖边的长椅上抿着热咖啡，内心充满了疑问。

更加紧张而漫长的一天开始了。前一天深夜，骚乱蔓延到更多街区，警察也开始以违背宵禁令为由逮捕了一些抗议者。州长蒂姆·瓦尔茨在新闻发布会上说宵禁令有效地让警察区分谁是和平的抗议者，而谁又不是，他暗示只要是晚上八点后继续外出抗议的就是破坏分子。不过就我前一晚的所见,这个说法实在很难让人信服。

我们开车途经一条凌晨时遭到焚烧的商业街,大火已经熄灭,但是烟雾很大,车仿佛在云间行驶。

建筑损毁最为严重的湖街取消了戒严,警察也失去了踪影。想到前一天我还目睹到催泪瓦斯和防暴弹的区域现在却完全对民众开放,实在有些难以置信。到处都是自发前来清理废墟的普通民众,人们把家里的打扫工具都带来了,各种各样的扫帚和冬季时用来清理积雪的铲子。一些人在自行车后钩着小拖车,里面装着扫帚和一瓶瓶清洁液。有志愿者在给路过的人发饮用水。这个情景让我想起小时候全校举行大扫除。

一个白人热情地向我打招呼:"你也来啦!"他把我认成了自己的一个亚洲朋友。语气和神态似乎是很熟悉的,却又没有熟悉到认对人。

第三警局外的防护网已经重新架起来,屋顶被烧得焦黑,时不时飘出几道白烟,入口处的门框和窗户都被贴上了木板。根据建筑公司当年的设计阐释,把警局的大门建在拐角是为了突出建筑的开放性,增加警民互动。然而现在看来,纵然整栋楼有一种碉堡般的肃杀,但这个设计似乎导致建筑的重心被强迫扭转,仿佛一个人长时间斜卧着打盹,呼吸并不顺畅。

明尼阿波利斯被划分为五个警察辖区,每一个辖区都拥有对应的警局,统一接受明尼阿波利斯警察部门的管辖。在现有的五个警局中,第三警局负责的警区范围最广,居民的种族也最多元化。当地一个叫作"小地球"的公租房项目就在他们的警区内,这个拥有将近一千五百个居民的社区是当地原住民群体的主要生活区。

明尼阿波利斯市警监会委员的一些成员认为，第三警局针对有色人种群体的暴力执法源于一支如今已经不复存在的警察队伍——大都会黑帮突击队。

大都会黑帮突击队成立于二〇〇五年，顾名思义，这支由多个执法部门成员共同组成的警察力量旨在调查和打击城市中黑帮团伙的犯罪行为，并直接向明尼苏达州公共安全厅汇报工作。然而事实证明，突击队的大部分工作都和调查黑帮无关，更像是黑帮本身：他们被指控以没收证物为由非法吞并大量个人财产，并且频繁殴打嫌疑人，甚至连妇女和未成年人都在受害者的行列中。

二〇〇九年，州政府迫于压力指派了一个工作小组对大都会黑帮突击队进行了为期三个月的调查，在一份三十八页的审查报告中，工作小组摘录了他们对突击队指挥官的一部分采访实录：

> 工作小组：当突击队成员外出执行搜查时，如何确定被扣押的财产属于证物还是资产没收？两者间是否有一条明确的界限？
>
> 突击队指挥官：如果一个人被控持枪袭击，那么我们从他身上搜查到的枪支就属于证物，因为出庭时会使用到它。如果突击队员搜查一个住处时，发现住户没有正常收入，家里却存在与收入不符合或者住户不配拥有的财物，那么我们就会把它们没收。没有客观的标准，都是由出勤的警员主观判断。

调查小组在报告中掩饰不住震惊的语气，他们发现突击队没收了数量惊人的现金、汽车、珠宝、名表、电视、电脑，甚至还包括冰钓设备，而绝大多数没收物都和犯罪毫无关系，仅仅因为警员认为搜查对象"不配拥有"。突击队不仅把到手的物品留作自用，还以极其便宜的价格在同行间倒卖。调查小组特别指出，在他们回溯的三百多起涉及财产没收的案件中，几乎所有的没收对象都是少数群体。

审查报告公布后，公众一片哗然。面对巨大的社会舆论，大都会黑帮突击队正式解散，而一些前队员连同突击队恶劣的风气一起被分配到了第三警局。

杰夫·金德拉曾经是大都会黑帮突击队的指挥官，在加入第三警局后，他成了社区应急队的警佐。多年来，金德拉数次被投诉和指控暴力执警，在一起曝光度较高的案件中，市政府不得不为金德拉的行为（击碎一个已经戴上手铐的犯罪嫌疑人的下颚）支付十一万美元的赔偿金，才让案件和解。

由金德拉指挥的社区应急队更是劣迹斑斑。应急队的警员频繁被曝出对犯罪嫌疑人使用暴力，并涉嫌在法庭上提供伪证。根据法庭记录，亨内平县的法官数次因第三警局警员的"无耻"执警行为而驳回对犯罪嫌疑人的刑事指控。

小地球的社区负责人对媒体透露，许多原住民居民在遇到治安威胁时惧怕报警，因为不知道会出现什么后果。即使出现警民纠纷，公诉律师也很难顺利取证，因为社区居民往往会担心涉事警察的报复而不敢出面作证。

* * *

第三警局的防护网外,一个自行车手一言不发地举着一张纸牌。他头戴一顶绿色的头盔,嘴上罩着一块印有图腾的粉色头巾。立在他跟前的自行车十分缤纷,很多零部件都是日常物品:后轮的挡泥板是一块倒放的滑板,绿色的前筐是市场里常见的蔬果搬运筐。他手里的纸牌用粉色的水笔写着:"美国又伟大了吗?"

我拦住了一个看上去三十来岁的黑人男子,他肩上扛着三把不同颜色的长柄扫帚,扫帚头从后脑勺露出,像是一朵花,也像是帽子,衣袖上粘着油漆和泥土。他叫达斯本,从明尼阿波利斯以北三十分钟车程的彰布林赶来。七岁的小儿子跟在身边,一头小卷发,肤色比父亲浅。

"目睹这一切让我感到很痛心,被焚烧的街道有好几英里长,都是普通人的家。我知道一些破坏分子混杂在抗议者中,有其他的目的,但并不能因此转移视线。发生这场暴乱是有原因的,无数像弗洛伊德一样的黑人死于警察之手,人们非常愤怒,也非常难过,希望自己的声音被听见。"

达斯本指的是白人至上主义者混入抗议群体中的传言。几天前有人用手机拍摄到一名头戴防毒面具的黑衣男子用锤子砸毁第三警局对面一家汽配店的所有玻璃。在明尼阿波利斯一千多座因暴乱而损坏的建筑中,这是已知的第一例。警方很快证实这个一身"安提法"打扮的白人男性叫米切尔·卡尔森,和美国一个新纳粹监狱帮派"雅利安牛仔兄弟帮"有着极其紧密的联系。

汽配店遭到破坏后不久就被放火焚烧了,根据州政府调查员的书面报告,这是城市暴乱中的第一桩纵火案,也成了抗议的一个分水岭:从那以后,事态直转急下。包括明尼苏达州州长在内的一些当地政客因此试图将骚乱归罪于外州的极端主义意识形态。然而不少民权组织反对这种做法,认为它会模糊视线。美国有色人种协进会明尼阿波利斯分会的主席莱斯利·雷德蒙德对媒体说,他们已经记不清向多少任州长和市长严重警告过,如果黑人遭警察杀害的案件继续发生,城市终究将遭遇一场暴乱。

我问达斯本如何看待抗议中的过激行为。

"这是正确的做法吗?并不见得,但是我们试过其他的方法了,从未奏效。我们见过太多,我们也都累了,明尼阿波利斯只不过是火苗刚好被点燃。现在,我来这里帮忙清理骚乱的残骸,尽我的一份力,我的儿子也尽他的一份力。"

州长已经宣布超过两千名兵力将在正午前抵达明尼阿波利斯,来自其他地区的援助也将在接下来的几天陆续到岗,人权组织和媒体都在观望这一举动是否会触发更多血腥事件。

"国民警卫队只是做做样子罢了,让城市有一种恢复秩序的表象。"达斯本不以为然地说,"抗议的人实在太多了,再多的警力都应付不来。"

达斯本在这个问题上的态度有别于我遇到的其他黑人。我后来得知他的妻子是白人,而他们一家居住的彰布林是一个人口只有两万人的富裕小城。白人看待警察的眼光或多或少地渗透进他的潜意识。

一个举着抗议海报的年轻人经过我们身旁,上面手写着"建筑和商铺可以在一个月后重建,但遭到四百多年恐怖镇压的黑人群体却永远无法重建"。

已经很少有人知道，七十多年前在我们此刻身处的街道也发生过一场惨重的大火，消防员整整用了六个小时才控制住火势，还上了当地报纸的头版。那是上世纪四十年代末，连接市中心和湖街的路面电车早已让这个曾经是印第安人徒步跋涉的泥土栈道变成了寸土寸金的商业区。在高峰时段，电车每三分钟一趟，乘客量是整条电车线路中最高的。也几乎是在同一个位置，农业机械制造巨头明尼阿波利斯莫林公司的工人们举行过大罢工：二战期间公司靠给美军制造军用车辆发了一笔横财，战争一结束就把订单井喷时期扩招的工人都解雇了。

发生在湖街的巧合比人们想象的更多。弗洛伊德去世后，街角那家新牛仔场的女老板证实弗洛伊德和德里克·肖万都曾经在那里当过夜场保安：肖万是兼职了十七年的"老人"，而弗洛伊德干了一年，但两人的工作时间存在重叠。又过了几天，俱乐部的一个前员工就对外界透露，肖万不但十分熟悉弗洛伊德，而且向来对黑人群体没有好感。

天空晴朗极了，没有一丝云朵，蓝得那么无辜。我决定暂时告别埋头清扫的志愿者，前往下一个抗议地点，顺便解决一下午餐。

手机网络搜索显示抗议遍及整个城市，而且不断地流动。因为是周六，更多的人决定参加。我和摄像师赶到一个抗议游行的起点，预计的出发时间已过，规模愈发庞大，但完全没有移动的迹象，更像是一场游园会。

于是我们缓缓开着车，但凡发现有移动的人群，我就立刻跳下车。

"你们要去哪里?"我问。

"前面。"他们不确定地说。

"有地址吗?"我又问。

"跟着前面的人走。"他们摇摇头。

"你们的比萨是哪里买的?"我再问。

"后面的志愿者给的。"

很快我们又遇到另一群人,我连忙摇下车窗。

"你们要去哪里?"我问。

"刚离开一场抗议。"他们激动地说。

"在哪里?"我又问。

"后头。"他们说。

"你们的比萨是哪里买的?"我再问。

"从免费食物补给站领的。"他们兴高采烈地挥挥手。

最终,我们发现自己再次来到第五警局的街区。和前一天傍晚的场景截然不同,这里已经被抗议的人群挤得水泄不通。大多数人蹲坐在地上,骑自行车来的人就扶车而坐。人群中传出有节奏的鼓声,配合着一波又一波的口号声。

到处弥漫着一股印第安人的焚香气味,几个印第安舞者头戴艳丽的羽毛装饰,每隔一段时间就开始起舞表演,引来抗议者热烈的掌声。这是一支当地的阿兹特克舞蹈队,在后来明尼阿波利斯许多规模较大的弗洛伊德纪念活动中,都能看见他们的身影。

第五警局的屋顶上时不时冒出一个警察,望了一眼防护栏外的人群,又钻回屋子里。

我在坐满抗议者的街道上有些困难地挪动位置,试图找到一个敢于在电视屏幕上发表意见的人。一个年轻的黑人男孩半跪地扶着一辆浅绿色的山地自行车,一头卷曲的黑发在阳光下闪闪发亮。他叫安迪,身穿一件灰色的圆领衫,露出健壮但匀称的胳膊。

"早上骑车进城的时候,我遇到了国民警卫队的车队,一辆接着一辆,有好几英里那么长。"安迪描述道,"州政府先是强制宵禁,现在又把军队送过来,但人们的愤怒并不会因此减少,所以我觉得今天会更危险。"

人群中有几个领队模样的人举着麦克风喇叭讲话,周遭立刻安静下来。等到话音结束,鼓声继续响起,我和安迪才继续说话。

"我们不只是为了弗洛伊德,还为了这个国家一系列有色人种的不公正现象。人们曾经发声过,但什么都没有改变。我们只能这么做,只有这样才能得到重视。人们不应该只是嘴上聊聊,而应该付诸行动,我的行动就是参加抗议。"

警局外的防护网上贴着许多抗议的标语,最常见的是"停止白人至上"。这个诉求固然重要,但在具体操作上却十分棘手。我想知道抗议者是否有更具操作性的诉求。

"虽然德里克·肖万已经被逮捕了,但只是被指控三级谋杀罪。他应该被指控一级谋杀罪。其他在场的警察也应该遭到逮捕,因为他们是帮凶,是共犯!"

"一旦这个要求实现了,抗议就会停止吗?"我问。

"我们还要求撤资警察,并最终实现废除警察。"

坦白说,这对我来说是一个非常新鲜的概念。也许我的想象力不够大胆,但我从未设想过一个没有警察的现代社会:社会如何维稳,一旦遇到恶性治安事件又要向谁求助?在美国,绝大多数人和我一样,是在二〇二〇年的弗洛伊德事件中认识到这一个口号的,但其实废除警察的概念早在上世纪三十年代就已经出现。在一九三五年首次出版的《黑人对美国的重建》中,美国社会学家、哈佛历史上第一位黑人博士生威廉·爱德华·伯格哈特·杜波依斯首次在学术层面提出了移除一些根植于种族主义和镇压的社会机构,例如白人警察队伍和曾经盛行于美国南方的囚犯租赁制。然而这本书的核心思想,即不能低估黑人对美国重建时期的贡献,和当时的主流学术思潮(浪漫化南北战争前美国南方保守传统的"邓宁学校"历史学派)南辕北辙,废除警察的畅想自然也被认为是一种奇谈怪论。

到了民权运动兴盛的六十年代,美国著名的社会活动家、黑豹党领袖之一安吉拉·戴维斯指出,美国警察的角色就是保护白人至上主义者,号召彻底废除警察制度。然而这个观点就和她的非洲式圆形爆炸头一样,让当时的美国主流社会非常不安。那时候,因肯尼迪遇刺而临时上任的美国总统林登·约翰逊在宣布"全国对贫穷宣战"后不久,又推出了"全国对犯罪宣战",主张通过执法机构和监狱来控制犯罪。在联邦政府的号召下,各个地方政府开始大幅度增加执法部门的预算,甚至到了不能削减和触碰的地步。也是从同一个时期开始,警察工会的势力逐渐以捐赠竞选赞助金的形式介入地方政治,而那些缺少竞选经费的候选人也会主动向警察工会靠近。

二〇一七年,美国布鲁克林学院社会学教授亚历克斯·S.维塔莱出版了《警治的终结》,这是当代美国第一本系统论述如何废除警察制度的著作。维塔莱凭借自己九十年代在"旧金山无家可归者联盟会"做志愿者的经历，讲述了美国警察的存在并没有解决社会病态，反而加剧了社会中阶级、种族、性别中的不平等。这本书在以出版左翼政治哲学作品著称的维索图书出版后受到了褒贬不一的评价。

然而谁也没想到，乔治·弗洛伊德的死让这个仿佛困在琥珀中的古老观点突然复活了。从明尼阿波利斯的街头到美国各地，"撤资警察"的标语成了二〇二〇年反种族歧视抗议浪潮中最醒目的标语和诉求之一，它像海啸般出现在抗议海报、民间请愿书和大大小小的新闻标题中。维索图书顺势上线了《警治的终结》的限时免费电子版，短短几天内下载次数高达二十多万次，而作者维塔莱也如愿得到大量关注，成了各大主流媒体的座上宾。

年轻的安迪问我："如果警察系统给社会带来的伤害大过益处，难道不应该停止对警察的资金投入，而把经费重新分配给那些能够从根源上解决暴力犯罪的社会项目吗？"

不知道是因为他的真诚，还是现场不间断的鼓声制造出一种鼓舞人心的氛围，我也逐渐开始思考撤资警察的实践依据。

明尼阿波利斯的总人口中有两成是黑人居民，然而公开数据显示，警察部门使用武力的案件中有六成涉及黑人。不成比例的现象还出现在逮捕率上，根据美国著名非营利组织美国公民自由联盟在二〇一五年公布的调查，明尼阿波利斯的黑人因低级犯罪（例如在公共场合饮酒、非法侵入）而遭到逮捕的几率是白人的九倍。

在日常生活中，黑人会因为一些更小的事而遭到逮捕。当两个白人高声争论时，警察会劝说道："别吵了，散了吧！"然而如果两个争吵的人是黑人,就很有可能被冠上扰乱治安罪被逮捕。

种族主义甚至存在于明尼阿波利斯警察部门内部。二〇〇七年,五个拥有高职级的黑人警察指控该部门存在制度性的种族主义:部门管理层默许执警过程中的种族歧视行为,并对黑人警察采取更严格的约束措施。所有黑人警察甚至都曾收到通过警局内部的邮件系统寄出的印有"3K"字样的死亡威胁信。该案最终以八十万美元的赔偿金在场外和解,而其中一名被告人日后竟成了明尼阿波利斯警察工会的主席。

二〇一五年,美国司法部发起了一项旨在改善警民关系的试点计划,避免弗格森骚乱重演。全美国有超过一百个城市报名参加,但最后只有六个城市入选,明尼阿波利斯就是其中一个。"我们被选中证明了明尼阿波利斯在改善警察和社区关系上的决心。"时任警察局长在媒体见面会上骄傲地说。

然而事实证明,无论是主观上的决心,还是客观上的培训,都无法扭转现状。二〇一五年十一月,两名白人警察在明尼阿波利斯北区枪杀了一名二十四岁的黑人男子贾马尔·克拉克:其中一名警察称克拉克试图抢走他的枪,但有证人称克拉克当时已经戴着手铐。二〇一六年,在离明尼阿波利斯仅一河之隔的圣保罗,三十二岁的黑人男子菲兰多·卡斯蒂尔在一次交通拦截中被警察击毙,开枪时卡斯蒂尔的女友和女友的女儿都在车里。二〇一八年,三个孩子的父亲瑟曼·布莱文斯被怀疑朝天空开枪,两名白人警察在追逐布莱文斯的过程中将他击毙。

以上这几起案件中的警察都没有受到任何法律制裁。讽刺的是,在弗洛伊德事件发生之前,明尼阿波利斯近年来唯一因暴力执法入狱的是一名索马里裔黑人警察，他在二〇一七年的一次出警过程中误杀了一名白人女性。

也许乔治·弗洛伊德的被害只是一个随机事件，但由此引发的大规模抗议却是过去五年来明尼阿波利斯警民关系每况愈下的必然结果。那么，如果美国警察不仅无法维护治安，而且成了暴力的执行者，难道不应该对他们的存在产生质疑吗？

黄昏时分，我回到湖街，大多数志愿者已经离开，只剩下一些徘徊的路人。借着依然明亮的天光，我给新一天的晨间新闻做了几档连线直播。直播结束后，我走到已经开始收摊的露天食品补给站领了一包剩下的午餐袋，里面有一个苹果和几条坚果棒。这是我迟到的午餐和当晚的晚餐。

返回酒店的路上，到处都能看见国民警卫队绿色和浅褐色的装甲车，它们像是史前动物一样在城市空旷而曲折的街道上移动。

新闻的焦点已经开始转移到其他城市，首都华盛顿特区的白宫外暴力冲突不断，而芝加哥的市中心也出现了规模颇大的抗议和骚乱。在纽约，在洛杉矶，场景大同小异。隔天上午，我决定暂时结束明尼阿波利斯的采访，驱车返回芝加哥。

和几天前赶赴明尼阿波利斯时一路上的所见不同，每当途经一个城镇，无论多小，都能看见抗议的标语，仿佛冬去春来时树枝上绽裂而出的嫩绿叶芽。

我在威斯康星州境内的一家小餐馆里吃了几天来第一顿热腾腾的饭，也是疫情出现后第一次堂食。不同批次的客人之间隔着空桌，吃饭像是在开秘密会议。这时我才渐渐感觉到兴奋退去后的疲劳像潮水般袭来。

为了避免疲劳驾驶，我在威斯康星州的麦迪逊停留一夜，隔天继续赶路。这座建造在狭长地峡上的大学城空荡荡的，一些依然在校的留学生在湖边的草坪上聊天看书，草坪上画着白色的圆圈，提醒人们保持社交距离。

留宿的酒店在议会大厦边上，从楼顶的露台可以远眺大厦标志性的白色穹顶和不远处鱼鳞般的湖面。十字路口传来抗议的口号声，我伸出头，只见一大群大学生模样的年轻人正结伴穿过初夏的树荫。他们绕着议会大厦转了一圈又一圈，直到夜色彻底降临，圆形穹顶亮起灯来。

* * *

在经历了明尼阿波利斯的"脱敏"后，二〇二〇年的夏天成了我入行以来出差采访最频繁的一个时期。几乎每一周，我都在不同的州和城市，从南到北，由东至西，一个口罩和一包酒精湿巾是我所有的防疫装备。我想要竭尽全力地去看这个国家，这样即使几个月后美国政府不再给我续签，我也不会有太多遗憾。

我在这个"特殊时期"的旅行目的地大体上分成两类：一类是热点新闻正在发生的城市。例如俄勒冈州的波特兰，反对警察暴力执法的抗议者在市中心联邦法院大楼外打起了持久战，催泪瓦斯和防暴弹的爆炸声每夜零点准时响起；又或者肯塔基州的路易斯维尔，我拜访了布伦娜·泰勒被警察误杀时居住的公寓楼。市中心一座两百年历史的法国国王路易十六（城市以其命名）的雕像不但被切掉了左手，全身上下也被涂上了五颜六色的油漆。

另一类是曾经的新闻现场：那里发生过举世瞩目的事件，甚至被写进了历史课本。这一类地点可能没有具体的采访对象，更像是新闻工作者的朝圣。

在前往威斯康星州采访基诺沙骚乱前，我就是在美国南方进行一趟短暂的朝圣之旅。

我先飞去了田纳西州被八月热浪围困的孟菲斯，那里有马丁·路德·金遇刺时的汽车旅馆（现在被改建为国家民权博物馆）。虽然疫情期间并不开放，但并不妨碍我从露天停车场仰视那个著名而悲伤的旅馆阳台（金博士中弹时的位置）。密西西比河边的"蓝调一条街"因为疫情都停业了，原本热闹非凡的街道只剩下几块接触不良的电子霓虹招牌，像极了恐怖电影里灾难发生后的废城。

从孟菲斯我开车向南去了被美国人简称为"Ole Miss"的密西西比大学。上世纪六十年代校园里发生了许多白人阻止黑人学生上学而引发的血案，我也在校园里完成了一场"血祭"：密西西比州凶猛的长脚蚊子在我的小腿上咬出了好几个大包。

大学的所在地牛津小城坐落着美国文豪威廉·福克纳的故居"山楸橡树"，同样因为疫情大门紧闭。

我再向西开车去了阿肯色州的小石城，以一头黄色老虎为校标的小石城中央中学是美国南方民权运动最有名的旧址之一：五十年代末，包括州长在内的种族隔离主义者强烈反对学校招收黑人学生，甚至大打出手。时任美国总统艾森豪威尔不得不向当地派遣了联邦军队才平息了冲突。

不过这一切都比不过小石城的高温给我留下的深刻印象，它是我在美国去过最热的城市。

三个目的地距离不远，刚好在地图上画出一个等腰三角形。

其实在出发南方的前一天晚上，我就在推特上刷到了基诺沙的新闻：一个叫雅各布·布莱克的二十九岁黑人男子在儿子的生日派对上和未婚妻（同时也是儿子的母亲）发生剧烈争吵，接到报警电话前往现场查看的白人警察为了阻挠布莱克坐车离开现场，朝他的背部连开七枪。当时布莱克的三个孩子坐在车内。

整个过程被街对面阳台上的邻居用手机拍摄下来，并上传至网络。涉事警察宣称布莱克存在暴力举动，但由于没有随身佩戴摄像头，这段手机视频是唯一的影像记录。不过布莱克比弗洛伊德幸运，他身负重伤，却奇迹般地幸存下来。

基诺沙很快出现示威活动，但当下的美国正处于抗议的大潮中，所以并不显得十分醒目。

在遭遇来自当地警察的暴力反制后，抗议者开始焚烧车辆和商铺，以此作为回应。可以说，一直到这里，事态的进展依然呈现出一种绝望的程式化。

然而局势很快发生了变化。和明尼阿波利斯不同，基诺沙是一个较为保守、人口不到十万的小城。当地一名拥枪派的前区长在脸书上创建了一个名为"保护基诺沙"的社群，号召"爱国者"带上自己的武器，于当天下午六点在县法院大楼外集合，共同"保护人民的生命和财产"。有数千名网友表示有兴趣参加。

这条召集信息收到了四百多次脸书用户的投诉，占该社交平台当天投诉量的三分之二，但平台的仲裁员并没采取任何行动。

基诺沙的气氛变得更加紧张，抗议者互相提醒来自右翼民兵的武力威胁。果然，当天晚上基诺沙的街头就出现了许多手持步枪的民兵分子，他们时而出现在警察队伍中（有视频显示警察给民兵队员递水，感谢他们的到来），时而单独行动。

来自伊利诺伊州的十七岁少年凯尔·里滕豪斯就是其中一员，这个特朗普的头号支持者从朋友手中借到了一把步枪，一路开车赶到了基诺沙。深夜时，抗议者和民兵分子发生冲突。在一番追逐打斗中，里滕豪斯朝几个抗议者开枪，造成两死一伤。防暴警察很快出现了，但并没有对当时手持步枪的里滕豪斯做出任何反应（整个过程被旁人用手机拍摄下来），而是让他离开了现场。

我是在小石城中央中学那栋哥特复兴风格的主楼前读到了基诺沙的最新事态。我的身旁就是一九五七年九名黑人新生在国民警卫队的护送下一步一步踏上的石阶，当时在这栋被称为美国最美中学教学楼前的草坪上站满了挥舞着邦联旗帜的愤怒白人居民。我意识到，前一晚发生在基诺沙的流血冲突标志着这场对峙已经从抗议者和警察间转移到普通民众之间，而美国的历史早有借鉴，发生在美国民众间的冲突很可能通向一个更危险、也更难以预知的方向。

隔天回到芝加哥，我就直接从奥黑尔机场租车赶赴基诺沙。

基诺沙在密歇根湖畔。夏天，芝加哥的富人会从那里租游艇去湖的更深处钓帝王鲑。四月份我来威斯康星州采访跨州堂食的地点就属于基诺沙县。一开过州界，94号州际公路通向基诺沙市中心方向的几个出口都封住了，警察甚至把大卡车或者装甲车直接停在出口。车只能继续向北开，再绕远路回到基诺沙。

这时已经是八月底，路两旁的树丛到了茂盛的顶点。越往城中开，就越能感觉到来自湖面的凉意。太阳刚下山，天空有浅浅的紫色。

刚到城中，我就在一个略为偏僻的街角撞见了这样一幅情景：几个看上去只有十几岁的混血少年骑着自行车，一辆灰色的皮卡先是安静地跟在他们后面，然后突然加速，作势要撞上去。少年们很快意识到危险，一边咒骂，一边快速地把车骑上人行道。

我后来听说，一些极右分子会开车在基诺沙的街道上寻找落单的抗议者作为猎物。

一名受雇于路透社的摄影记者指引我们把车停在一个相对安全的区域，他和另外几个美国同行都穿上了防弹背心：白人民兵携带枪支，一旦和抗议者发生冲突，擦枪走火很有可能再次发生。

我的车里只有一件防弹背心，于是把它给了我的摄像师，他在拍摄时更难兼顾周围。

基诺沙的街道空荡荡的，看不见抗议者的身影。原来前一天的枪击案发生后，他们决定集体行动，防止落单。约莫半小时之前，游行队伍刚刚从县法院大楼外的广场出发。根据参与者的手机直播画面，他们正绕着城区缓缓行进。这几个摄影记者于是决定追过去。

我很少参加媒体发布会之类的群体采访，所以没有和其他媒体一起行动的习惯。屈指可数的几次经历也都称不上顺利。有一回我去巴西亚马孙雨林的一个小镇上调查树木盗伐，偶然地和几个当地的媒体结伴同行（其中一个恰巧也是给路透社供稿的摄影师）。然而当一行人驱车途经一些在我看来非常值得驻足记录的场景时，其他人却并无此意，而是继续赶路。也许对于他们的媒介形式而言，这些事物并不能成为最直观有效的内容。

然而此刻在基诺沙的街头，出于人身安全的考量，我还是决定和其他人一起行动。

在昏暗的夜色中，我们徒步经过一个露天停车场，那里停放着上百辆烧焦的汽车残骸：车玻璃和轮胎都不见了，只剩下灰白色、几乎熔化的车身，仿佛用手一拍就会化为灰烬。

他们仓促地走在前面，而我四处打量着，常常落在后面。

好几次经过街角，能看见皮卡停在路旁，没有熄火。驾驶座上的人把车窗摇下，眼神充满敌意。

我们沿着一条空无一人的大街向西走。宵禁从晚上七点开始，一直到隔天早上七点才会结束。路上没有车经过，沿途好几盏交通灯都出现了故障，只有红灯不停地闪烁着，跳不回绿灯。

基诺沙旅游公司的广告牌倒是运作正常，电子屏幕上一遍又一遍地浮现出"欢迎来到基诺沙"的红色字幕，在漆黑的夜色中显得尤为诡异。

在另一个露天停车场里，沿街停放的几辆汽车的车窗碎了一地，其中一辆灰色本田商旅车的挡风玻璃被枪射出了六个直径完全相同的口子。

这里和我去过的任何一座抗议城市都不相同：明尼阿波利斯的夜晚是躁动的，波特兰的夜晚是互相试探的，而基诺沙弥漫着一种肃杀的气氛。它出奇地安静，却又仿佛有一只怪物躲藏在浓雾中窥视着我们。

美国宪法第二修正案赋予了美国公民持枪的权利，但在美国各州的法律中，未经官方批准的私人民兵组织和准军事化组织都是非法的。然而二〇二〇年以来，越来越多的民兵出现在美国城市的街头。根据"武装冲突地点和事件数据项目"的统计,全美国目前至少有八十个活跃的民兵组织,其中以例如"誓言守护者"和"百分之三者"这样的极右翼组织为多数。在二〇二〇年一月至二〇二二年四月期间,全美国民兵组织的公开活动次数高达六百三十三次。

一开始,这些右翼民兵以反对地方政府的居家隔离令为诉求,其中密歇根州最为激烈,一个当地的民兵团伙甚至计划冲击州议会大厦和密谋绑架州长。当弗洛伊德遇害引起的全国性反歧视抗议出现后,他们的目标也随即开始转移。

二〇二〇年六月,一支叫作"新墨西哥国民警卫队"的民兵组织出现在新墨西哥州的阿尔伯克基,他们和一群呼吁推倒市中心西班牙征服者胡安·德·奥纳特铜像的抗议者发生冲突,其中一名成员开枪射伤了一名男性抗议者。根据地方检察官的诉讼材料,该民兵组织接受了军事战术训练,并在抗议现场自称是合法的军事力量。

不少拥枪分子引经据典地指出国民警卫队的前身就是一支成立于一六三六年、保护波士顿英国殖民地的民兵队伍,但事实上,美国现代民兵组织运动的兴起却和一个臭名昭著的组织脱离不了关系。

早在上世纪八十年代,美国超过一半的州都立法禁止民兵组织和非官方的准军事化训练,但目的是为了打击三K党和同类型的极端分子。当时,全国至少有七个州都出现了白人至上组织的军事训练活动,其中以得克萨斯州、北卡罗来纳州和佛罗里达州最为突出。一九八〇年,美国知名公益组织"反诽谤联盟"称大多数正在接受军事化训练的极端组织都存在针对有色人种施行私刑和谋杀的前科，催促司法部批准联邦调查局对这些组织进行全方位监视。

到了九十年代，由于执法加强和民权意识的崛起，三K党逐渐边缘化。然而也是在那一段时间，一系列禁枪法案的出台刺激了拥枪分子的神经。

一九九三年，美国国会通过了《布雷迪手枪暴力预防法案》，这项里程碑式的立法规定枪械购买者需要进行背景审查。隔年，联邦政府又颁布了《联邦突击武器禁令》，对高容量弹匣和攻击性武器规定了十年禁期。虽然这些禁枪法案离实际执行有很大的距离和困难，但民间反应剧烈。同时，联邦政府在"红宝石山脊围困事件"的争议性做法在美国的右翼拥枪组织间掀起了一股反政府热潮。正是在多种因素的共同作用下，一种有别于十七世纪波士顿民兵组织、以反政府为诉求的现代民兵运动开始在美国出现。

虽然立法早已到位，但各级政府对这个新兴的民兵潮并没有特别重视，因为从实际操作的角度看，执法部门很难将普通拥枪分子（例如枪击俱乐部）和民兵组织进行有效区别。很多地方官员甚至表态，即使一个拥枪集团自称民兵组织，也不意味它就是一支私人军队，如果没有出现具体的犯罪行为，很难使用相关法律予以定罪量刑。

一直到一九九五年震惊全球的"俄克拉荷马城爆炸案"发生后，联邦政府才开始意识到民兵组织对公共安全的极大威胁。然而，此时美国国内的民兵运动已经达到燎原的态势。一九九六年，作为民兵运动发源地的密歇根州已经存在八百五十八个大大小小的反政府民兵组织。

凭借为仇恨犯罪受害者做法律代理而声名远扬的南方贫困法律中心在俄克拉荷马城爆炸案发生后致信美国各州的检察长，这个位于亚拉巴马州蒙哥马利的非营利民权组织指出，在当时遍及三十六个州的一百九十个准军事组织中，至少有三十七个和白人至上组织存在联系。

专门研究美国极右翼组织的历史学家马克·皮特卡瓦奇表示，除了民兵队的雏形和三K党在形式上存在重叠的历史原因外，民兵组织在招募新成员时，也更倾向于白人至上主义的支持者。皮特卡瓦奇在研究了大量右翼民兵组织的网络招募信息后发现，他们常常大肆宣扬对美国人口构成变化的恐惧和维持传统权力结构的愿望，有针对性地吸引那些在经济和文化认同中都存在危机感的人群，例如白人退伍军人。在线下见面时，通过集会、枪支训练营等团体活动的方式加深这些人的归属感和赋权感，而信息闭环和错误信息进一步激化了这些团队内的个体。

这或许能够解释为什么当二〇〇八年美国历史性地选出首位黑人总统，而金融危机导致失业率一路向两位数飙升时，沉寂了将近十年的右翼民兵运动又开始活跃，甚至在短短三年内就超过了九十年代的最高水平，连地方上一些在职的执法人员也加入其中。二〇一六年美国大选时期的舆论战更是让右翼民兵组织的核心叙事从反对政府扩展到更大的范围：外国移民、穆斯林、反法西斯抗议者、反种族歧视抗议者统统成了他们的敌人。

南方贫困法律中心资深研究员霍华德·格雷夫斯认为，右翼民兵组织把焦点放在了反种族歧视抗议引发的骚乱和破坏上，将抗议群体当作"恐怖分子"来看待。他们坚信当执法部门无法维护社会秩序时，自己就有责任出面干预。

我跟随着前面领路的人拐进了一个居民区，街道变窄，两边都是独栋的民居，但灯都关掉了，房子里看不见一点光亮。如果没有路灯的提醒，会误以为整个社区陷入黑暗是停电的缘故。

听见街道上传来脚步声，一户人家微微打开铁门，探出头。

"看见抗议的人了吗？"一个摄影记者问。

"他们往前走了。"那人指了指东边，那是湖的方向。

一行人于是沿着这条街道往回走。此时我已经疲惫至极，这奔波的一天是从孟菲斯开始的，却远远不知道何时能够结束。

就这样又气喘吁吁地走了半个小时，一辆已经被烧得面目全非的卡车出现在路中央。绕过它后，前方出现了灯火摇曳的市民中心广场，几乎就是我们一开始出发的地方。这几个摄影记者很快散开，我再也没有见过他们中的任何人。

广场边的县法院大楼是一栋庞大的古典复兴式建筑，远远看像一座希腊神庙。和密歇根湖西岸的大多数灰石楼房一样，它的外墙和一整排装饰性的圆柱都来自印第安纳州的石灰岩矿，在夜灯的照射下，发出幽幽的银光。

警察在大楼前架上了两米多高的防暴网，又用半人高的水泥墩和橘色的垃圾车堵住了东西两个街口，以此阻碍抗议的人群自由进出。但垃圾车早已被大火烧得剩下残骸，有人经过时在已经变形的驾驶室窗框上插了一小束黄色的雏菊。

黑暗中传来熟悉的口号声，透过广场的树丛，攒动的黑影正向我的方向流动。这就是我们想要追赶的游行队伍，他们已经绕城一周回到了起点。

抗议者不到一百人,以年轻人居多,很多是黑人。一个身材修长、穿着一件十分干练的格纹衬衫的黑人女孩和我说,下午的时候人比现在多,但宵禁开始后,一些人就离开了。虽然有可能遭到白人民兵的袭击,但她不会表现出害怕,今晚上街抗议的人也一致同意,会时刻保持联系的顺畅,任何决定都要考虑大局。

她和其他几个同伴是从基诺沙以北二十分钟车程的拉辛市来到这里的,那是另一个湖畔小城。女孩的额头上架着一副透明的防护眼镜,脖子上系着一条印着白色图腾的黑头巾,右耳上的耳坠非常醒目,它是一个排列成两行的句子"不会接受"。这是上世纪八十年代美国一支重金属乐队"扭曲姐妹"的旧歌词,但新千年后变成了一首脍炙人口的政治竞选歌曲。

"人一旦出现惊慌的情绪,就会做出很主观的个人判断,做出的决定就很有可能是错误的。"女孩说。我想她指的是和白人民兵发生言语或者肢体上的碰撞。

她把我介绍给今晚这场抗议的组织者,一个名叫克郡·戈德史密斯的黑人小伙。他只有十八岁,个头不高,有些瘦弱,在威斯康星州大学的绿湾分校主修环境政策专业。戈德史密斯说白天的时候,警察暴力拦截了一辆载着抗议者的车辆,并逮捕了车上的乘客。

"我们甚至都不知道他们被关在哪里。"他愤怒地说,"每当我们采取和平的方式抗议时,反而会被暴力对待。"

零零散散的抗议者围成一圈,在广场正中央的地上放了一个酒瓶和几朵康乃馨,以此追悼前一晚被射杀的两个抗议者。简短的仪式结束后,抗议者又集结成群,再一次走进了黑夜。

※ ※ ※

两天后,我又回到了基诺沙。

这一次是在白天。雅各布·布莱克在经过几场大手术后捡回了一条命,但可能下半身终身瘫痪。他的家人在当地组织了一场游行,计划从布莱克出事的地点一路徒步至县法院大楼外,届时那里将架起一个临时讲台。不过到了活动当天的早上,集结地点换成了一家理发店。我到达现场的时候,那栋红砖楼已经被人群团团围住,美国绝大多数媒体的报道员和那些平时只在东西两岸出没的国际媒体记者都赶来了。

理发店的拥有者兼理发师是基诺沙一个颇为活跃的黑人意见领袖,这里既是他发挥职业技能、养家糊口的场所,也常被用来组织当地黑人居民的社区活动。店铺的两扇窗户都钉上了木板,玻璃门也做了防护,但可以打开。现场的人数之多俨然超出了组织方的预期,每当有人从中间的门缝里探出头,周围的记者就立刻作势要冲上前去。最后他们只好放弃了在店门外召开小型记者会的想法,以防场面失去控制。

维持秩序的志愿者在衣服外套了一件荧光背心,除此之外,还有一大群全身黑衣打扮的黑人男子,大概有上百人,他们戴着黑色帽子和面罩,套黑色手套,甚至连姿势都如出一辙:站立不动的时候,会把交叉握住的双手紧贴身体,警惕地环顾四周。

"那些人是谁?"我听见一个白人志愿者女孩悄悄地询问她的

同伴。"他们是活动的组织者。"另外一个志愿者回答。但大家都心知肚明，这群人是当地黑人社区雇用的安保人员。

难道右翼民兵会选择在这个时候袭击抗议的人群？我心想。

有不少黑人头戴黑色的塔基亚帽。雅各布·布莱克的父亲老布莱克信奉伊斯兰教。

烈日当头，人们早已汗流浃背，但估计谁都没有比一个身穿橘色囚服、手上拿着铁牢道具的人更加煎熬：他头上套着一个特朗普头像的连脖塑胶头套，肯定热得喘不过气来。

就这样又闹哄哄地过了半个多小时，游行队伍终于出发了。

老布莱克和家人走在队伍的最前面，黑人群体的社团代表们跟在后面，其中有警察暴力执法遇害者的家属、来自州首府麦迪逊的前"黑豹党"成员。一个自称为"美国非洲狮"的非营利组织也从密尔沃基派来成员，该组织以保护黑人企业为使命。再往后就是自发参加的抗议者，浩浩荡荡有上千人。

那些黑衣安保们像是蛋糕夹层一样分布在方阵的不同区域，他们人高马大，在人群中十分突出。

雅各布·布莱克一家祖孙三代同名，唯一的不同是后缀，以此区别"老"和"小"。不过爷孙两人都取名"小布莱克"，像是一种无尽的循环。五年前，老布莱克厌倦了中西部残酷的冬天，搬到了北卡罗来纳州的夏洛特。他收到儿子遭警察枪击的消息时，共和党代表大会正声势浩大地在夏洛特举行，特朗普的狂热支持者们遍布全城。几天前，尚未和特朗普决裂的时任副总统迈克·彭斯还在大会上高呼，只有共和党才能拯救"郊区式美国梦"免遭暴徒的袭击。

除了步伐有些蹒跚外，老布莱克看起来很年轻，他穿着一件应援儿子的黑色圆领衫，上面写着"我是一个人"，还印上了小布莱克的照片。现场的记者们试图接近他，但都被身边的黑人安保挡住了。一大群人就这样浩浩荡荡地沿着公路步行到了县法院大楼外。

基诺沙曾经是美国著名的汽车城。上世纪初，来自芝加哥的自行车生产商托马斯·杰弗里收购了当地一家自行车厂，但他很快就意识到汽车才代表着未来和商机，于是在一九〇二年打造出了美国历史上第二古老的轿车品牌漫步者，比福特汽车还早了一年。到了一九一五年，杰弗里家族的汽车公司已经位居美国汽车行业前十，年销量达到一万三千多辆，并在隔年以五百万美元的价格被通用汽车公司收购，改名为后来在美国汽车品牌中颇为传奇的纳什汽车。

如今人们习以为常的汽车安全带就是在基诺沙发明的，一九四九年纳什汽车开创先河推出了首款现代安全带系统。在那之前，一些汽车只配置了系在大腿上的安全带，虽然能防止乘客弹出汽车，但无法有效地保护上半身和头部。

汽车工业在这座湖畔小城发展壮大，不但出产了一系列口碑和市场份额都表现优异的汽车品牌，还在第二次世界大战期间为美军制造飞机引擎和卡车。当地两座大规模的汽车制造厂房也为当地居民提供了就业。

然而到了八十年代末，基诺沙好景不再。当时价格更具优势的外国进口汽车对美国本土的汽车制造商带来了巨大冲击。与此同时，消费者也更青睐耗油量低的汽车类型。出于降低成本的战略性考量，几家大型汽车品牌相继宣布关闭它们在基诺沙的厂房，当地上万名汽车工人失去工作。二〇一一年，经历过黄金年代的汽车厂房甚至举行了拍卖会，从机床到厨房洗水池一律廉价清仓。和美国锈带上的其他城市一样，基诺沙也彻底告别往日的荣光，深陷贫困和失业的阴霾中。

白天从湖面吹来的风大极了，县法院大楼旗杆上的几面旗帜被吹得噼里啪啦地响，仿佛要被撕碎一般。一个头戴牛仔帽的混血男子肩扛一面印着"BLM"的巨幅蓝白双色旗，半跪在防暴网外的草坪上，让摄影记者拍照。

在一个半人高、只有几平方米大小的临时讲台上，被一群人紧紧簇拥的老布莱克念诵起《古兰经》的开端章。"这个章节由七节经文组成，分别代表射入我儿子背部的七发子弹。"他解释道。

老布莱克的发言逻辑清晰，丝毫没有怯场，他时而放慢语速，时而又高声疾呼，听者甚至会误以为他已经为这个时刻排练了很久。但我知道这是一种存在于美国黑人集体经验中的技能：他们生来就处在一个需要大声控诉的社会氛围中，物竞天择决定了他们懂得"表演"愤怒，这几乎已经进入他们的基因中。

因为需要和 CNN 做一场独家直播连线，老布莱克颤颤巍巍地下台，在广场边上的一张长凳上坐下。媒体见状再次一拥而上，同一群黑人安保立刻又把老布莱克包围起来。

"我们和 CNN 说好了，只接受他们的采访！"一个自称负责外联的黑人女子摇摇手。

人们又推推搡搡了一阵子。

连线采访结束时，一些记者已经失去耐心离开了。我并没有提问老布莱克的计划，在这种场合，任何你能想到的问题，他都已经在公开发言时提前回答了。但那一刻，他就在我面前，不问反而变成是一件很不自然的事。

"我可以问个问题吗？"我对老布莱克和围绕在他身边的人说。

"你是哪里来的？"老布莱克问。

"我是外国媒体。"

受到美国政客言论的影响，美国民间对于中国的态度跌至历史最低水平，新冠疫情更是在美国社会掀起一股仇视亚裔的浪潮。我非常了解一群看似无害的人能在煽动下做出什么，所以本能地希望用这个答案保护自己。

"我要知道是哪一个国家。"他直盯着我。此时所有人也都安静下来看向我。

"我是中国的记者。"

事后回看当时的视频，我几乎毫不犹豫地回答了他。但在我的切身感受里，仿佛度过了漫长的时间。它不是线性的，而是向各个方向膨胀的。那一瞬间各种各样的可能性在我的脑海中闪过，在开口的那一刻，我已经决定坦然接受任何一种后果。

"你现在可以提问了。"他说。我松了一口气。

我想起几天前时任美国驻联合国代表妮基·海莉在共和党全国代表大会上的发言："现在有一种时髦的说法，说美国是个种族主义国家。这是谎言。美国不是种族主义国家。"身着粉红色套装的海莉出生在一个印度裔家庭，父母都是成年后才移民到美国的。

我想要知道老布莱克如何看待这种在共和党人中颇为常见的观点。

他说:"黑人是被白人拐卖到这块大陆上的,当他们意识到我们的人数已经多到无法清除时,就开始不断地迫害我们,亲手制造出种族歧视。种族歧视是一种制度,或者说,制度性的种族其实是真实存在的,所以不要相信这些政客的话。"

话音刚落,黑人安保们再次把他紧紧包围住。我有一种幸免于难的感觉。

过了一会儿,台下的座位席中突然出现一阵混乱,我冲过去时只看到了一个结尾:椅子翻倒在地,几个黑人安保朝市民公园的树林方向冲去。身边的陌生人告诉我,一个不知道从哪里蹿出来的人试图向老布莱克的脸上喷洒胡椒喷雾,但被及时推开,没有成功。

到底要有多深的仇恨,才能让一个人冒着被围困殴打的危险,羞辱一个几乎丧子的老父亲?

麦克风中的声音激动起来:"你们夺去我们中的一个人,我们也要夺去你们中的一个人!"

袭击未遂,但活动很快结束了。没过多久,法院大楼前的人群都散了,只剩下暗雷般的蝉鸣声。

* * *

在二〇一六年的美国大选中,基诺沙的胜者是特朗普,不过他优势微弱,只比希拉里多出了两百多张选票。即使放大到整个威斯康星州,差距也极小,甚至不到一个百分点。四年后,由于疫情和飙升的失业率,威斯康星州人似乎对曾经的选择十分失望,六月底的几次民调都显示拜登在该州的支持率比特朗普高出了八到十个百分点。虽然美国民调的准确性颇受质疑，但再自信的总统候选人也很难在这个数字面前安然入眠。

基诺沙的骚乱发生后，当地的民意又出现了新的变化。特朗普最忠诚的支持者们表示他们在经历了这场浩劫后，更加坚定了当初的选择；而一些原本打算和特朗普分道扬镳的选民开始怀疑民主党政府在社会维稳上的能力（时任威斯康星州州长和基诺沙市长皆为民主党人），逐渐流露出向共和党倾斜的意向。摇摆州的称号果然名副其实。

特朗普灵敏的双蹼很快地觉察到暗流的改变。和其他同样发生了大规模抗议的城市不同，基诺沙的"怀旧"情绪可能因这场骚乱而更加浓烈，并且可能向整个州蔓延。

于是，在一个周六的晚上，特朗普无视当地官员的强烈反对，宣布将前往基诺沙视察。他会探访在骚乱中失去财产的商家，但暂时没有慰问雅各布·布莱克及其家人的行程。

总统之行像是一块强力磁铁，把所有人都吸了过来：特朗普的支持者和反对者、极右翼民兵、左翼集团安提法，以及一大群张牙舞爪的记者们。

九月的第一天，当美国大多数地区依然处于炎夏中，密歇根湖西岸的气温已经降到十几度。此时，秋意可能随时出现。从芝加哥出发一路都是晴天，中午抵达基诺沙时天气已经转阴，而且丝毫没有云开雾散的迹象，能从空气中嗅到雨的气息。

市中心的主干道谢里登路已经拉起了警戒线，这是总统车队的必经之路。谢里登路的起点其实在芝加哥北城（离我的住址相当近），全长一百公里，一直向北延伸到威斯康星州的拉辛市，基诺沙是这条线上的其中一点。路的名字取自深受芝加哥人爱戴的菲利普·谢里登将军，他在一八七一年芝加哥遭大火吞噬后成功地维护了城市的秩序。不过这条路本身却常遭司机和自行车手的诟病，甚至被称作"寄生虫"，因为它并不是一条完整的路，而是由一些头尾并不相连的路段组成。

谢里登路隔开了两个阵营：西侧是特朗普的支持者，东侧是反对者。也有一些在警戒线拉起后才赶来的人，零散地出现在对立的阵营里。一大群媒体聚集在路拐角一个专门圈起来的区域，从那里能拍到总统车队的正面，仅此而已。我从停车的位置走过来，刚好被拦在路的西侧，于是偶然地和特朗普的支持者站在了同侧。

和专程前往竞选集会的信众不同，本地人以居家打扮居多，仿佛随手拿了一顶印有特朗普竞选标语的红色棒球帽就出门了。一个略显发福的中年男人捎着两个看上去不到二十岁、胡子都还没有长齐的小伙子（也许是他的儿子），其中一个正啃着一个苹果。每当路的另一边传来"黑人的命也是命！"的喊声时，男人就会用他洪亮的嗓子回应："所有的命都是命！"两个小伙像是唱和声一般附和道："USA！USA！"苹果脆片从唇间喷出。

特朗普的女性支持者很容易辨认，她们有两个极端：一种是依然留着八十年代半屏山发型的家庭主妇，发色通常是发白的金色，干枯得像一把稻草；另一种是朋克打扮的女摩托车手，身着皮夹克，头发染成各种不自然的颜色。当一个政治人物能把这两类截然不同，甚至可以说处于一条线两端的女性形象召集在一起，你的确无法忽视他的魔力。

一个戴着眼镜的白发老太太从包里取出一面特朗普的竞选旗帜，脖子上又挂着一条星条旗图案、卷在一起的长围巾。她小步跑到警戒线边，迎风展开那面旗帜，风吹开了她的刘海，她如同幼童般露出了愿望得到满足时的神情。

她叫罗妮，来自伊利诺伊州的里奇蒙，距离基诺沙一个小时的车程。"我曾经在这里工作，如今我的女儿住在这里。"她特别强调，以显示自己对基诺沙极其了解，"我一直把这里当作自己的社区，这里的商业因为抗议受到重创，这让我非常难过。"

我问罗妮如何看待路另一边的人。

她突然变得非常激动："我觉得他们根本不是本地人，他们根本不懂得基诺沙！你也不是本地人，基诺沙根本就不是这个样子的，基诺沙人都是好人，表里如一，不管是什么肤色。"她的身体开始微微颤抖，"告诉你吧，马上就会有证据出现，证明这群破坏分子和俄勒冈州波特兰的那伙人一样，都是有组织、有资金支持的。肯定会出现'十月惊喜'，到时候人们就会醒悟过来！"

说到这里，她突然向我展开那面特朗普的旗帜："我们需要美国，我们需要自由，我受够了别人夺走了我的自由！"她的眼眶涌出泪水，脸颊湿漉漉的，就这样停顿了一秒后，她转身离开。

我几步追上前。

"请不要难过了，"我安慰她，"你为什么这么伤心？"

她平复了一下情绪："因为这是我的国家，我们是这个世界上最后一块自由的土地，而我的自由就这么失去了。"

"能否告诉我，你的什么自由被夺走了？"我追问。

她低下头，努力地寻找一个答案："'黑命贵'不自由，他们是仇恨者。"

我被她的回答搞糊涂了。

她似乎也意识到自己答非所问,于是深吸了一口气:"我希望得到成功的自由,我希望宪法第一修正案赋予我的权利得到充分的保护,我想要按照自己的生活方式继续生活,我们应该有相信自己内心的自由。"她像是在背诵着什么,"我们应该爱彼此,应该从父辈和教堂那里学习到伦理和道德。"

成功的自由?我暗自推敲着。罗妮觉得自己成功的自由被剥夺了,可是这种自由又是如何被反对种族歧视的抗议者剥夺的呢?按照这种逻辑,如果她成功的自由会因为种族平等而被剥夺,不反而证明了她的自由是建立在种族歧视之上的吗?

但是,我没有继续问下去。

"你看见路对面那些涂鸦了吗?"罗妮说。

我顺着她手指的方向看过去,那是一家手机店,窗户和门都罩上了木板,木板上有"黑人所有"的黑色笔迹,商店希望以此在骚乱中逃过劫难。

"不是那些黑命贵一类的东西,"她说,"是那一行新写上去的字,'光在黑暗中闪烁',真正的基诺沙人为那些黑命贵的涂鸦感到尴尬极了,所以用美好的句子将它们遮盖住了。"

特朗普的车队呼啸而过,整个过程只持续了三秒。

警戒线解除后,我横跨到谢里登路的东边,终于看清了那一句涂鸦:"光在黑暗中闪烁,黑暗并没有遮住它。"

我并没有从中嗅到任何尴尬的意味。事实上,我并不觉得它是特朗普的支持者写上去的。

如果罗妮能从对立阵营的信息中得到慰藉和认同，难道不能说明他们追求的是同一种东西吗？例如，成功的自由、遵循自己的心声而生活的自由。

一个漂亮的黑人小女孩出现在我的身边，她把一头可爱的卷发扎在脑后，手中举着一块自制的海报，上面写着"我的名字叫汉娜，我的命也是命"。

汉娜的母亲站在她身后，一个肤色略浅的黑人女子，肩上挎着女儿的小书包。

"这一切都太让人焦虑不安了。"她叫妮凯，居住在基诺沙。根据最近一次人口普查，只有一成的本地居民是黑人。

"我不喜欢抗议带来的破坏，但我爱这些抗议者，我为这些年轻人感到骄傲。这个国家发生的事情是不对了，而这些不对的事情已经持续了太长时间。"她的眼泪一滴一滴地流下来，"你能了解我吗？我每一天都担心孩子出门后再也没有回家，每一天都担心丈夫出门后再也没有回家。"

空中依然有巡逻直升机在盘旋，州警们头戴滑稽的圆顶帽来回踱步。

我问妮凯如何看待总统之行。

"特朗普来这里就是一场政治游戏。"她停止了哭泣，"我试着不去评判其他人，但他是在玩闹美国人的无知。他从未考虑少数群体的利益，我甚至也不觉得他是为了维护白人的利益。我的母亲是白人，我的父亲是黑人，所以我不想选边站。可是我不得不说，当四年前他还在竞选总统的时候，这个国家就浮现出了很多的恨，让我的心都碎了。"她的眼泪再次涌出，"我不希望我的孩子遭遇这一切,我也不想要我的国家遭遇这一切。"

她终于放声痛哭:"让美国再次伟大?什么?对于黑人来说,美国什么时候伟大过?告诉我什么时候?从来没有!"

我想这个国家一定是病了,否则怎么会有如此多同样苦涩的泪水从不同人的眼眶中溢出,止都止不住。

谢里登路彻底放行了,我随着人流向市法院大楼的方向前进。年轻的白人男子肩上披着一面旗:星条旗和邦联旗拼接在一起,正中央印着加兹登旗上的那条盘旋而上的响尾蛇,附着一行"人不犯我,我不犯人"。走起路时,旗飘扬在他身后。

我再次经过那个被大火吞噬的露天停车场,那些烧焦的车辆遗骸在白日之下更显恐怖,仿佛一张张被强酸泼过的脸庞,直勾勾地看着你。

路的两边能见到很多吉普车,车窗敞着,各式各样的旗帜像是舌头一般从里面伸出来。有的要求特朗普再当四年总统,有的勒令他立刻辞职。

天气更加阴沉了,我能感觉到零星的雨点飘落在我的发梢上。

有人说,只要亲历过一场特朗普的竞选集会,你就等同于见过所有他的集会。我想同样的道理也发生在黑命贵的抗议上。只不过这一次,两条平行线交叉在一起。

在这个我已经无比熟悉的广场边上,不同阵营的人先是试图说服彼此,发现是枉然一场时,于是开始互相责骂,就这样轮番进行着。

两个特朗普支持者跳上作为路障的水泥墩,向现场的媒体镜头展开手中的旗帜。几个反种族歧视的抗议者单膝跪在他们前面,手举海报，试图遮挡住他们。

也不知道是从哪一刻开始的，一个手举扩音话筒的黑人女孩也跳上面积并不大的水泥墩，和另外两个人争执起来，最终变成一场只是用声音盖过另一个声音的闹剧。谁都不知道彼此在说什么。

这一边，人们祈求美国再次伟大。另一边，人们呼吁种族平等。这两个并不矛盾的口号正在将美国人推挤在一起，又将他们远远拉开，而我已经感到无比厌烦。

正当我准备离开时，忽然在人群中看到一个熟悉的高大身影。几个月前，我去威斯康星州北部的绿湾采访特朗普在当地的集会，在一场小规模的市民大会门口，我碰见了一个三十来岁的白人男子，和他聊了一会儿天。他当时没有拿到入场券，站在队伍中只是为了碰碰运气。

他也认出了我，和我打招呼，头上戴着同一顶皮质的牛仔帽。

"我一直想到基诺沙看看，后来又听说特朗普要来，所以就和一个朋友结伴前来了。"他指指身边一个拉美裔小伙。

"因为他的到来，这里乱成了一团。"我耸耸肩。

"基诺沙的市长不想让他来，可是一些市民的确想见特朗普。怎么说呢，他是最高统帅，他想来的话就可以来。"他的表情一直很冷静，或许和他曾经是军人的背景有关。退役后，他去了夏威夷，疫情暴发后才回到威斯康星的老家。"我想要亲眼看一下骚乱的残骸。我也知道黑命贵的抗议者会在这里，安提法的人也会在这里。我一眼就可以看出这些人都是接受了资金支持，有专门的人培训过的，就连喊口号都有行军节奏：左、右、左、右。我在电视上看到这一切时就想：天啊，这一切离我那么近。"

"你觉得接下来会发生什么？"我问。

"在重建前，一切都要彻底毁灭。"他斩钉截铁地说，"每个人都说，我是对的，我想要这个，你是错的。说得那么大声，却完全听不进任何东西。"他提到刚刚和一个陌生的女人交谈，当对方得知他把票投给特朗普时，一句话没说转身离开了。"人们已经无法文明地交谈。就像我们此刻这样文明地对话，我说你听，已经越来越不可能了。"

"我想，在很多人眼中，特朗普作为一个国家的最高统帅，如何表态显得更加重要。"我说。

"可是无论如何都不应该摧毁街道和商铺。我曾经在第三世界驻扎，在那里看见过断壁残垣。如今我回到家，却发现第三世界就在这里。我在这里遇到了一些曾经在伊拉克和阿富汗驻扎的退伍军人，他们告诉我，战区也不过如此。有些人说，新的内战将要发生。我其实赞同这种预言，不管你怎么称呼它，这种民间骚乱为内战提供了完美的化学反应。可是一旦朝那个方向前进后，就不再有退路。现在的问题是，美国人真的想要一场内战吗？"

* * *

绝大多数记者热爱周年纪念日，这是他们在由随机性主宰的新闻面前唯一能够反客为主的机会。与此同时，记者们又暗自厌恶它，到底要如何才能向翘首以盼的读者和观众们解释清楚，地球的一次公转只是历史长河中的沧海一粟，在如此短暂的时间里，任何对质变的寻找和论证都是一种不切实际的想象。等到周年发生数倍甚至数十倍的叠增，那个和预言相符或者相反的变化终于到来时，看客们早已将它抛之脑后，甚至不记得曾经发生过什么。

乔治·弗洛伊德遇害后的一年里，美国发生了一些有迹可循的大事件：十一月特朗普输掉了大选；隔年一月极右翼民兵组织炮制了国会山骚乱，迫使一众共和党大佬正式和前总统决裂；之后的四月弗洛伊德事件主犯德里克·肖万被判有罪，开始了漫长的刑期。那些曾经在街头摇旗呐喊的人纷纷安慰自己，虽然距离理想的目标依然遥远（如果他们知道那具体是什么的话），但这已经是最优结局。

于是，在一周年纪念日，案发地——如今被称为弗洛伊德广场——弥漫着一种轻松和释然的气氛，仿佛一场初夏的露天派对。

三十八街和芝加哥大道的十字路口曾经是明尼阿波利斯南城一个再普通不过的岔口。街角那家最初因收到假钞而报警的便利店从一九八九年就开在那里了，店主出生于巴勒斯坦，年幼时随家人移民美国。除了提供手机充值业务，店铺也卖香烟、蔬果和熟食。很少有人知道，商铺的地下室还是一个小型的清真寺，一些在附近工作的穆斯林常去那里做礼拜。

弗洛伊德遭警察跪颈致死后，便利店的窗户被石头砸碎，电话收到了泥石流一般的威胁和仇恨信息，网络评分区更是塞满了来自全国各地的恶评。甚至一些本地的长期顾客都认为它不应该继续营业，否则将是对弗洛伊德的最大不敬。

然而一年后，这家便利店奇迹般幸存了下来。店铺的外墙上贴满了各式各样弗洛伊德的画像和漫画。在同一栋楼的另一面墙上，当地一群年轻艺术家在案发后几天画上了一幅巨型涂鸦：弗洛伊德的半身像出现在一朵向日葵的中央。人们在这里留影，摄影记者从不同的角度拍摄它，最终让它成了集体记忆中无法删除的一部分。

店铺前那块曾经躺着弗洛伊德的空地被人们用一截一截的绳子围了起来（每隔几个月褪色破损的棉绳就会被替换掉），地上用颜料画出一个人的轮廓：面朝下，双手交叉在背后。身体是蓝色的，从小腿开始变成白色，也许另有含义，但怎么看都像是穿了一双白色的长筒靴。肩膀上有一双翅膀。人形轮廓的四周堆满了塑料花（得以在度过长达半年的严冬后依然鲜艳）、布绒玩具、装在长颈玻璃瓶里已经燃尽的蜡烛、各种各样的石头、写满字的纸卡。在我眼中，这里更像是一个祭坛，暗指弗洛伊德已经仙化。

路对面是一个废弃的加油站。在那座残留的钢棚下放着几张塑料桌椅和一个冬天时取暖用的火炕，一群自称"看守人"的志愿者会定时在那里碰头开会。一个已经被拔掉加油枪的油泵上挂着一张旧白板，上面用黑色的直线描出一张五月份的日程表：一个个方形空格里手写着当日执勤人员的名字（每天两班）、简短的信息（例如"下午五点有音乐表演！"）和一些只有内部人员才能明白的暗号。

十字路口的正中央竖立着一座拳头造型的雕塑，应该是塑料做的，但刷成铜的颜色，有一层楼那么高。周围圆形的草圃是用小块的水泥砖砌出来的，里面填上土和干草，又种了一些植物。草圃里插着许多彩色的画像，都是美国各地死于警察暴力执法的黑人受害者。有些发生在弗洛伊德遇害前，有的发生在之后。这些案件原本只会在本地报纸上占据一个很小的板块，或者直接被广告挤掉，但如今被这股浪潮推到了所有人的眼前。

从弗洛伊德广场延伸出去的四个路口都被放上了巨大的水泥墩，全年三百六十五天都有志愿者执勤，外来车辆无法进入，甚至连警察也被拒之门外，成了一个名副其实的"自治区"。

一整个上午，除了在广场上做直播连线的电视媒体外，普通访客并不多。然而一过午后，人群开始从四面八方涌来，不少人甚至从其他州和城市赶来。"祭坛"边上的那一小段路一度水泄不通，参观的人摩肩接踵，只能迈着小步向前挪动。这里看不见警察，维持秩序的是一群身着黑衣的高大黑人男子。然而从人们的表情可以看出，他们觉得安全，十分放松。到处都是孩子，有的拿着粉笔在地上画画，有的在用肥皂水吹泡泡。

如果没有亲身遭遇前一年冬天的那件事，我肯定也会十分认同弗洛伊德广场具有先锋性的尝试。

二〇二〇年十二月，我在一场暴风雪来临前赶到了明尼阿波利斯。这是我在五月份采访当地暴乱后第一次回到这座城市，目的是为年终节目拍摄一些视频素材。

天阴沉沉的，白天的温度降到了零下十几摄氏度，天气预报显示下午会开始下雪。我和一个美国摄像师把车停在距离弗洛伊德广场几个路口的街道上，然后背上器材徒步朝那个方向走去。经过水泥路障时，一个白人中年妇女有些怅然地坐在一座临时搭建的小亭子里。我想她应该就是看守出入口的志愿者，便和她挥挥手。她也向我挥手致意。

广场上成团的花束和海报都还在，但唯独看不见人。寒潮把人们都锁在了家中，只有那家便利店还亮着灯。我们哆哆嗦嗦地取出摄像机开始拍摄。

没过多久，我就发现一辆白色小汽车在广场上缓缓行驶，最后停在了离我们很近的位置。车窗摇下来，是一个穿着灰色棉衣的黑人女子，脸上略有愠色。她称自己是广场的看守人。

这是公共场所，拍摄并不需要许可，况且也不会拍到任何人的正脸，但我还是耐心地向她说明了来意。

她听后，思索了片刻。"你们拍吧。"她说，同时从口袋里抽出一张她的名片递给我，然后摇上车窗。车安静地消失在拐角。

我们继续拍摄。

过了几分钟，一个中年黑人男子从巷子里冒出来，他中等身高，一副蓬头垢面的样子，试图和我们搭讪。我们简单应答，不想和他做太多交流。

他突然间抬高语调，指责我们的拍摄没有经过许可。

我掏出前一个女子给我的名片，解释我们已经获得许可。

"我不认识这个人，"他把视线从名片上移开，伸出发黄、有些变形的手指，指了指自己，"我才是这个广场的看守人！"

我立刻意识到眼前的局面。

"想要拍摄，就需要付钱给我。"他斩钉截铁地说。

摄像师看向我。

"所有记者在这里拍照都要付钱的。"黑人男子继续说，他的眼睛瞪得像铜铃一般。

从业多年，我自然遇到过这种场合。我示意摄像师转移到另一个位置，没有必要继续解释。

黑人男子并不罢休，无论摄像师转向哪个方向，他都胡搅蛮缠地挡在面前，似乎想要用身体冲撞。

"我看你们已经拍了一些东西，所以必须给钱！"

我十分吃惊，但更多的是气愤，谁会想到竟然在弗洛伊德广场遭到这种变相的劫持。四周无人，但也许他的同党等在暗处，再这么拖延下去似乎不妙。

"那我们现在就把刚才拍摄的画面删了。"我说。

摄像师紧紧握住摄像机，在亮着光的显示屏上摁下了几个键。

"你看，我们删除了。"他说。

黑人男子斜着眼睛瞥了一眼，脸上露出懊恼的神情，但暂时又找不出其他借口。在他犹豫不决的时候，我拉上摄像师离开了。

再次经过水泥墩的时候，我向守在那里的白人中年妇女讲述了刚刚发生的事。她系着一条围巾，但衣衫单薄，手里拿着一个热水壶。她说会向广场的负责人汇报这件事，同时提议我们到拐角处看看新搭建的墓园。

我满腹疑惑地沿着她手指的方向走去。一个池塘出现了，我沿着池塘边的一条小径继续向前走，直到一块略微下陷的干枯草坪从视线中冒出来，上面整齐地排列着白色的墓碑，大概有几百座。走近后，我才发现墓碑其实是用白色硬纸板做的，上面印着美国各地的警察暴力执法受害者的名字。

天色愈发昏暗，嘴中冒出的白气已经从一丝丝的烟变成了一团浓雾。这时，一个黑色的小点出现在我来时的路口，然后沿着黄褐色草丛向我的方向移动。

来者是一个身形小巧的黑人女子，她动作矫捷地走到我面前，介绍自己是弗洛伊德广场的看守人。

第三个看守人。我心想。

"看守入口的志愿者说有外人在闹事。"她说。

事已至此,我便把之前发生的事一五一十地告诉她。她面无表情地听完,说自己并不认识我提到的那两个看守人。

"已经发生过好几次白人至上分子试图破坏弗洛伊德广场的事件,我们必须更加谨慎。"她说。

她说的也许是真的,但这和我的遭遇并不相干。难道我和破坏分子的区别就那么不明显?

她立刻转换话题,开始谈论媒体的责任:"你来过明尼阿波利斯吗?你为何觉得自己有资格采访这件事?当你拍下弗洛伊德广场的照片时,你有扪心自问为什么想拍这么一张照片吗?你应该先来和我们认真学习这段历史,我们才能决定是否让你拍摄弗洛伊德广场。"

一种非常复杂的心绪紧紧裹住我的胸口。我既理解她,又感到愤怒。

她的手机响了。"有其他事情在等我处理。"她急匆匆地准备离开。

"说句真心话,你说的话我都同意,但强迫媒体给钱的行为是不应该发生的,"我有些犹豫,但还是决定开口,"这会让外界对你们产生误解。"

她正要走,听到这句话后突然转过身,恼羞成怒地嚷道:"哪里有错了?我觉得这个做法一点问题都没有,你们就是应该付钱!"

很遗憾,和第三个看守人的沟通也不欢而散。

我看见她远去的背影又变成了一个移动的黑点,消失在池塘边的小径尽头。

雪开始落下,四周白蒙蒙的有些看不清,仿佛深度近视患者突然拿掉了眼镜一般。我回到车上,身体止不住地发抖。

在返回芝加哥的航班上,我琢磨着这段发生在弗洛伊德广场的奇怪遭遇,心中感到一丝忧虑。我没有将这件事告诉任何人,而是开始定期追踪发生在那个十字路口的新闻,同时在网络上寻找是否还有其他人经历了类似的遭遇。

搜寻结果让我非常惊讶。不少生活在弗洛伊德广场区域的居民表示自己在自治区遭受了抢劫、劫车或其他形式的武力威胁,一些非白人访客也常常沦为攻击的目标。美国主流媒体上几乎没有报道,但在本地报纸和社交媒体上却能找到大量的线索。

自从弗洛伊德遇害后,以三十八街和芝加哥大道岔口为中心的四个街区就被一群名为"相遇街头"的志愿者占据了,他们把这个区域当作自治区,每天轮流站岗和巡逻。由于当时正值风口,警察为了避免新的冲突也不再强行进入这个区域。从某种程度上看,它率先成了"废除警察"这一诉求的实验区。

然而没过多久,附近的居民就发现一个臭名昭著的街头黑帮成员成了自治区管辖团队的一部分。他们向媒体透露,黑帮成员有权决定路障的摆设位置和进入人员的权限,有人甚至会携带"一个装有四十到五十把手枪的箱子",沿街进入商铺内叫卖。

根据美国烟酒枪炮及爆炸物管理局的书面证词,一名他们长期监视的黑市枪贩能够自由出入弗洛伊德广场的自治区,甚至向友人发送了一些自己持枪把守入口处路障的照片。

在过去很长一段时间里,弗洛伊德广场所在的街区一直是黑帮组织"血"（Bloods）的活动区域。根据美国司法部的卷宗，这个犯罪团伙已经在明尼阿波利斯存在数十年，他们以城市南区为据点，主要罪行包括谋杀、抢劫和贩毒。

在我遭遇看守人堵截的一个多礼拜后，已经被厚厚白雪覆盖的弗洛伊德广场发生了一起枪击案。警方接到报警电话，称一名理发师和他的未婚妻在弗洛伊德广场附近遭到枪击。警局事后致信多名市议员，称他们抵达当地时，在入口处遭到自治区志愿者的阻挠。当警察最终进入广场区域时，相关物证已经被销毁，导致他们无法定位枪击现场，而两名伤者已经被一辆私家车送往医院救治。几个社区居民后来透露，该枪案和帮派斗争有关。

相遇街头的一个志愿者实名接受了明尼阿波利斯独立媒体《明尼苏达改革者》的采访，她承认各种身份的社区成员都参与了自治区的工作，其中包括了黑帮成员："如果一个具有黑帮背景的人决定为保卫公正和黑人群体的权益而战，我有什么理由不给他这个机会？如果一个黑帮成员愿意守卫弗洛伊德广场，何患之有？"

当被问到如何应对外界认为弗洛伊德广场的志愿者和街头黑帮沆瀣一气时，她回答："在这里，警察才是黑帮。警察曾经用枪指着我，而黑帮成员却从未做过这件事。所以，我应该害怕谁？"

面对各方的质疑，几个居民代表在当地发行量最大的《明星论坛报》社论版发表公开信，指责过于强调自治区和犯罪频发的关联性将忽视城市犯罪缘起的复杂性。他们指出，弗洛伊德广场所在区域的犯罪问题由来已久，尤其是疫情和高失业率导致犯罪事件激增，而这个趋势早在弗洛伊德遇害前就有迹可循。同时，他们依然坚称:"从悲剧和悲痛中诞生了一种新的社区模式,一种以街区为单位的公共安全和犯罪预防的新策略。"

持相反意见的居民也不在少数。贾马尔·尼尔森在这个街区出生长大,他曾经是血的帮派成员,如今脱离帮派成了社区的权益活动分子。尼尔森公开表态,拥有善良动机的志愿者在不自知的情况下变成了黑帮组织的纵容者和同僚。

生活在弗洛伊德广场附近的本地青年艺术家托莉·洪在社交媒体上发帖称,一些非洲裔和亚裔访客在参观广场时遭到了看守人言语和肢体威胁。她帮助过一个遭到劫车的女孩,她本人也险些遭到抢劫,然而当她把这些问题反馈在一个由看守人组建的社区聊天群组内,她立刻被移除出群聊。

一些常年参与街头犯罪预防工作的专业人士也反映了自己的忧虑。最近几年来,被称为"暴力中断者"的民间犯罪预防措施在纽约、芝加哥、巴尔的摩等城市出现。它通常由本地居民组成,宗旨是借助自身在社群内的人际关系(例如前帮派成员身份),通过及时的言语和行为劝阻来遏制冲突的升级,起到"大事化小,小事化无"的作用。由于成效显著,一些城市的暴力中断者甚至获得了执法部门的背书和经费支持。明尼阿波利斯市犯罪预防办公室旗下的暴力中断者的工作范围涵盖了弗洛伊德广场区域,督导员萨沙·科顿坦承自治区的一部分占有者的确带有黑帮背景。

"一部分帮派成员的确想要帮助维持社区的秩序,但另一些人可能只是想借机为自己的犯罪行为寻找庇护的场所。"科顿在接受《明尼苏达改革者》的采访时说。她透露美国多地的社区犯罪预防工作者也注意到同样的信号,在弗洛伊德遇害引起大规模抗议后,许多街头帮派成了所在社区的看守人。

关于弗洛伊德广场的神圣性是否被劫持和利用也许存在争议，但有一点是当地居民都能明显感觉到的：明尼阿波利斯的警方对这个敏感地带避而远之。大量报警记录显示，如果枪击案等犯罪案件受害者的位置是弗洛伊德广场附近，报警电话接听员会建议先将受害者转移到自治区以外的区域。虽然警局一再表示这种做法并不代表官方意见，但很多警察私下表示不会到弗洛伊德广场出警，并将该区域比喻为"危险地带"。

就这样，所谓废除警察的尝试进退两难，仿佛走进了一个漆黑的死胡同。在自治区内，每当热闹的纪念活动结束后，弗洛伊德广场就重新被阴影笼罩；而在自治区外，政府在警察经费问题上的态度也经历了过山车般的变化。

二〇二〇年六月，即弗洛伊德遇害后的一个月，明尼阿波利斯市议会投票决定废除警察部门，并用一个全新的公共安全系统取而代之，延续这座城市进步主义的典范和传统。然而接下来的几个月里，这个决议出现了动摇。同年十二月，市议会同意继续沿用已有的警察部门，但会削减预算，将警察经费中的八百万美元重新分配给市政府中的暴力预防办公室和心理健康应急团队。

也许你已经能够猜测到接下来会发生什么。隔年二月，市议会再次改变计划，一致投票通过为明尼阿波利斯警局增加六百四十万美元的经费，因为报告显示城市中在职的警察数量比前一年减少了两百多人，是出警缓慢甚至无法出警的核心原因。

相貌英俊的明尼阿波利斯市长雅各布·弗雷在接受《时代》周刊的采访时说，市政府已经制定了一连串的改革，它们都发生在政策的层面，例如限制警察截停车辆的权力，增加对依然处于训练期的警察的监督等，但政策的变化很难彻底改变警局的深层文化。在这个问题上没有魔法棒，它需要时间。

无独有偶，这种南辕北辙正发生在美国各大城市。彭博社城市实验室整理出美国前五十大城市二〇二一财年的警察预算，他们发现虽然预算总和比前一年下跌了百分之五点二（并且很可能是由于疫情造成的总体预算下降），但执法部门支出在预算中的占比却不降反增。

人们会很自然认为提高警察预算的美国城市是以共和党领导的政府居多，毕竟当二〇二〇年反种族歧视的抗议潮流席卷美国时，共和党人更倾向于采用强硬的应对措施。然而真实的数字显示，民主党执政的城市在给警察局拨款这件事上更胜一筹。在全美国四十二个民主党支持者占大多数的城市中，超过半数的城市提高了二〇二一财年的警察支出，这二十四个城市中甚至包括了亚特兰大、圣地亚哥、休斯敦、奥马哈等传统的"蓝城"。

学术界的研究结果也对应了"后弗洛伊德时代"美国警察预算的现状。牛津大学社会学期刊《社会问题》于二〇二四年刊发的一篇题为《"废除警察"如何引发政治反弹？》的学术论文，它研究了二〇二〇年发生在美国的反歧视抗议浪潮对美国警察预算的影响。虽然美国学术界一向对抗议运动和政策改变之间的关联度颇有兴趣，但和以往类似的抗议运动相比，由弗洛伊德之死引发的抗议为这个议题的研究提供了一个得天独厚的条件：受到疫情的限制，示威民众主要在本地组织抗议，从而能够更准确地观察抗议对本地政策的影响力，而不是像一九六三年华盛顿大游行和二〇一七年美国大规模妇女游行发生时，各地抗议者旅行至华盛顿或其他几个大城市，并在那里集合。

论文作者们创建了一个包含全美国两百六十四个城市的警察预算信息和抗议信息的数据库，后者来自通过网络搜索核算每日抗议规模的工具"人群计数联盟"。根据他们的研究结论，不存在证据显示黑命贵抗议导致警察经费的削减，而在一些共和党支持者占多数的城市里，大幅度增加的警察预算可能与抗议相关。

虽然我们无法完全将增加警察经费和"反弹"画上等号，毕竟完善警察系统的改革可能需要更多的资金投入，但那些曾经荡漾着抗议声的美国城市已经和最初的目标渐行渐远。

与此同时，弗洛伊德广场上的枪击声继续出现。甚至在弗洛伊德去世一周年纪念日的上午，当各路记者都现身广场时，不远处传来了三十多发密集的枪击声，惊得人人低头寻找能够蔽身的遮挡物。当地警察对这起枪击案知之甚少，直到一名枪伤患者主动前往附近一家医院救治，才终于公布了一点伤情。

大多数在场的记者都认为这只是一个独立事件，或者觉得它不符合纪念日的总体气氛，因此只是一笔带过。

顶风作案的还包括一起抢劫案。同一天，《明星论坛报》一名摄影记者被三个自称弗洛伊德广场安保的黑人抢夺走了无人机设备，并遭受言语威胁。

站在人群中，我想起大雪将至时空无一人的弗洛伊德广场，感慨自己已经是一个幸运儿。

好奇心促使我到那个刚刚发生了枪击案的街道瞧一眼。那是和广场一街之隔的一条枝叶掩映的窄街，离我停车的地方只有几步之遥。如果当时我刚好走回车上取东西,就会径直撞上这一幕,甚至成为伤者。

一个穿着白色背心的老妇人从街边一栋褐色墙壁的房子里走出来,她看了我一眼,嘴里似乎咕哝了几声,又转头回去了。前院的草坪上插着一张海报,上面印着"愿上帝保佑我们这座破碎的城市"。

路边有一个看上去六十多岁的黑人男子在等车,他戴着一顶印有洛杉矶湖人队标志的白色棒球帽,似乎对我充满好奇,问我住在哪里。

"芝加哥。"我说。

他大笑,手指自己:"我,产自卡布里尼。"

卡布里尼是上世纪中叶芝加哥市中心一个著名的大型公共住房项目,鼎盛时期有将近一万五千名低收入人口在那里居住,九十年代起它被逐渐拆除。如今大多数美国人知道卡布里尼是因为一部以它为背景的、带有种族隐喻的超自然恐怖片《糖果人》:喊五遍他的名字,他就会出现。

"你想念芝加哥吗?"我问。

"一点都不,"他用右手比画了一个开枪的手势,"这里比芝加哥安全太多了。"

疫情期间在芝加哥的家中做直播报道

威斯康星州基诺沙遭示威者焚烧的停车场

警察暴力执法受害者雅各布·布莱克的父亲

特朗普突访基诺沙,场外民众因观念分歧发生激烈争吵

昔日的加油站变成弗洛伊德广场的一部分

第 三 章

神　　　　　话

私　　　　　刑

南　方　遗　产

棉　田　梦　魇

我去查尔斯顿的理由很简单。我想要制作一期关于私刑的专题报道，在采访名单中，最重要的有两个人：一个是居住在亚拉巴马州蒙哥马利的民权律师，他在美国南方小有名气，运营着一家叫作"公正司法倡议"的非营利组织，收集了大量私刑的档案；另一个是私刑的幸存者，此人将要出版一本自传，网上显示他居住的城市是东北部的纽黑文，地址和联系方式不详。

两人一南一北，联络的周折却颇为相似。公正司法倡议很快回复了我的邮件，让我发去采访的提纲，但几个月过去，依然反反复复，既没有答应，也没有拒绝，如同一个闪着黄灯的约会对象。另一个人我则尝试通过出版社联系，图书编辑第一次接电话时热情洋溢，毕竟媒体采访能够提高书的销量。然而第二次通话时就有些不对劲了。她避而不谈联系进展，反而向我大力推荐起另一位毫不相干的新书作者。

我有一种预感，如果再过于乐观地等下去，待到万事俱备才迈出第一步，不但会让选题落空，还会浪费一个利于出行的夏季。

我决定先联络相对简单的采访，尽快启程。这是我制作专题报道时发现的一个规律：无论如何，先上路，即使采访内容可能暂时用不上。我很难说清这背后的逻辑是什么，但它屡试屡验，仿佛一条灵验的咒语：无论采访计划多么庞大复杂，一旦摁下第一个机关，往下的千端万绪往往就会自动解开。

出发前往查尔斯顿并不需要太多决心。它风景宜人，是一座交通便利的旅游城市，每年春天都会涌入大量放春假的年轻学生。更主要的是，和美洲大西洋沿岸其他历史名港一样，它也是跨洋奴隶贸易的中转站，道不尽的黑奴故事在那里发生。虽然奴隶贸易比私刑的时期早了不少，但我也不能太计较，何况用它来作为专题的引子倒也说得过去。

我是在六月的最后一天抵达查尔斯顿的。当汽车开过新库珀河大桥时，车窗外浮现出老城区小巧缤纷的轮廓，像是一座搭建在半岛上的影视城。港口边停泊着一艘曾在二战和越战中都服役过的航母，但现在是一座售票的海事博物馆。新闻上报道船体严重腐蚀，船内的有毒污染物存在泄漏的风险，让州政府很是头疼。

入夏后的查尔斯顿潮湿闷热，让我感觉回到了热带巴西。此时，这些十八世纪的鹅卵石街道十分安静，如织的游人会在入秋气温下降后返回。

当地印发的旅游册子上介绍查尔斯顿的建筑是各种风格的杂烩：佐治亚式、联邦式，甚至还混进了维多利亚式。不过在我看来，温暖的查尔斯顿又多了一点加勒比风，沿街能看到不少跃出墙外的三角梅。

或许是因为这层联系,我开始注意到一个颇为蹊跷的细节。老城区许多独栋房子的门面都极窄,而且没有屋檐和门廊,几乎一打开门就径直到了大街上。这种设计在同样多雨的加勒比地区是难以想象的,在哈瓦那、圣多明各,甚至更南边的卡塔赫纳,遮阳避雨的门廊是建筑的必备之物。

另一个让我感到不适的是古城的崭新。百慕大粉、深幽蓝、勃艮第酒红、赭黄的房屋外墙崭新极了,仿佛一过午夜就有一群手拿滚筒刷的精灵沿着街道偷偷加班,不敢让城市自然地风霜老去。这也难怪 V. S. 奈保尔在他唯一以美国为主题的游记作品《南方的转折》中给查尔斯顿做出这样的批注:"看上去不大可能有真实的东西留存。"

我拜访的老奴隶集市博物馆坐落在古城中铺着鹅卵石的查尔默斯街,建筑带有浓重的希腊复兴风格,建于一八五九年,曾经是一座奴隶拍卖场,专门进行州与州之间的黑奴拍卖。像这样的奴隶拍卖场在查尔斯顿半岛上曾经多达四十多座,而老奴隶集市竣工时南北战争即将打响,所以实际运作时间并不长,很快就随着邦联州的战败、奴隶制的废除而结束营业。或许也是出于这个原因,建筑幸存了下来,成为南卡罗来纳州现存的最后一座奴隶拍卖场遗址。

博物馆的冷气很足,两扇厚重的茶色玻璃门把半岛的酷暑隔离在外。展览一共有两层,一楼主要是图片展,介绍查尔斯顿在黑奴贸易中扮演的角色(百分之四十运往美国的非洲奴隶都是从查尔斯顿上岸),二楼是一个更加开放的空间,展览着奴隶被拍卖和运输时会戴上的各式铁铐(脖铐、手铐和脚镣),有一副口径很小的手铐是给奴隶的孩子准备的。还有一种四边形的小铜牌，上面刻着奴隶的功能——用人。展品数量很少，但空间里重复播放着还原黑奴拍卖现场的音效声，倒也有几分感同身受。

接待我的向导是一个十分年轻的黑人女孩，她身型宽大，穿着一件非常衬她肤色的亮黄色衬衫。我问她展品的来源，因为几枚铜牌上刻着"1822"，显然早于奴隶集市的竣工年份，还有几件像是复制品。

她解释说建筑所在的这块地从十九世纪初就用来交易奴隶，不过展品的确是从一个收藏家那里借来的。大多数拥有镣铐或者其他奴隶制证物的奴隶主后代通常会做出两种决定：一种是为那段历史感到万分羞耻而把东西扔掉，另一种则歌颂白人祖先蓄奴的传统而把它们奉为传家宝。无论哪种决定，都让美国的这一主题的博物馆无法轻易获得展品。

展品中有几根鞭子，搭配的黑白照片是著名的"被鞭打的皮特"，我们很自然地从奴隶后背上犬牙交错的疤痕聊起刑罚。女孩说，查尔斯顿的奴隶主不会自己动手，他们会把奴隶送到一个叫作"劳工所"的地方，那里有专门对奴隶施刑的人员。不过一旦黑奴身上的伤疤太多，说明此人相当顽固，不听从指挥，并不是"优质"的劳动力，反而会影响倒卖的价格。

我问当南北战争结束、奴隶制逐渐废除后，种植园主是如何适应这种变化的。

"种植园开始采用佃农制度，依然有相当多数量的劳工，只不过支付很少的酬劳，甚至不是实质意义的薪水。"

"惩罚也继续存在吗？"

"南北战争前,美国南方一直存在奴隶巡逻队,他们的主要作用是捉拿逃跑的奴隶和防止奴隶组织起义。战后,大多数南方邦联州的奴隶巡逻队转变为警察部门,而原来的肢体管束转变为制度性的惩罚,例如无家可归的前奴隶会被逮捕。"

我对这一身份的变化非常熟悉。在大西洋奴隶贸易的另一个主要市场巴西,警察局的雏形就是用来镇压奴隶起义的"皇家警卫队",只不过奴隶巡逻队保护的是奴隶主的利益,皇家警卫队维护的则是巴西王室,而后者不过是奴隶主的另一种形式。

我们不可避免地聊起弗洛伊德事件,女孩说抗议浪潮在南方引起的讨论和其他地方有些不同,有些白人非常反感,认为一切都被夸大了。她以老奴隶集市博物馆为例子,说即使存在旧的官方证件可以佐证,但一些几代都生活在查尔斯顿的白人家族宣称这栋建筑从未举行过奴隶拍卖。还有一些人认为,这些事情都发生在遥远的过去,一再提及只会激化种族矛盾。

瓦尔特·博格斯是女孩的上司,由于老奴隶集市遗址目前由查尔斯顿市政府中的特殊设施部管理,博格斯的正式职位是市政府的文化专员,在另一栋更有名、也更宏伟的古迹"旧海关大楼"里拥有一个带秘书间的办公室。博格斯有一头披肩的银色卷发,眼睛是绿色的,穿着一件颇有艺术气息的蓝色细条纹白衬衫,像一个画家。我想和他聊聊关于私刑的话题,他欣然同意,并提议到他的办公室。

"不远,就在附近。"他说。

我们脚下的鹅卵石街道很快消失了,被冒着热气的水泥路面取代。他领着我穿过露天停车场(仿佛是只有本地人才知道的捷径），来到了一条同时有马车和汽车通行的现代马路，一栋颇为壮观的白色建筑就矗立在拐角处。我们沿着半螺旋扶梯来到大楼的入口，它正对着南北走向的宽街，沿着大街能看到半岛的另一端。

博格斯并不急着把我带去办公室，而是四处参观了一下。我们穿过一个又一个挂着水晶吊灯、铺着厚地毯的大厅，木地板发出咯吱咯吱的响声。墙边摆设着各种船的模型，既有整扇墙那么高的三桅帆船模型，也有装在小玻璃柜里的十八世纪双桅战船，做工十分精巧，连侧舷上的炮口和桅杆的绳梯这些微小的细节都完整地呈现了出来。

每一个大厅都挖了壁炉，这种设计上的水土不服是来自阴冷天气的英国殖民者原搬照抄的结果，美观性远远大于实用性。

这栋兴建于一七七一年的建筑比美国还年长了几岁，是独立战争前英国人在新大陆建造的最后一栋行政大楼。佐治亚式的设计中掺杂了帕拉第奥风格，这种带有古典神庙韵味的建筑样式当时已经在欧洲失宠，却在北美的英国殖民地大受欢迎。特殊的竣工年份注定了大楼在很短的时间段内扮演过不同的角色：它曾经是英国殖民时期的海关大楼，在独立战争期间关押过大陆军的战俘；美国独立后，南卡罗来纳州的政要曾经在这里起草美国宪法，还在其中一个大厅里用美酒佳肴招待过开国元勋乔治·华盛顿。

博格斯事无巨细地向我介绍建筑的轶事，还带我参观了曾经囚禁过海盗和"革命反贼"的阴暗地牢，唯独略过了我更感兴趣的传闻：这栋楼闹过鬼。我后来在当地的报纸上读到，一些访客听见了来源不明的惨叫声和铁镣在地面上拖行的声音。有的人甚至在楼道间看见过穿着独立战争时期军服的士兵，但一走近，士兵就瞬间消失了。

终于，参观结束，我们来到博格斯的办公室。房间狭长，墙上挂着一个鹿头标本和好几幅大小不一的木制画框，都是大陆军凯旋的场面。我的目光被挂在角落的一套独立战争末期的红色长礼服吸引，方领角是蓝白色的，外面罩着一层透明的塑料膜。博格斯解释说衣服是为几天后的独立日化装舞会准备的。

就在这里，在到处都是大陆军将士和健壮马匹形象的氛围中，博格斯开始告诉我他对私刑的一些理解。他坦诚自己并不是什么学者，只是一个纯粹热爱阅读的人，所以对历史有自己的思考。

他说："把非洲黑奴卖到美洲是为种植园提供劳动力。巴西和加勒比地区主要生产蔗糖、红糖、朗姆酒，往北走，南卡罗来纳州主要生产稻米，再往上到弗吉尼亚州生产烟草。种族主义就是从那个时候出现的，它为种植园主使用黑奴作为劳动力提供了一种依据，即黑人并不是完整的人类，而是低级的物种。一八六五年南北战争结束后，奴隶制在美国废除，国家进入到了一个新的时期，也就是我们说的'重建时期'。这是一个相当民主、也非常短暂的时期，到一八七七年就结束了。从那以后的二十年里，在南北战争中战败投降的邦联势力试图重振雄风。一八九六年美国最高法院判决的'普莱西诉弗格森案'允许南方各州在公共场合实施'隔离但平等'的种族隔离法。这个判决本质上为白人至上主义的崛起提供了合法性，种族冲突开始升温。后来第一次世界大战爆发，大量的黑人加入美军前往欧洲战场，他们归来后，私刑和骚乱就出现了。"

博格斯用一条相当简单的线把横跨数百年的历史事件串联在

一起,他忽略了一些他认为不重要、或者他不确定具体年份的内容,但并不妨碍理解。

一战结束后,数十万黑人士兵带着满腔的自豪返回美国,他们憧憬着为国而战的经历能够为自己争取到自由和平等的权利。然而对新生活的幻想很快就破灭了,等待他们的是更多的恶意和仇视。

当时,战争对军工产业的需求极大,美国北方的大城市均出现劳动力严重短缺的局面,大批黑人因此开始从南方的农村迁徙到工业发达的北方和中西部。虽然他们的薪酬水平远低于白人,但能够在没有种族隔离制度的环境中生活已经是一件非常幸福的事情。这就是美国境内最大规模的移民潮"大迁徙"的开端。

很快,白人意识到许多工作岗位都被时薪更低的黑人占据了,尤其是当工人举行罢工时,雇主能够迅速找到黑人"结痂"①继续生产,丝毫不受罢工的影响。发生在一九一七年的十月革命更是加剧了这种紧张关系,许多白人官员甚至在毫无证据的情况下宣称,城市中的黑人是布尔什维克主义的傀儡。

一种声音开始在白人群体间流传:数十万返回美国的黑人退伍军人——既有海外生活的经验,又接受过专业的军事训练——将彻底颠覆已有的社会制度。

美国历史上著名的"红色夏季"就是在这种背景下爆发的。一九一九年七月,华盛顿特区有谣言称一个白人海军雇员的妻子遭到一名黑人的袭击,于是由数百名白人水手、海军士兵组成的

---

① 白人罢工,工厂就找到平时很难找到工作、薪水也更低的黑人来临时替补空缺,英语里用"结痂"这个词来比喻这个行为。

集团袭击了这名黑人和他居住的黑人社区。当地的黑人群体予以反击。这场种族骚乱持续了四天,直到时任美国总统伍德罗·威尔逊派兵镇压,局面才得到控制。

然而这种愤怒的情绪已经在全国范围内蔓延开来,在芝加哥和其他二十多个城市都出现了严重的种族骚乱。这种社会情绪被南方的三K党利用了。根据记录,他们在一九一八年到一九一九年间共施行至少一百四十七起私刑。

博格斯出生于一九五二年,父母都是黑人,但母亲的肤色很浅。他从手机里找出母亲少女时候的照片,还让我承诺绝对不会用在电视上。"你是不是也觉得很蹊跷?"他饶有兴趣地观察着我的反应。黑白照片中,一个四肢修长的白人女孩坐在教会学校的教室里,看上去十六七岁的样子,有着类似于格蕾丝·凯利的脸庞和发型。她身旁的同学都是黑人,教室过道上的修女也是黑人。"连我母亲的同学都以为她是白人!"博格斯的绿眼睛和偏白的肤色就是继承了母亲的基因。

博格斯又给我看另一张照片,是他母亲的半身照,照片中的女孩戴着头巾。我在巴西生活过很多年,能够从女孩的五官中识别出非洲血缘的痕迹:厚嘴唇,略显宽阔的脸型和鼻梁。

我想知道博格斯是从什么地方第一次听说私刑的。

他说:"是从一本叫作《私刑一百年》的书里,作者是拉尔夫·金斯伯格。这本书是上世纪六十年代出版的,我当时大概八岁或者十岁。读了那本书后,我突然觉得自己对世界有了真正的认识,或者说对国家的历史有了真正的认识。如果拔高一点说,我的神话(mythology)发生了变化。"

"神话？"我问。

"准确的说是一种国家神话，就像每个美国人小时候都会读到乔治·华盛顿砍倒樱桃树的故事：幼年华盛顿砍倒了家里的一棵樱桃树，主动向父亲承认错误，以此说明开国元勋从小就是一个诚实的人。这个故事完全是杜撰的，但每一个国家都需要这样的神话来把不同背景和文化的人联系在一起。虽然我从小在黑人学校上学，但当我阅读了那本书后，第一次意识到什么才是真正的历史。"

我在网络上找到了《私刑一百年》的电子版，这本出版于一九六二年的书其实是一本报刊报道的合集，它收集了一八八六年到一九六〇年美国各地报刊上关于私刑的文字报道。既有短短三行字的新闻消息，也有数页长的特写报道。

《芝加哥卫报》

一九一五年二月二十六日

　　黑人男子因亲吻白人女友被枪毙

锡达基，佛罗里达州电，来自基西米的黑人男子杨·瑞德因被目睹亲吻交往两年的白人女友贝儿·曼宁而被一群白人暴徒枪杀。

瑞德正在和曼宁小姐吻别时被一群白人男子看见，他们抓住瑞德，毫不留情地揍他，并把他关进监狱。没过多久一场私刑准备就绪，瑞德被一枪毙命。

当地的黑人群体发誓将烧毁那些与黑人女性同居的白人男子的住所，以此为瑞德的死复仇。

《西雅图时报》

一九一四年三月三十一日

黑人女性被绞死

马斯科吉，俄克拉荷马州电，一个名叫玛丽·斯考特的黑人女子今天稍早前被带离瓦格纳县监狱，并被吊死在一根电线杆上。

一个至少由十二个全副武装的男人组成的团伙闯入只有一名看守的监狱，用一条绳子拴住惊慌尖叫的女子，将她拖出牢房，并在距离监狱一个街区的地方将她绞死。

玛丽·斯考特被指控将一把刀插入一个名叫莱姆尔·皮斯的年轻白人男子的心脏。案件发生在上周六晚上，皮斯在另外一个年轻白人男子的陪伴下前往瓦格纳当地一个黑人街区。

作者拉尔夫·金斯伯格是纽约一个颇有名气的编辑和出版商，但他更广为人知的事迹——《华盛顿邮报》为他写的悼文用了更多笔墨——是曾经出版刊有色情艺术的杂志而被定罪。令我意外的是，金斯伯格似乎想用心理疾病来解释私刑的行为。在全书唯一的创作（一篇一页多的序言）中，金斯伯格写道："根据我多年的观察，种族仇恨的根源是一种'无意识的内疚感'。憎恨黑人的往往也恨黑人以外的其他人。他是一个专业的仇恨者。如果他是穷人，他会憎恨富者。如果他是民主党人，他会憎恨共和党人。如果他是犹太人，他会憎恨天主教徒。一个仇恨者在内心中也恨自己。他发现自己需要把这种无意识的内疚感转移到其他人身上。一个完美的、可以用来解释'投射'这个心理学术语的案例出现在《纽约先驱论坛报》一九三六年二月九日的一份电讯中：一群白人暴民指控一个黑人犯有强奸罪，将其吊死，后来人们发现这群暴民的头目本身就是一个强奸犯。"

这种把极端的种族仇恨归结于心理疾病的论断让我非常不适：施暴者变成另一种形式的受害者。这和如今在一些恶性仇恨犯罪案件中，辩护律师会用心理问题来解释犯罪行为，以此逃脱应有的惩罚如出一辙。然而，我并不觉得金斯伯格本意如此，这种看法或许源于他身为白人的局限，又或者他想要通过这种更能够产生共鸣的方式让这本十分小众的文摘抵达更多白人读者。他继续写道："这本书在纪念南北战争一百周年的时候出版，我希望它能够让种族隔离的支持者终止和反思他们对黑人群体的迫害。"

书里的新闻报道充满瘆人的细节和场景，仿佛一本恐怖故事集。我很难想象当年只有八岁或十岁的博格斯读到这些文字时是什么感受。或许用他的说法，这些故事成了他的国家神话。

我问博格斯是否还记得二〇一五年以马内利教堂发生枪击案的时候他在做什么。

"通常下班后，我会去图书馆看书。那家图书馆晚上八点关门，所以我八点从那里离开后又去了杂货店。购物完我开车回家，路上经过了以马内利教堂。那个时间段枪手已经在教堂里了。我回到家，吃完晚饭，就在打开电视的那一刻，屏幕上跳出了枪击案的突发新闻。一开始我以为是教会成员之间的内部纠纷，但很快就知道它是一起种族仇恨犯罪。枪手是一个年轻的白人，他的头脑充斥着白人至上主义的极端思想。我一时分不清到底是惊讶还是震惊。你知道那个教堂的历史吧？"

发生屠杀的以马内利教堂其实建在另一座黑人教堂的废墟之上。那一座不复存在的教堂叫作"伯特利非洲裔卫理圣公会教堂"。一八一六年，几个黑人信众不满当地以白人为主的卫理圣公会对黑人墓地的不善处置，出走成立了伯特利教堂。这座新的黑人教堂吸引了查尔斯顿庞大的黑奴社群，信众高达数千人，是美国历史上第一个黑人宗教团体。它不仅用于传教宣道，也提供教育和社会援助，很快成了查尔斯顿反对奴隶制的据点。如今美国社会中以黑人教会为背景的反种族歧视力量就是从那个时候衍变而来。

这个趋势让查尔斯顿的白人种植园主们心惊胆战，尤其一八一一年发生在路易斯安那州里瑟夫的大规模黑奴起义的阴霾还未完全散去。

到了一八二二年，有传言称伯特利教堂的领导者之一丹麦·维西和其他黑人社群领袖正在谋划一场大规模的奴隶起义，当地官员立即以此为借口逮捕并处决了丹麦·维西，并放火烧毁了教堂。直到一八三四年，教堂才正式重建完成，并更名为"以马内利教堂"。

"以马内利"是希伯来语，意思是"上帝与我同在"，查尔斯顿的黑人信众决定用它取代旧的教堂名字，是希望表达自己即使遭遇不公和攻击，依然跟随上帝的心声。

博格斯说："我平时会坐公共汽车，查尔斯顿八成的公共汽车乘客都是黑人，或者更多。我会在车上观察乘客，听他们闲聊。屠杀发生后的那一周，我发现愤怒情绪并没有我以为的那么强烈。我在车上遇到了遇难者的家人。一些人说不能这么快原谅枪手，应该追责，不仅仅向开枪的凶手追责，更要向那些为年轻枪手合理化自己的行为而营造社会气氛的人追责。但更多的人说他们已经决定宽恕这个白人小伙,因为憎恨是一件非常花费精力的事。"

我们又聊了一会儿,他建议我去亚拉巴马州的私刑博物馆,我说我已经在联系。

我问他查尔斯顿今天的种族现状如何,并告诉他这可能是最后一个问题了。

他说:"彼此都挺友善的,见面会打招呼,会聊天。我参加了当地的一个摩托车骑行会,只有我一个黑人,其他人都是支持共和党的白人,周末我们会一起出门骑摩托车。当然,别人有什么闲言碎语也不会当着我的面说。我一直觉得,一九六四年《民权法》和一九六五年《投票权法案》的通过,从很多方面看,真正解放的是白人。因为对白人来说,他们再也不需要时刻处心积虑地把黑人往下拉。一个普通白人,再也不需要花费时间和精力去维护自己的'白人特权'。很多白人捏造说《民权法》让他们需要礼貌对待黑人,我反而认为《民权法》释放了普通白人的压力,把他们肩上的东西拿掉了。"

我想起他说憎恨是一件花费精力的事,这或许也适用于白人。

告别博格斯和那栋比美国还要年长的建筑后,我们再次回到阳光曝晒的街头。从那里沿着一条迷宫般的巷子往东走,就是旅游指南用了大篇幅介绍的河滨公园,一个沿着库珀河而建、通向查尔斯顿港的绿化带。数公里长的栈道边种着高度相同的箬棕,一些当地居民模样的人在棕榈的树荫下玩飞镖、庆祝生日。

河滨公园的标志性建筑是一座菠萝造型的喷泉,这种来自加勒比地区的水果曾经是殖民时期昂贵的舶来品,只有查尔斯顿的贵族和最有身份的人才有资格享用。然而对一群光着膀子的小男孩来说,没有什么比这么一座喷泉更适合降温戏水了,他们像小鱼儿一样潜入池底又钻出来,把水泼得到处都是。

* * *

从查尔斯顿回来后没几天,亚拉巴马州的采访果然就有了转机。那位民权律师依然没有时间,但一所叫作"塔斯基吉"的大学很快同意了我的采访申请,这所古老的黑人大学收藏着美国现存最完整的私刑档案。

和我接洽的是塔斯基吉大学的历史系助理教授丹纳·钱德勒,他是文件馆的负责人。"丹纳"并不是一个容易判断性别的名字,我在大学的官网上也搜不到照片,虽然我们俩简短地通过一次电话,但很难从口音判断他的肤色。

除了职务和联系方式外,钱德勒在邮件签名栏放了这么一段话:"我们生活在这个无知的泡泡里,大多数人对历史一无所知,也不了解他们今天仍在遵循的传统的历史背景。人们做事情而不知道他们为什么在做。"在美国,这么设计邮件签名的大学教授并不常见。我想当然地以为这段话来自某部严肃的历史学著作,但其实是从一本轻松搞笑的小册子里摘抄的。

一直到后来见了面,钱德勒才告诉我,他同意采访的很大一部分原因是出于对我身份的好奇。

芝加哥没有直飞蒙哥马利的航班,在亚特兰大转机时,天已经黑了。客舱又小又旧,仿佛是一辆长出了翅膀的面包车。只有最小容量的登机箱才勉强塞进座位上方的行李架，大部分乘客都必须把登机行李集中放在前排一个带有拉门的柜子里。

飞机飞得很低，即使过了半个小时，依然能透过舷窗看见发光的社区轮廓，在平坦的地平线上零散地分布着，如同一处又一处小范围的山火，又像四溅的岩浆。又飞了一阵子，那些灯火变成了条状的、犹如星座的光点，大雾的笼罩加剧了这种错觉。换作是以前，这种平坦的黑暗总让我联想起雨林，但现在，我最先想到的是种植园。

很快，大片的灯火又出现了，我以为已经到了蒙哥马利，然而黑暗再次出现。这种明暗间的反复很容易让人忘了已经置身这个国家最偏僻落后的腹地上空。

一下飞机，这座人口不到二十万的南方小城就向我展示出随性放松的一面。租车公司已经下班了，但白天的时候和他们联系过。"车钥匙放在机场柜台的抽屉里，不上锁，你自己取吧。"对方交代。

到了空无一人的柜台，伸手一摸，果然有一串钥匙。

塔斯基吉大学距离蒙哥马利四十分钟车程。见面定在隔天上午十点。我想要尽量避开暑气，早早地出发了，抵达校园的时候才刚过九点。

塔斯基吉大学是美国传奇黑人教育家布克·T.华盛顿于一八八一年建立的，它最开始是以师范教育为主的塔斯基吉学院，专门为那些当时刚摆脱奴役的黑人创办，直到一九八五年才升级为大学。校园很美，有一种十分优雅的气息，红色和红棕色砖墙的校舍错落有致地分布在一片略微起伏的小山丘上，屋顶是更深的红色。据说这整块地原先是棉花种植园,最早的黑人学生在上课之余亲手建起了这些佐治亚风格的楼房。此时正值暑假,校园里几乎看不见人。

时间的富裕很快体现出优势。约定的地址大门紧闭,我很快意识到手机定位出错了。找到了正确的教学楼后,又发现楼里的房号标示如同密码一样复杂,仿佛它的作用并不是指路,而是为了防止外来的入侵者顺利找到攻击目标。等到一名热心的校职工带我找到正确的办公室时,已经将近十点。

钱德勒是一名六十岁出头的白人教授,大腹便便,戴着一副细框眼镜,头发很短,留着同样花白的络腮胡。他说自己年轻时玩橄榄球(办公室的门上贴着一支橄榄球队的海报),膝盖留下了顽疾,所以现在走动起来不方便。我在他的办公桌边找了一张椅子坐下,假装没有注意到他正眯着眼睛仔细地观察我。

桌上堆满了杂物,桌角有一摞相同尺寸和封皮的精装本。钱德勒说他喜欢收藏第一版的古籍,这些书是新到手的。除了书外,他还收藏石器矛头和古代钱币。办公室里就有两幅前哥伦布时期的石矛收藏,它们镶在垫有红色绒布的相框里,每一块石矛都附带一张白色的标签。

钱德勒告诉我,不久前他转手了一套中国唐宋时期的钱币,用挣到的三万七千美元支付了女儿的婚礼和蜜月开销,还交了婚房的首付。他的女儿在蒙哥马利的一所大学工作。

"你知道在哪里可以找到最珍贵的初版书吗?"他问我。

我喜欢阅读,但从未对收藏初版书产生过兴趣。不过我还是努力地试着回答。

"答错了！"他的嘴角露出微笑，开始讲述如何去墨西哥城的旧书市场淘货，带回美国后书的价格就能翻倍。运气好的时候，甚至能够找到几百年前欧洲殖民者带来美洲的印刷本。

我很快就摸索到了和钱德勒的沟通方式。他喜欢像老师那样提问，却期待得到错误的答案，或者说错误的答案比正确答案更让他兴奋，这样他就能解惑式地发表自己的观点。

他说手头有工作邮件需要回复，让我稍等片刻。我退到走廊，只见墙上挂着用黑边相框罩起来的黑白照片，拍于一九二〇年前后，大多是当时的黑人学生建设校园的场景。在一张黑白照片上，七八个身穿白色衬衫和黑色背带裤、头戴黑色毡帽的黑人小伙推着犁地车在一片空旷的农场上犁地，背景里能够看到小说《飘》里描写的那种农场主的大宅子。

过道上陈列着几个锁住的玻璃柜，里面放着一些和学校创办有关的文件，还有布克·T. 华盛顿的文章和演讲集的精装本——《新世纪的新黑人》《黑钻石》《商业中的黑人》。后者在二〇〇七年，即首次出版一百周年时再版。走廊的尽头就是大学的资料馆兼博物馆，朱红色的铁门半开着，能够看见塞满资料架的铁柜子。

钱德勒处理完工作，领着我从开着一半门的入口进到资料馆里。那是个面积颇大的文件库，摆满档案柜的房间一间连着一间。面积最大的工作间里放着一张巨大的写字台，三个穿着白色制服的老妇人（两个黑人和一个白人）正在把一些旧文件上的内容誊写到白纸上，字迹娟秀端正，仿佛在给远方的友人手写一封信。

"你们出去吧。"钱德勒用一种近乎粗鲁的口吻对她们说。老妇人们默默地站起身，毫无表情地离开了。

他走到一个编号为"148.021-148.155"的手摇式档案密集柜边上,有些费力地转动手柄,一直到两个柜子间的空间能够同时容纳两个人才停下来。档案柜上放满了厚牛皮纸材质、一个巴掌这么宽的档案盒,大多数是同一种深蓝色,只有零星几个是棕色。盒子的侧面手写着"私刑"。

这样的盒子一共有七十四个,档案的时间跨度为一八八二年至一九六八年。钱德勒随机取出一个,像香烟盒一样从正面翻开。

我试着掩盖当下的惊讶,或者还有一点点失望:这些档案其实是私刑报道的剪报。泛黄的旧报纸贴在一张正方形白纸片(也已经泛黄)上,上面还有手写的笔记。

我很快就感到有些内疚。你期待的是什么呢?我问自己。难道是一份份完整的官方调查?详细记录着事发经过和肇事凶手?之所以称为"私",就是因为这些残忍的处罚是由一群普通公民自行决定和执行的。有的时候,执法人员甚至睁一只眼闭一只眼,默许了它的发生。

这七十四个存放着剪报的档案盒是美国黑人社会学家,同时也是塔斯基吉大学记录与研究系的创立者门罗·沃克从二十世纪初开始收集整理的。沃克退休后,他的门生继续这项工作。

钱德勒说,南方很多州的公共档案馆都或多或少地收藏着私刑的剪报,但在数量上比不上塔斯基吉大学的收藏。他从档案盒里抽出一张剪报,上面印着一张赤膊黑人的黑白半身照,伤疤像是铁锈一般从头蔓延到肩膀和手臂,标题是《持枪暴徒们劫持并袭击了黑人男子》。

"这一盒是亚拉巴马州的,我们拿出去看吧。"钱德勒提议道。

我们来到工作间。钱德勒粗略地在档案盒里翻阅了一下，把他认为值得留意的剪报挑给我。这些档案比我想象的要杂乱得多，一张纸片上有时粘贴着好几张剪报，彼此并没有关联，发生的地点也相距遥远（有的甚至发生在不同的几个州）。如果是评论类的长篇报道，或者是某一起私刑案件的后续新闻，要读懂来龙去脉就更需要花费一点时间。

剪报上的钢笔字迹（黑色、蓝色和红色）应该是当年整理的人留下的，标注出剪报的刊发时间和事件发生的地点。除了字迹各异外，记录方式也很不一样：有的小心翼翼地塞进空白缝隙处，另一些则直接写在段落上，盖住了词，切断了句子。

每一条剪报的标题上都能看见红色或蓝色的弧线。我问钱德勒是什么意思，但他也不知道。

档案中还夹杂着一些信件，印着塔斯基吉大学的抬头，是从校长办公室发出的呼吁政府官员重视私刑案件的公开信。

一盏固定在桌角的长臂台灯在木头桌面上留下一圈白色光晕。我和钱德勒并肩坐着，起初我还试图让他帮忙解释一些困惑之处，但他也一脸困惑，那副银边眼镜仿佛蒙上了一层厚厚的水汽。

我渐渐发现，档案并不是完全像塔斯基吉大学官网上说的那样以州和时间为类别整理。也许在档案创建初期有过这种规范，但因为年代久远，牵头的人也不止一个，便没有了那么严格的要求。在摆脱这一执念后，我也开始能够从不同年代的私刑剪报中摸索出一种类似于趋势的东西：和上世纪前二十年那种言简意赅的私刑消息相比，从三十年代起，美国报纸关于私刑的报道变得更加立体。

在编号为"5145"的私刑档案里，剪报从第一人称的视角讲述了一个名叫哈维的黑人小伙是如何从亚拉巴马州伯明翰一群白人暴徒的手中逃生的。

事件发生在八月十号的早上，当时哈维正和另外五个黑人年轻人在一起。哈维对《工人日报》说："我们坐在伯明翰城外一条马路牙子上，一辆最新型号的福特车出现了，车上跳下四个携带着自动手枪的白人，朝我们一顿打量。然后他们一把抓住我，勒令我上车。"

哈维拒绝上车，问自己何罪之有。其中一个白人说："你的罪太严重了，不能在本地坐牢，必须送去蒙哥马利的基尔比监狱。"基尔比监狱就是两个"斯科茨伯勒男孩"[①]被关押的地方。

上车后，哈维"像是一颗皮球一样"遭到白人的轮番殴打。他成功逃离后，试图搭乘顺风车回城，然后又遭到更多白人的攻击。

伯明翰邻近城市霍姆伍德的警察局长赶到现场后，不但没有追寻白人暴徒的下落，反而拷问哈维遭到绑架和殴打的正当理由："是不是因为骚扰了一个白人女孩？"

哈维被送往当地一家医院救治，最后被送往纽约，躲避白人暴徒的追击。

进入四十年代，主流舆论中反对私刑的声音明显变多。

在这个档案盒里有好几条剪报都是关于一桩发生在一九四七年南卡罗来纳州格林维尔市的私刑案：一个名叫威利·厄尔的二十四岁黑人男子被指控捅死一名白人出租车司机而入狱，但在接受正式

[①]1931年，9名年龄在13至21岁之间的黑人男孩被控强奸2名搭乘同列车的白人女孩，其中8人被草率地定罪，判处死刑。事发地斯科茨伯勒也因此被人熟知。

审判前,一群白人暴徒从监狱中带走厄尔,在一个屠宰场外将他多刀捅死,并用枪射穿他的脸庞。

案发后,超过一百五十名嫌疑人接受警方问讯,其中三十一人被指控参与谋杀。这是美国历史上第一次有白人因实施私刑而遭到逮捕。然而在审判过程中,一个由十二个白人组成的陪审团做出了无罪裁决。

在编号为"7541"的私刑档案里,能找到纽约市哈莱姆区的退伍黑人军人联合会抗议这个审判结果的剪报,一些偏保守派、白人家族拥有的南方报纸也加入了讨伐的队伍。

> 无论对于司法公正,还是对于美国南方,格林维尔审判团的无罪判决都是悲伤的一天。——《孟菲斯商业呼声报》

> 格林维尔的审判结果说明有必要颁布联邦反私刑法,联邦政府不应该继续容忍这种由一群普通市民执行法律的情况。没有一个国家会允许法律被如此践踏。否则,自称民主国家就是一个笑话。——《亚特兰大日报》

"你还记得读到过什么让你记忆尤其深刻的私刑记录吗?"我问钱德勒。

"有一份私刑档案记录的事件让我难以忘怀,它就发生在离塔斯基吉不远的地方。他们用绳子拴住一个黑人的脚,然后用一匹马把他拖行在沙地上,直到他体无完肤。"

"他当场死了吗?"

"没有,他痛得撕心裂肺地尖叫。"钱德勒仰起头,"白人暴徒又把他吊在树上,他应该是在那个时候窒息而死。他们就把尸体留在那里,让皮肤腐烂脱落。"

"他被指控做了什么?"

"目光在一个白人女性身上停留了太久。如果我没记错的话,大概发生在一九三〇年前后。"

我问钱德勒是否有可能找出那份记录。他摇摇头,说资料太多了。

"大多数受害者都是因为什么遭到私刑的?"我问。

钱德勒说:"理由太宽泛了。可能只是因为你聊天时提到了谁,然后被人故意曲解了。比如,如果你是黑人男性,你只是多看了一眼白人女性。不过请不要误会我的意思,私刑不只是针对男性,它同样可能发生在女性身上。很多时候它发生在雇佣关系中,黑人工人抱怨没有收到允诺的薪水,白人雇主就可能用刑。但是你要知道,许多动用私刑的理由和指控都是捏造的,并没有证据。

"我记得小时候读到过三K党分发的传单,上面说'黑人只是比猿猴多进化了一步',这种'非人化'的目的就是要在公共意识里形成一种观念,即黑人并不是人。当公众渐渐有了这种观念后,你就可以对黑人为所欲为,而不会受到谴责。你肯定看过一些私刑现场的旧照片,男女老少全家出动,提着野餐的篮子,笑得那么开心,俨然像是参加一场露天聚会。你觉得那些人都不是正常人吗?他们只不过是被困在了当时的社会氛围中。"

"什么样的社会氛围?"我问。

"那段时间黑人自力更生,开始获得成功。原本掌权的白人开始发现黑人抢走了他们的饭碗。你瞧瞧,就和今天的美国一个模样,拉美移民来了,正在抢走美国人的饭碗。"钱德勒笑了笑,"当时的美国人正在经历大萧条,股市崩盘,工作很难找,岗位都被黑人占据了。这种愤怒情绪在白人群体中累积起来。"

塔斯基吉大学的私刑档案库一共记录了四千七百三十多起私刑案件,不过在那将近九十年的时间跨度里实际发生的私刑肯定不止这个数目:一些私刑受害者是在夜里被带走的,即使是家人也对他们的遭遇一无所知,当地媒体也没有报道。除了这些客观因素外,门罗·沃克对私刑记录的收集也有自己的标准。

沃克曾经说:"尽管有极大的压力要求我修改有关哪些行为应该包含在私刑中的政策,但我还是坚持把种族骚乱和罢工暴乱的受害者剔除在外,无论它发生在南方还是北方。"

有的人觉得沃克记录得太少,也有人指责他收集得太多。在档案盒里,我找到一条和档案本身有关的剪报。

《伯明翰邮报》
一九三五年二月七日
私刑记录遭到抗议

伯明翰,亚拉巴马州电,市议会公共安全部的负责人W. O. 唐斯今天宣布将要求塔斯基吉学院修改一份关于发生在去年八月东伯明翰地区的私刑记录。

"该记录中黑人男子的死不能被定义为私刑,"唐斯表示,"事发时,该黑人男子骚扰了三名正前往参加教堂活动的白人女子,并用手枪威胁她们。一个民兵队解救了这些女子,并在黑人开枪时将他击毙。"

警察局长路德·霍勒斯对市议会的决定表示支持,他认为该黑人男子是因为拒捕而被击毙的。

整张剪报中只有一处记号:档案的整理者在"民兵队"这个词下方画了一道意味深长的红线。难道这个词里隐藏着什么秘密?

我想起钱德勒曾经提醒我有些剪报来自"白报"。

"白报?"我问他。

"就是白人企业拥有的报纸,他们报道私刑的语气、用词和黑人出版的报纸很不一样。"他说。

经过提醒后,我的确发现诸如《芝加哥卫报》这样的黑人报纸会使用"白人暴徒"这样的字眼,而《伯明翰邮报》则会用更符合当时南方保守派人士价值观的"民兵队"来代替,十分巧妙地暗示施暴者行为的合法化。

也许档案的整理者认为这个画了红线的词就是对官方抗议的最好回击,无须多言。

* * *

钱德勒把摊满桌面的剪报一张张地按序号放回深蓝色的档案盒,把盒子塞回柜子里,按逆时针的方向转动手柄,两个柜子就如蚝壳般紧紧地合在了一起。我们回到工作间继续谈话,负责誊写的老妇人们还没有回来,写字台上搁着笔和写到一半的纸条。

"私刑是一种用来控制他人的工具,让人们各自为政,把不同的种族隔离开来。当你看到你的朋友、邻居、认识的人被活活吊死在树上时,它会影响你的思考方式,你会乖乖听话,你会守规矩。私刑不只是吊死一个人、用石头砸死一个人、用枪射死一个人、活活折磨死一个人那么简单,它触及到人们脑袋里更深的东西。"钱德勒突然语气一转,"我接下来要说的事可能会让你很惊讶。"在确认我表现出足够程度的好奇后,他才继续说道:"你知道在塔斯基吉大学的私刑档案库里,受害者是黑人的比例是多少吗?"

我猜道:"百分之九十、九十五?"

"答错了,只占三分之二!其他三分之一都是白人。"

"白人也会遭到私刑?"

"他们可能和黑人交往、通婚,甚至只是对黑人的遭遇表示出同情。"他说,"所以私刑这件事,其实和肤色没有关系。它的核心在于控制,通过制造恐惧来控制人。"

他讲起几年前参加过一场学术会议的经历。

"在那场学术研讨会上,有一些研究生会宣讲自己的论文。有一个年轻男学生的论文是关于发生在得克萨斯州的私刑,私刑的对象不是黑人,也不是白人,而是一个拉美裔。我问他,根据你的调查,得州有多少拉美裔遭遇私刑?五百七十五个,他回答。我又问:同样的情况可能发生在亚利桑那州、新墨西哥州、科罗拉多州和加州,你调查过吗?他说没有。现在,让我们再往前迈一步吧。不单单是拉美裔,华人也遭到过私刑。他们移民来美国,虽然不是奴隶,但被认为是二等公民。我的曾曾曾祖父也遭遇了私刑,他是切罗基印第安人,我手上就有记录。"

"他为何遭遇私刑？"我问。

"在独立战争中，他站到了英国殖民者的那一边。"

我一时有点不明白钱德勒。他似乎在表示，为了更好地理解私刑的本质，有必要忽略或者跳出白人与黑人的对立关系，把它当作一种类似于阶级之间的矛盾。在他的内心，这个过程环环相扣，丝毫没有不符逻辑之处。然而我觉得一旦在谈论私刑时脱离了时间和历史背景的限制，单纯从字面含义出发，将私刑的范畴无限放大，就会有模糊焦点的危险。

既然如此，我想知道钱德勒如何看待如今发生在美国社会中在我看来具有私刑特征的案件。我举的例子是发生在二〇二〇年亚特兰大郊区的慢跑枪击案：一个叫阿哈穆德·阿伯瑞的黑人小伙在一个社区里慢跑时，被两名白人男子开枪打死，开枪的理由是他们怀疑阿伯瑞是窃贼。

钱德勒说："我不赞同这种做法，但我恐怕无可奉告，我感兴趣的是发生在过去的事。如果你想知道，我也有一个同样恐怖的故事，一个白人和他的家人开车经过芝加哥的一个黑人社区，有人朝他们开枪，这不是同样的事吗？所以我不觉得和肤色有关，而是人与人之间缺乏信任罢了。"他的眼睛滴溜溜转："有一次在课堂上，我们讨论起这些话题，一个年轻的女学生举起手，她说，问题的真正答案是我们要爱彼此。你不觉得她说得很对吗？我的女儿这几天也谈到这个话题，她说我们应该爱彼此、信任彼此，这是所有问题的最终答案。"

我没有预料到一场关于私刑的讨论竟然会以爱和信任作为结论。是他作为一个白人的局限吗？还是我的局限？这种过于浪漫化的视角也许对于一个走马观花的外国人有效，但对我不起作用。可能是因为我的表情透露了真实想法，当我问私刑的历史给美国社会带来最大的影响是什么时，他显得有些气冲冲的。与其说是回答，更像是对我的责备。

"我的一个女学生曾经说：教授，你虽然有一副白皮囊，但你有一个黑人的灵魂。作为一个历史学家，关于所发生事情的真实性，我竭尽全力来提供一种平衡。记住历史是一件好的事情，但太关注某一段历史就不好了。我觉得人们有一种倾向，就是只记得坏的那一面，而忽略好的那一面。塔斯基吉大学就是白人奴隶主出资帮助一名前奴隶实现梦想的结果，我觉得如果只是关注社会关系中消极的那一面，将是个严重的问题。"

我不确定他在说这些话时是从白皮囊的角度，还是从黑灵魂的角度。也许他在潜意识里把我当成了教室里的学生，但我并不打算轻易让步，这和我在美国各地采访而得到的认知截然相反。

"那为什么我采访过的绝大多数美国黑人都认为，这个社会一味要求他们去关注积极的那一面，却害怕掀开黑暗的那一面？"我问他。

"我没有这种印象，"他双手交叉在胸前，"我去德国旅行的时候，拜访了集中营的旧址。你觉得德国人想要坐在那里时时刻刻回想着那段历史吗？他们是如此羞愧和困惑，甚至不想告诉你那些发生过恐怖处决的场所在哪里。只有当我们关注积极的那一面时，积极的事情才会发生。我们应该接受已经发生的事情，然后把焦点放在好的那一面。"

钱德勒又继续围绕着积极和消极的辩证说了许久，但我已经不想让对话朝着这个愈发怪异并且让我们两人都不是很舒服的方向进行下去。和采访对象发生观念上的争执——无论多么轻微——都不是我的本意。

我决定让钱德勒谈谈个人生活,特别是生活在保守南方州的白人男性是如何在一个传统黑人大学里教授历史专业的。显然,这个新的话题让我们彼此都松了一口气。

"我在农场里长大,父母拥有一个玉米农场,从我记事的时候起,他们就雇了一个黑人在农场里干活,帮忙杀猪。所以在我的成长环境中,白人和黑人是一起干活的。上世纪六十年代种族隔离制度结束后,我就到一所规模很小的农村学校上学,当时绝大多数同学都是黑人。"

"是家庭经济原因让你去公立学校吗?"

"并不是。我的家庭虽然来自南方,但他们有一点不同。当我还是个小男孩的时候,我就央求父母带我来塔斯基吉大学参观乔治·华盛顿·卡弗的实验室。他们真的就带我来了。可见我的家庭从来都没有种族歧视的观念。"

"你是从那时候开始对黑人历史感兴趣的?"

"我觉得是的,我从小就向往塔斯基吉大学,把它看作一个机会。虽然长久以来亚拉巴马州都有种族主义的坏名声,但并不是每个人都是种族主义者。我在人际关系上也有非常高的道德指南,如果我的女儿嫁给黑人,我完全不会有任何困扰。"

钱德勒是他那一辈人里唯一受过高等教育的,其他几个兄长都是普通工人,一个身有残疾,另一个如今受了伤。从懂事的时候起,钱德勒就一心想要有一个自己的房子。上大学那会儿,他白天读书，晚上工作，二十四岁就攒够钱买了人生第一个房子。如今，他和妻子住在乡下，离塔斯基吉大学半个小时车程。

终于，三个老妇人慢悠悠地回到了工作间，她们刚吃了午饭。采访也到了尾声。告辞前，我提到会去蒙哥马利的遗产博物馆看看，里面有关于私刑的展览。钱德勒略显不悦地说，博物馆在筹备阶段时曾经来私刑档案库收集材料，但之后就再也没有音讯。

* * *

南北战争时期，蒙哥马利曾经短暂地成为邦联国的首都。这座位于南方腹地的城市拥有大量的邦联雕像，如果换作美国其他地方，恐怕已经被推倒了，但它们在这里暂时还比较安全。

所有雕像中，最有名的一座是位于亚拉巴马州议会大厦的邦联纪念碑，将近三十米高。我原以为它会极其醒目，但开车足足绕了州议会大厦两圈，才在建筑北侧的阴影里发现它。

这座竣工于十九世纪末的纪念碑是为了致敬超过十二万来自亚拉巴马州的邦联士兵。它的底座是一块巨大的石灰岩，四个方向分别立着邦联军最著名的四名将士，代表着军队的步兵、炮兵、骑兵和海军。骑兵的基石上刻着："自古以来，骑士中最具有骑士精神的人，他们将骑士精神的火炬传承在黄金般的心灵中。"

一根华丽的灰岩圆柱从四人的背后竖起，上面有一圈铜制的壁画，刻着战士们出征的场景。石柱的顶端有一座象征着"爱国者"的铜像：一个左手握着旗杆、右手拿着长剑的女神。

雕刻者亚历山大·多伊尔曾师从意大利雕刻大师乔瓦尼·杜普

雷，雕刻的人物面部充满生动的表情。同时代美国的邦联雕像也都出自多伊尔之手。

议会大厦的南侧坐落着邦联白宫，一栋意大利式风格的两层木结构建筑，屋檐上装饰着精致的斗拱。这种以意大利文艺复兴建筑为设计语言、却诞生于英国的建筑风格，在十九世纪中叶的美国东北部和中西部非常流行，但极少出现在南方。南北战争期间，邦联白宫是邦联国唯一的总统杰斐逊·戴维斯的官邸。

州议会大厦的正面朝向蒙哥马利最负盛名的迪克斯特大道，这里仿佛是一座露天的博物馆。沿着大道一路向西走，首先会看见一栋红色砖墙的希腊复兴风格教堂。从一九五四年到一九六〇年，马丁·路德·金在这所教堂担任牧师，还在地下室里组织了联合抵制蒙哥马利汽车运动。跨过几个街角后，你会在街边看见罗莎·帕克斯的铜像，她就是我们小时候在历史课本里读到的人物，那个拒绝给白人乘客让座而遭到逮捕的黑人女裁缝。

迪克斯特大道的终点是一座欧洲古典风格的喷泉，中央喷水的雕塑源自希腊神话，最顶端的是司掌青春的女神赫柏的铜像。或许是为了防止有人抵挡不住南方腹地的热浪跳进水池内戏水降温，圆形的水池外围着一圈带尖刺的雕花栏杆。

池边有一块指示牌介绍这里曾经是一个露天的奴隶拍卖场。蒙哥马利一度是美国南方最大的奴隶贸易市场之一，尤其在奴隶制废除前的最后二十年，这里的黑奴贸易达到了顶峰。

就这样，在短短几百米的范围内，奴隶制、邦联军和民权运动的"遗产"看似和睦地共存着。

我住在蒙哥马利老城区的安泊酒店，就在亚拉巴马河的河畔。

在美国各地旅行时,我都会首选这家被希尔顿集团收购的连锁酒店,它房费适宜,很容易停车,而且每个房间都带着一间小起居室,不会显得过于局促。

起居室的咖啡桌上放着一本精装本杂志,里面是各种当地品牌的广告和旅游推介。有一个词的出现频率很高:遗产。无论是一日游的行程,还是房屋装潢公司的图文广告(南方种植园风格的独栋房子、小碎花图案的扶手椅、立柱床,符合目标顾客特征的略显肥胖的白人夫妇),都高密度地使用这个词。事实上,我在蒙哥马利的这几天,也总是从白人和黑人口中听到这个词。

安泊酒店的另一个特色是"欢乐时光",会供应限量的免费酒水和零食。每天下午五点时,大堂的中庭总是排起长队。我常常坐在那里观察来自五湖四海的陌生旅客,猜测他们从哪里来,以及在这座城市短暂落脚的原因。

一天中午,我在一家离酒店只有步行距离的美式烤肉店吃午饭。餐厅的名字叫"梦田",提供各式南方风味的菜肴,有烤得极其软烂的牛胸肉和甜得发腻的猪肋排。

我坐在卡座,刚点完餐,就看见斜对面的几张方桌被穿着蓝色衬衫的年轻白人服务生麻利地拼了起来,桌椅在地上划出尖锐的摩擦声。过了一会儿,一群黑人顾客陆续进入餐厅,在那个区域入座。他们都是中年人,男的大多穿着带花纹的宽松衬衫或者圆领衫,女的都精心地打扮过,戴着闪耀的大耳环。背对我而坐的是一个身材极其高大的男人,他套着一件松松垮垮的白衬衫,肩上有三条杠的肩章。他们热闹地点餐聊天,但并不喧闹。

梦田的食物不符合我的胃口。与这种用热风长时间熏蒸的烹饪相比，我还是更喜欢南美洲高乔人的烤肉方式。接下来的几天，我都在酒店房间点韩式牛骨萝卜汤的外卖。谁能想到，蒙哥马利的韩餐味道纯正，而且选择很多。原来在城市的西郊已经建起了许多韩国教会，韩国移民的社区正在这片腹地悄悄地崛起。

烤牛胸肉一冷下来就变柴了。我吸着冰茶，饶有兴趣地打量着侧对面的那桌人。他们应该不是本地居民，也不太像来蒙哥马利参加公司团建的员工（我经常在各地安泊酒店的大堂遇见这类住客）。我最后的结论是，他们应该是一群结伴来蒙哥马利旅游的朋友。

隔天，我的猜测就得到了证实：既没有错，也没有全对。

我没有去公正司法倡议的办公室再次争取采访的机会，而是花了五美元买了一张门票，以游客的身份参观了他们的遗产博物馆。博物馆建在老城区一栋翻新过的老建筑里，据说原来是黑奴被拍卖前落脚的地方，相当于奴隶仓库。

和同主题的博物馆一样，遗产博物馆涵盖了从跨洋奴隶贸易到民权运动的所有内容，然而在影音效果上下足了功夫。尤其是刚进入展区，访客会经过五扇牢窗，每一间黑暗的牢房里都用全息投影技术形成了一个如同鬼魂般的奴隶形象，他们都直勾勾地看着你。

"妈妈！妈妈！"第一扇牢窗里的黑人小女孩伤心欲绝地呼喊道。她是奴隶的女儿，母亲刚刚被拍卖了。

另一个牢窗里的黑人女孩明显长大了一些。"你见过我的母亲吗？"她的语气镇定了不少，似乎已经放弃和生来就不公的命运抗争。女孩用一种平静到令人心生寒意的口吻讲述自己是如何沦落此地，又经历了哪些惨绝人寰的磨难。

私刑是展览的一部分。在一面巨大的墙上陈列着一排排装满泥土的透明玻璃瓶，瓶身上标注着对应的私刑受害者的姓名、去世地点和时间。绝大多数受害者尸骨无存。于是，公正司法倡议的合作伙伴和志愿者前往档案中这些人遭遇私刑的地区，收集当地的泥土，象征着他们的肉身和灵魂已化为泥土。

博物馆内严禁拍照和摄影，我便把参观时看见的一些有用的信息记在手机的备忘录里。

在一个可触碰的显示屏上有一张美国地图，访客可以点击查询各州的私刑信息。一个白人大学生把背包搁在脚边，手里捧着一台笔记本电脑，把显示屏上的内容补充进 Excel 表格里。

我十分庆幸自己已经拜访了塔斯基吉大学的私刑档案库，因为博物馆里几乎所有关于私刑的展览内容都来自于档案库，他们把剪报的标题重新排版，用一种更生动、也更易于消化的形式展示出来，但仿佛是已经被咀嚼过的食物。

一张一八五二年的悬赏广告吸引了我的注意。一名叫约翰的奴隶主悬赏两千五百美元寻找一个逃跑奴隶的下落："此'黑鬼'名叫乔治，今年二十五岁，身高五英尺十英寸，会演奏小提琴和其他乐器，肤色很黑，极其聪明。如果能把他关进圣路易斯的监狱，或者将他遣送至我的地址，赏金增加一千美金。"

"这个黑奴竟然会拉小提琴！"身旁驻足的人感叹道。

"看来是专门提供娱乐活动的奴隶。"我说。

说话的人是一个绑着彩色头巾的黑人女子，一袭白衬衫，耳朵上戴着一个闪亮的大吊坠。我一下子就认出了她，是昨天在烤肉店遇到的那群人中的一个。

"来蒙哥马利旅游还是出差?"我故作随意地问。

"我们组了一个团,已经去新奥尔良玩了两天,这几天在蒙哥马利,然后会去伯明翰待两天,最后再往北去孟菲斯。"她的声音有一种悠扬的韵律。

"听起来真不错,"我由衷地说,"一共几天?"

"前后加在一起八天。"

"来得及去那么多地方吗?"

"时间有点紧,所以行程安排得很满。"

她叫卡格妮,生活在得州的安东尼奥。她和十几个朋友包了一辆旅游巴士,从安东尼奥出发,又从博尔蒙特捎上了两个人。沿途游览的都是美国南方一些最有名的民权运动遗址,相当于一次"红色之旅"。

"来蒙哥马利前,我们专程经过了塞尔玛,还下车在那座桥上走了走。"卡格妮得意地说。

那座跨越亚拉巴马河的桥叫作埃德蒙·佩特斯大桥。一九六五年,为了争取平等投票权,在马丁·路德·金和其他民权倡议者的带领下,数千人在种族隔离支持者的阻拦和威胁下途经这座大桥,从塞尔玛徒步至蒙哥马利。这是美国近代历史上一次非常著名的反种族主义游行,大桥也成了这场历史事件的地标性建筑。

"整趟行程是旅行社组织的吗?"我问。

"我们自己找的车和司机,"她耐心地解释道,"每个人交一千七百美元团费,包括车和住宿,额外需要掏腰包的只有饭钱。"

这几座城市中我唯一没有去过的只有伯明翰。我在档案库的剪报里一遍又一遍地读到过这座城市,它是私刑发生数量最多的城市之一。

我问卡格妮的家乡是哪里。

"我出生在密西西比州。"

"杰克逊?"

杰克逊是密西西比州人口最多的城市。

"不是。一个很小的、你一定没听过的地方。"

"我去过牛津,离那里远吗?"

"牛津往南四十英里就是我的家乡!"她的眼睛里闪烁出亮光。

卡格妮的团员来呼唤她了,我们互祝旅途顺利,愉快地告别。

* * *

我在蒙哥马利最重要的一个行程是拜访"和平与正义国家纪念馆",它落成于二〇一八年,是全美国第一座专门悼念私刑受害者的纪念馆。

地址离酒店很近。事实上,蒙哥马利所有的知名景点都在可步行的范围内。城市之小是当年邦联国迁都弗吉尼亚州里士满的主要原因,但对于今天的游客来说却再好不过,省却了舟车劳顿的麻烦。

我一大早就过去了。开放时间还没到,已经有零星的访客排起了队。

纪念馆是半露天的,坐落在一片起伏的小山丘的顶端,远远看过去如同一座黑色的、钢铁建造的古希腊柱式神庙。

超过八百根体积相同的钢条悬挂在中空的正方形顶棚下，每一根钢条代表着一个曾经发生过私刑的县（县名和所在的州刻在钢条的底部），钢条的正面刻着受害者的名字和私刑发生的日期。如果只能确定私刑曾经发生，却查不出受害者的姓名，就会刻上"未知"。

刚进入顶棚处，悬挂的钢条几乎和人的视线平行。往里走，地面呈下坡趋势，钢条的位置离人越来越远，需要抬头才能看见。这样的设计制造了一种错觉，仿佛这些象征着私刑受害者的钢条被越吊越高。其实所有的钢条都是被水平悬挂的，唯一变化的是人的视角。

通常，施暴方在杀害一个人后会把尸体埋藏起来，尽一切可能不让他人发现。然而私刑的实施者并不希望它成为秘密，他们甚至想让这个举动被更多人看见。除了召集男女老少聚集在行刑现场，他们还会把私刑的照片制作成明信片，寄给家人和朋友。

历史学家和收藏家发现了大量来自十九世纪末、二十世纪初的私刑明信片，当时的民众甚至可以在社区商店购买印有自己参加过的私刑现场照片的明信片。明信片的正面写着"这是我们昨晚办的一场烧烤"，背面写着"绞架上是一具已经烧焦的黑人尸体"。

位于得州的哈克赖德制药公司就是其中一家靠贩卖私刑明信片营利的公司，它在一九○八年大批量发行了一款题为"狗木树"的明信片：照片上，五个黑人私刑受害者被吊死在同一棵树上。明信片上还印着一首带着韵脚的诗歌，在高歌白人至上主义的同时，警告黑人不要越界半步：

> 这棵狗木树的唯一分枝
>
> 是白人至上主义的伟大标志……
>
> 黑人啊
>
> 请不忘永恒的恩典
>
> 记住你们应该存在的位置
>
> 否则这棵狗木树就是你们的下场

在二十世纪的第一个十年里，拍摄私刑照片已经变成了一门极其抢手的生意，地方摄影师必须提前和当地政府洽谈，在私刑举行之前就预订到一个角度更好的拍摄位置。在这群人中，甚至包括美国知名摄影师弗雷德·吉尔德斯利夫。一九一六年五月，当时正在得州韦科市定居的他拍摄了当地一个名叫杰希·华盛顿的十七岁黑人小伙的私刑，他被指控犯强奸罪，吉尔德斯利夫提前在市政厅的三楼阳台架好了当时体积还十分庞大的相机，拍下了这场私刑的全过程：脖子上系着铁链、被轮番拳打脚踢的黑人小伙被吊在市政厅前的一棵枯树上，他的脚下是熊熊燃烧的篝火，整个身体被火焰活活烤焦。当时有超过一万名观众在场。篝火熄灭后，许多白人纷纷上前用手扳下焦黑的皮肤和骸骨，作为身临现场的纪念。

吉尔德斯利夫用自己拍摄的照片印制了明信片，在当地销量惊人。他也如约把明信片的收益和市政厅的官员分红。

在私刑最鼎盛的时期，拍摄私刑照片已经成了一个具有高度组织性且顾客需求极大的市场。虽然美国邮政局已经在一九〇八年出台法案，禁止带有私刑或者其他尸体照片的明信片出现在邮政系统中，但这并没有阻碍私刑明信片在地方上的流通。

美国知名作家理查德·拉卡曾在《时代》周刊评论道："即使是纳粹也不曾卑鄙到贩卖奥斯维辛集中营的纪念品，而私刑却成了（当时）美国明信片产业中新兴的主题分支。"

我一直在想，是什么样的心情让当时的美国民众给亲友寄去这些印有尸体或残骸的卡片。明信片上的照片通常是美景、可爱的人或物，我们从旅途中寄出明信片是想把旅途的回忆和其他人分享，让美好的瞬间尽可能地延续。也许这就是塔斯基吉大学的钱德勒教授提到的社会氛围，一代又一代的白人接受的教育是把黑人当作次一等的生物来看待，而当经济危机出现时，黑人又成了替罪羊。三K党固然起到了推波助澜的作用，但当时的每个社会阶层都参与其中，无法完全撇开责任。

纪念馆落成后的每一年，公正司法倡议都会挖掘出新的私刑档案，钢条上依然有足够的空间来刻入新的名字。

我沿着逐渐下沉的过道来到了纪念馆地势最低的区域，满天的钢条犹如魂魄般扑来。我不禁想象，如果此刻狂风大作，它们是否会像古老的风铃般撞击在一起。然而一过转角，延续不断的水流从一面巨大的木墙上流下，清脆的声音把我的万千思绪都遮盖住了，只能感觉到溅起的清凉水珠触碰在脸颊上。

* * *

我最初是在《纽约客》杂志上读到一篇文章，是一本几个月后将要出版的自传的节选,关于一个黑人回忆自己在美国南方的痛苦经历。相同题材的书在美国出版界并不少见,几乎每隔一段时间就会上市一本,题材不乏个人传记、小说或者诗集。然而这篇节选轻易地就吸引住了我,因为杂志极其慷慨地给书的插图留了足足六个版面,是这位黑人讲述者创作的画作。

有一幅是上百个身穿黑白条纹囚服的黑皮肤囚犯在一起劳动,他们手举长杆铁锤,脚上系着重重的铁球脚镣,人与人之间没有一点缝隙,仿佛被胶水粘在了一起。每个囚犯的表情各不相同,有的仰天长叹,有的眼神冷漠,有的微微露出狡黠的笑意,暗示着他们有着独立的灵魂。另一幅画是一群同样穿着囚服的人在一个棉花田里采摘白棉花的情景,画风和前一幅相似,但多了色彩,创作者用绿色的颜料画上了枝叶,而田地是赭红色的。

这种叙述风格让我联想起著名黑人画家雅各布·劳伦斯的作品,特别是他获得全球瞩目的、描绘美国黑人从南方村庄向北方城市迁徙的系列画作《大迁徙》。劳伦斯画笔下的人群总是面目模糊,除了一心奔赴别处的意志外,觉察不出其他情绪。与前者相比,这位画家的画风更加写实,不同的人物仿佛形态和线条各异的果实结满同一棵树,而略显无序的构图营造出一种只有在梦境中才会出现的优美的凌乱感。

然而和大多数飞机读物一样,阅读因一段旅途的开启而中断了,直到后来当我寻找私刑的幸存者时,又在其他地方看见了这种风格的画。这位黑人画家出生于佐治亚州,上世纪六十年代遭遇了私刑,侥幸逃生。晚年时,从未有过专业艺术创作训练的他开始画下年轻时在南部的回忆。我将信将疑地从书架上翻出那本杂志，果然是同一个名字：温弗雷德·伦伯特。

无论从哪个角度看，这都是最完美的采访对象。他把私刑的痛苦转化为艺术，让人不禁感叹真实的生活比任何虚构的情节都更加不羁。

然而，这个最完美的采访对象在几个月前去世了。

我试图通过出版社联系伦伯特的遗孀。在生前的采访里，他提到自己是在妻子派西·伦伯特的鼓励下开始作画的。派西同样出生在佐治亚州，上世纪七十年代他们相识结婚后，北迁到了寒冷的康涅狄格州。从派西的角度回述伦伯特的生平，虽然没有第一人称来得有效，但考虑到故事的独特性，不失为一种挽救的方法。

转眼夏天已经过去了一半，而出版社已经不再帮忙跟进，这个采访仿佛和伦伯特一样又被埋进了漆黑的墓穴中。

我绞尽脑汁，用所有能想到的方法搜索伦伯特家人的联系方式，都没有结果。最后我像侦探破案一样在一段一闪而过的影像资料中辨别出伦伯特生前居住的房屋的门牌号，再结合他在一篇采访中偶然提及自己街区的名称，借助谷歌地图找到了那栋位于纽黑文的房子：一栋破败的殖民屋风格的双层白色木屋，屋顶是三角形的，离耶鲁大学的校园步行不超过十五分钟。

只有一种方法能最终确认伦伯特的遗孀或子女是否住在那个地址：前往当地一探究竟。

一周后，我从芝加哥飞往东北部。

一路上我十分忐忑，因为变数太多：伦伯特的家人也许不住在那里；即使住在那里，可能当时不在家；即使当时在家，或许也不愿意被外人打扰。我专程找了一个周末，至少能提高他们在家的可能性。其他情况无法控制，只能到了现场再灵活应变。

纽黑文没有一座正常规模的商用机场，很多人会先飞到相邻的罗德岛州，再从普罗维登斯开两个小时车到纽黑文。

在我这样一个习惯了中西部生活的人眼中，新英格兰地区显得非常袖珍，每一栋楼都仿佛小了一号。街道窄而曲折，时有缓坡。

在这块北美大陆最古老的白人定居点上，很多地名以"新"（new）打头，依托早期英国殖民者对大洋另一端的念想。新和旧只不过是一种参照。

我很早就听说耶鲁大学的周边治安堪忧，这所知名常青藤大学的学生甚至在校报里说，除了纽黑文的天气外，最能让耶鲁校友引起共鸣的就是校园以北的迪克斯威尔区。如果在这个拥有大约五千名居民的"禁区"内随意走动，轻者可能被劫，重者甚至会被刀捅或者吃枪子。

车一开进迪克斯威尔区，弥漫耶鲁校园的中世纪气息就消失得无影无踪，出现在我眼前的是一个破败的、散发着野蛮气息的居民区。栅栏东倒西歪，疯狂生长的夏日野草已经从堆放着杂物的巷子长到了人行道上。空椅子、塑料椅或者木椅子随处可见，就这样摆在路边。

当我最终抵达手中的地址时，出现的场景是我无论如何也不会料想到的：楼外停着一辆休旅车，一个身穿红色上衣、绑着两条长辫的黑人女子站在人行道上，朝驾驶座上的人声嘶力竭地咒骂着。

难道是搬家公司？我心想。

我把车停在街对面的人行道边，试图了解到底发生了什么。

驾驶座上是一个黑人司机，无论车外的女人语气多么凶狠，他都没有回嘴。后视镜上挂着一张残疾临时牌照。难道司机腿脚受伤了？

我没有频繁回头，竖起耳朵试图听见些什么。

"父亲一直没人管，都是我在照看，"红衣女人厉声吼道，"现在我又得照看你的母亲！"

原来他们说的都是家务事。

一个黑人小伙和一个白人小伙坐在门廊上，沉默地旁观着这场闹剧。

就在这时，另一辆汽车出现了。开车的是一个年轻的黑人女子，她把车停在离我们不远的地方，十分狐疑地盯着我看。

于是我决定先开车去其他地方转两圈，当下这种火药味十足的气氛并不是登门拜访的好时机，还可能把采访计划搅黄了。

大概半小时后之后，我又回到了同一条街道上。车已经开走了，门廊上只剩下那个黑人小伙。

我打开车门，走上前向他说明来意。

"你要找的是我的姑母，"小伙说，"但她这会儿不在家。"

"她去哪里了？"我问。

"去付电费了。"他说。

"你知道她什么时候回来吗？"

"我打个电话问问。"说罢，他利索地在手机上拨通了电话，"姑母，有一个人从芝加哥来找你。"他三言两语地介绍了我的来访，挂了电话。

"她这会儿正在大儿子家，就在这附近。你稍等片刻，她马上就回来。"

悬了一路的心终于落了下来。

我在房子前的人行道上徘徊。这是一栋久未照料的旧房子，门前木扶手的白色油漆一块块地裂开来，墙面也因为很久没有重新粉刷沾满了粉尘和水渍。房子南侧是一小片空地，停着几辆旧车，我猜房子的后半截可能租给了一家修车铺，一个修理工模样的中年男人从后院进进出出，手上拿着工具。路边还有一个用蓝色塑料布搭起的简易棚子，里面放着几张锈迹斑斑的雕花铁椅。

空气闷热潮湿，也许前一天下过大雨，路边有不少积水。和同一条街上的其他民宅相比，这栋房子被鲜花点缀着：前院的小花坛里种着红色和粉色的花园玫瑰，树下用水泥墩子隔出来的草坛子里也有五颜六色的花。

不知为何，我想象着派西会像一个步履蹒跚的老妇人一样从街的拐角出现。然而她开着一辆旧车来了，头上系着一条花朵造型的紫色纱质头巾，下车动作十分敏捷，仿佛一只母豹子。

一看见我，她很自然地说："我知道你要来。"

我非常惊讶。

"我听出版社的人说你要来采访我，但一直没有下文。"她说。

派西刚刚从佐治亚州旅行回来，如果我早几天来，就和她错过了。不得不承认，这个世界有自己的运转方式。

* * *

"你和他是怎么认识的？"我问派西。

我们找了两把椅子，坐在略显狭窄的门廊上，绿树成荫的街道蝉声如雷。

"我的上帝啊！"派西的两颊露出红晕，仿佛完全没有预料到这个问题。"那时候我还在佐治亚州老家，是一个女学生。"她回忆道，"有一天，我看见一辆卡车的后斗坐着几个人，他们的脚被锁在同一条铁链上。其中有一个英俊的小伙子就是温弗雷德。'快来看！'我对母亲喊道，'他是我这辈子见过最漂亮的男人。'我的母亲回答：'你一定是疯了，他们是犯人，很可能还杀过人。'她开始有些害怕。但谁都不知道，我已经暗暗地喜欢上这个人了。

"过了一会儿，我在院子里洗着衣服，突然发现他和另外两个人出现在院子里，我立刻跑进屋子里，告诉父亲外面有几个囚犯。父亲提着一把步枪就出去了。'你们有事吗？'他问。'前几天的暴风雨把你们的桥弄塌了，我们是被派来修桥的，天气太热了，想要讨一口水喝。'那几个小伙回答。母亲给了他们冰水，又说道：'你们明天中午在这儿吃饭吧。'前一天家里刚从河里钓了鱼，于是给他们做了炸鱼。我们俩就是从那个时候开始来往的。

"我会偷偷跑去劳动营见温弗雷德。去之前，我会先到祖母家梳妆打扮，然后从她家偷偷溜出去，约上好朋友玛格丽特一起去和他碰面。我当时有很多追求者，很多小伙子都想和我约会，其中有一个相当于我当时的男朋友。他发现我和别人在营地见面，于是生气地告诉了我的父母，这时候大家才知道我和温弗雷德在约会。"

"他遭遇私刑是在你们相识之前，还是之后？"我说。

"私刑发生在之前。我一直到和他结婚五年后才得知他曾经经历了那件事。"她说。

一九四五年,温弗雷德出生于佐治亚州的卡斯伯特。因为生父和生母都有各自的家庭,母亲意外怀孕生下温弗雷德后,就把他交给自己的姑母抚养。温弗雷德的童年记忆是在棉花田里摘棉花,以挣得微薄的报酬补贴家用。为此他经常旷课,很长一段时间里都不会识字。还是少年的温弗雷德很快就感受到一种荒芜感:花了一整天的时间摘棉花,而棉花田一望无际,仿佛是一件永远无法完成的事。于是在十四岁那年,温弗雷德决定通过离家出走的方式逃离了棉花田。

他在镇上游荡,睡过卡车后斗,也曾露宿墓园。虽然不得不忍受种族隔离时代的残酷和无情,但种植园以外的世界让他眼花缭乱。他很快就认识了志同道合的朋友,和心仪的黑人女孩约会。

在一个朋友的介绍下,温弗雷德开始在一家台球室打工。在那里,他遇见了全美有色人种协进会在当地的组织人员。当时正值六十年代初,民权人士正在全国各地举行抗议,要求黑人获得投票权。然而三K党在佐治亚州拥有强大的势力,因此举行民权运动尤为危险。这个台球室其实是协进会在当地的秘密会址,温弗雷德于是借机参加他们的内部会议,还学习如何在抗议或者静坐时避开白人警察的殴打。

一九六五年,十九岁的温弗雷德参加了附近一座城市的争取黑人投票权的和平抗议。警察很快就开始镇压,很多白人带着步枪赶到现场,并且朝人群开枪。温弗雷德被两个持枪白人暴徒追进了一条巷子里,他偶然找到了一辆插着钥匙的小汽车,于是随机应变地跳进车里,头也不回地向前开。

当天晚上，警察找到了温弗雷德，把他关进监狱。

在没有任何指控的情况下，温弗雷德在监狱里待了一年。其间，他不停地寻找越狱的机会。终于有一天，他故意用一卷卫生纸塞住牢房的便池，导致牢房淹水。副警长冲进牢房，拿警棍殴打他。温弗雷德借机抓住对方的腿，使其摔到地上。副警长立刻拔出枪，但被温弗雷德夺走了。

"请不要开枪！"副警长哀求道。

"放心，我不会开枪，但会把你锁进牢里。"温弗雷德冷冷地说。

逃出监狱后，温弗雷德意识到自己命悬一线，决定前往当地一个相识的民权人士家中逃难。开门的是那人的妻子，她让温弗雷德在起居室里等，还给他泡了一杯热咖啡。

"或许我们可以想办法让你逃到佛罗里达州。"她安慰道。

说完，那个女人走进厨房里，从后门溜出去，给警察局打了电话。

"我从来没有这么恨过一个人，但我恨这个女人，虽然我从来没有见过她。"派西的眼神闪烁着怒火，"如果不是因为告密，他就不会被重新抓住，遭遇后来的苦痛。"

副警长带着二十多个白人暴徒冲进屋子，把处于震惊中的温弗雷德一顿拳打脚踢，用步枪的枪杆猛击他的脑袋，最后把他扔进一辆汽车的后车厢。后车厢再次被掀开时，他们已经置身于一片打理得十分整齐的私人林地，一棵树上系好了绞索。温弗雷德被脱掉裤子，倒着吊起来。副警长拿着一把折叠刀，一把抓住温弗雷德的生殖器，用刀刺它。强烈的疼痛瞬间蔓延他的全身，他感觉到止不住的鲜血从私处流出，沿着后背和后颈滴在草地上。

"他们想要先阉割他，然后绞死他。"派西说。

十九岁的温弗雷德就像一头被吊在树上准备被宰杀的猪。

他在自传里写道："那种疼，让我告诉你，是我这辈子从未经历过的疼。一个人永远不知道自己的身体能承受什么，直到开始承受它。你可能会想，我再也不可能忍受比这一刻更多的痛苦了，但你立刻又感受到更多的痛。也许在几英里外都能听见我的尖叫，但我并不是为了求得怜悯。我确信无疑他们将杀了我。我并不想求饶，不想让他们得到快感。"

就在这时，其中一个白人说："不能就这样让他死了，我有一个更好的办法，把他重新扔进监狱，让他忍受更多的折磨！"

温弗雷德被重新塞进后备厢。在黑暗的颠簸中，他把身上的衬衫脱下来，塞在两腿之间，再把腿紧紧夹住，终于止住了血。

几年后，当温弗雷德走进派西家的后院时，他正在佐治亚州阿什本的一所县劳动营里服刑，那里生活着二十几个囚犯，但和普通监狱相比，劳动营的环境轻松些，没有牢房，只有一个大通铺，唯一的看守是一个会把钱夹在《圣经》里的跛足老头。然而温弗雷德只在这个劳动营停留了两年，之后他被送到一所极其严苛的监狱，在那里，囚犯会被锁在一起，送去修路或者从事其他劳力工作。这种惩罚方式被称为"戴镣囚犯"，曾经盛行于南北战争后的美国南方。虽然美国在上世纪中叶就基本上淘汰了这种刑罚，但佐治亚州一直沿用到了七十年代。

和派西再次重聚已经是一九七四年，被最终释放的温弗雷德第一时间赶到派西的农场，最终信守诺言同她结为伉俪，一起搬到北方生活，生儿育女。

"你后来是怎么知道他遭遇过私刑的？"我问。

"有一天晚上，他在睡梦中惨叫，说要杀了我。我被吓醒了，才知道他做了噩梦。他对我说：'派西，有一件事我一直没有告诉你。'但他没有全盘托出，而是每次只说一点点，所以他花了很长的时间才最终向我敞开心扉。"

"你之前听说过私刑吗？"

"我小时候听家里的大人提起过，但并不是他们会一直讨论的事，更像是一个秘密。"派西继续说道，"温弗雷德上了年纪后，梦魇更加严重了。有的时候，他甚至会在睡梦中从床上一跃而起。他虽然腿脚不便，走路需要扶拐杖，力气却大得惊人，好几次他一挥胳膊就把我推下了床。于是我找了一张躺椅，睡在他的床边。他也很为难，让我去其他房间睡。我不想把他一个人留在房间里，如果他从床上摔到地上，站不起来，会有危险。后来，我开始在隔壁的房间过夜，但如果听到他在梦中说话或者吼叫，就会立刻起身去他房间里看看。"

"他都梦见了什么？"我问。

"梦见有人在追他，想要伤害他，他不得不拼了命地保护自己。"派西从身边的皮包里抽出那本自传的样书，封面是黑白色的，用了他画的神情各异的戴镣囚犯。"所以他起的书名是《追逐我至坟墓》，因为梦中的他永远在被人追逐。"

派西翻到其中一页，把书递给我。那是一张拍摄于一九七四年的彩色照片，年轻的温弗雷德和派西相拥看向镜头。他们的打扮都时髦极了。温弗雷德戴着皮帽，上身是一件翻领夹克，下身穿着白色长裤。派西留着爆炸头，穿着纱质的黑色连体套装，戴着一副圆形的白色耳环。他们的背景是一条乡间小径,背后是农田和带刺的栅栏,两人长长的身影交叠在一起。两天后,他们就结婚了。

"他年轻的时候不经常做噩梦吗?"我问。

"很少。他年轻的时候活动量很大,爱打篮球,去河里游泳,喜欢和孩子们玩。年纪大了后,活动减少了,往昔的回忆就趁着这个时候出现在梦里,追赶上了他。"派西耸耸肩,"医生可能不会同意我的观点,但我就是这么认为的。"

"温弗雷德说开始作画是你鼓励的。"

"他是一个非常有才华的人。刚进监狱的时候几乎是文盲,一群因为民权运动入狱的人发现他口齿伶俐,于是教他读书写字。他很快就掌握了,甚至还开始帮其他狱友代写情书和家书。也是在服刑期间,他认识了一个做过皮匠的狱友,从那个人身上学会了切割和缝纫皮革,学会了给皮革倒角修边,在皮件上刻出图案。渐渐地,他开始制作皮夹和提包,卖给周末来探监的人。即使当我们最初搬到纽约州内陆的罗切斯特后,他也会卖一些亲手制作的手提包来增加收入。

我们有了孩子以后,他很喜欢在晚餐时给他们讲述过去的故事。于是我有了这么一个想法:他应该把这些事画下来,否则人一死,故事就消失了。我甚至建议他画在皮革上,这样更出挑。但他不愿意这么做,他认为自己是一个再普通不过的黑人,没有人会愿意了解他的生活故事。当时生活常常很拮据,在一个开古玩书店的好朋友的帮助和引荐下,他开始在皮革上作画挣钱。从一开始单纯的临摹,到后来在更大面积的皮革上自由创作,比如画上记忆中佐治亚州乡下的棉花田和黑人开的小酒馆。客户的出价也越来越高。"

温弗雷德在自传中回溯了那段往事。成功卖出几幅作品后,他开始在皮革上画一些著名人物的画像,例如马丁·路德·金和马尔科姆·X,希望能借助名人效应多挣一些钱。但顾客反而兴趣寥寥,这让他十分沮丧。直到有一天,一个陌生的白人点醒了他:"如果我们想买一张马丁·路德·金的画像,在哪里买都可以。我们想要的是只有你独有的东西。"

经过一番深思熟虑,五十一岁的他决定把往昔的生活时光作为画作的唯一主题,包括自己沦为戴镣囚犯的那几年经历,以及那场死里逃生的私刑。千禧年时,他被耶鲁大学发现,几幅作品被选中放在校园的艺术馆里展览,他也由此加入了一个社区艺术家援助项目,能够更专心、更自由地创作。

"在温弗雷德的画作中,你最喜欢哪一幅?"我问派西。

"我最喜欢的是一幅是关于棉花丰收的,"她快速地翻动书页,"就在这里!"她停在一张插图上,"这一张图完全讲的就是我的故事。"

棉花田边,一群黑人采摘工正在吃晚餐,男男女女把空篮子反过来放在地上当椅子,吃着从家里带来的三明治(一个系着墨绿色头巾、身穿红色长裙的女人手上提着一个标注着"糖浆"的小铁桶)。棉花田里有一个白人小伙骑在马上,他穿着橘色夹克和红色紧身裤,看上去像监工。田里散落着很多棉花装得像小山一样的篮子,等到人们把剩下的空篮子装满,就可以回家了。

"九月和十月是棉花丰收的季节。到了鼎盛时期,农田变为白色的海洋。我那时候还小,就坐在田边看我的母亲和外婆摘棉花。对我来说,这张画比照片还更准确,我能清晰地感觉到当时的气候和气味。"派西指着一群人中那个提着糖浆的女人,"我甚至觉得这个人完全就是以我外婆为原型画的。"

"采棉工真的会穿得像画中那样五颜六色吗?"我在其他描绘棉花丰收的画里也看到穿着鲜艳的采摘工,他们都背着一个比自己身体还长的挎包,"还是因为画家想要衬托出棉花的白?"

"这是真的,你根本想象不到人们有多爱美!"派西大笑。

温弗雷德的视角仿佛是一只掠过棉花田上空的飞鸟。

"他时常会问我:'派西,你和我说实话,我真的是一个艺术家吗?'我回答他:'难道耶鲁大学会把一个普通人的画挂在墙壁上?是的,你是一个才华洋溢的艺术家!'"

从我们坐着的地方能够环视整条街道,我想象秋天的时候地上一定被黄叶铺满,踩在上面会发出沙沙的响声。

"都说艺术创作有治愈的作用,但并没有发生在他身上。"派西的眼神暗了下来。

"发生什么了?"我问。

"作画让他的噩梦更加严重。他甚至开始失眠,每完成一幅画,病情就更严重。有时候吃了安眠药,他才能勉强睡三小时。如果不吃,就一夜无眠。"

"回忆的过程大概让他重新经历了那些事,"我说,"至少是在心理上。"

我请求派西带我去温弗雷德生前的工作间看看,就在房子的一楼,楼梯旁的一间四面墙都涂上黄色油漆的房间。窗户被纸糊上了,十分阴暗,几平方米的空间里塞满了杂物,即使是派西一个人也很难轻易转身而不碰倒什么东西。

"我不知道有人会进来,所以没有提前整理。"她有些难为情。

房间的一半都被一张看不见边缘的工作台占据了,桌上有一盏旧的折臂台灯,支臂上粘着几束依然带着枝叶的棉花。这种塑料材质的旅游纪念品在佐治亚州萨凡纳的礼品店里再常见不过了。

派西扭开台灯,一股暗黄色的暖流突然从桌面溢开来,也许墙的颜色放大了功效,竟然连那些黑暗的折角都显得惬意起来。天花板上有一台老式电风扇,五个扇翼分别被涂成不同的颜色。墙边都是柜子,有钉在墙面上的塑料架,一卷一卷的皮革杂乱无章地堆在一起;也有半身高的木柜,好几个砖头大小的工具盒装着作画的工具。

每当温弗雷德开始创作一幅新的作品时,他会先用喷雾瓶在一张皮件上均匀地喷上水,只有当皮吸水变软时,刀才刻得进去。他通常使用专门用于皮具的旋转刻刀,这样在划出转角时,刀尖不需要离开皮具。但真正的魔力发生在倒角削边的那一刻。在那之前,那幅画只像是一张布满划痕的皮,完全看不出画了什么。当他用削边器把图案的纹路仔细打磨过后,图案立刻变得立体起来,仿佛瞬间获得了生命。

完成雕刻的部分后,他开始用刷子上色。他喜欢反差强烈的配色,像是红色和土耳其蓝。在皮革上修改颜色会影响效果,所以在上色前,他需要在脑海中完成全盘的布局。

"有时候他睡不着,一整夜都能听见工作间里传出用小锤敲击皮革的声音,"派西回忆道,"如果那个声音突然停下来,我就会冲下楼,担心他出了意外。"

派西弯下腰,从地上的一个纸箱里取出几卷皮革,有的刻上了纹路,有的已经开始上色,但都是未完成的作品。

"这些是我儿子画的,"她说,"温弗雷德生前亲手教他。"

在光的照射下,那几张皮革露出凹凹凸凸的纹路,画中的人物似乎过于追求形体的真实,反而像是卡通,和温弗雷德笔触中天然的稚拙感有极大的区别。很显然,天赋很难通过血脉继承。

"他们的主题完全不同。"派西评价道。

她翻出更多儿子的皮革画作给我看,有一张画的是白人警察跪压弗洛伊德的场景。"这是他的历史,年轻这一代人的历史。"她说。

我觉得派西的话没有错,但也不对。那最多只能称得上是这一代人的集体记忆,如果借用多年前那个陌生白人对温弗雷德的珍贵提示:在哪里都可以买到描绘白人警察迫害弗洛伊德的画作,但有什么东西是只有你才能画的。很多时候,道理显而易见,但难于付诸实践。

* * *

格鲁夫街公墓被耶鲁大学的校园环绕着,南侧是法学院,东侧是计算机学院,往北一直通向耶鲁最负盛名的哥特建筑群。午后的光线反射在那些用大块石料砌起的建筑外墙上,给这座大学城罩上了一层淡金色保护膜,仿佛在这里一切都是青春、美好和幸运的,不会发生什么坏的事情。公墓建于十八世纪末,管委会在官网上强调,虽然墓园里埋葬着许多前校长、知名教授和校友,但它和耶鲁毫无关系,任何人都可以花钱买一个空位在这里长眠。

我来这里是想看一眼温弗雷德的墓,没有别的原因,只是想让这趟旅行更完整些。

公墓的入口是一座埃及神庙风格的石拱门,气势十分宏伟,石头呈现出一种浅浅的赤红色。我循着派西给我的墓地编号,很快就找到了正确的方位。在这里,每一条小径都有自己的路名,例如木兰花街、雪松街、刺槐街,如同一座城中城。路是南北朝向的,我走过一块又一块古老的墓碑,有的是小型的方尖碑,有的是天使的雕像,但也有不少极其简朴的方形石碑,仿佛小鹿的鹿角。有些墓碑经过上百年的风吹雨淋,出现了螺旋状的灰白花纹,仿佛长满了牡蛎的礁石。

时不时有鸟雀飞过,在石碑的刻字上留下白色的鸟粪,是天然的涂改液。也许墓的主人想要借此删除墓碑上的某个信息。

小径悠长,走在上面能感觉一股热气从脚底升腾而起,像猫的胡须一样轻轻触碰小腿。两边的树木茂盛极了,叶缝间闪着金光。一辆电动车从树丛间一闪而过,上面坐着园丁。

每一个墓地的编号都是一片几平方米大小的区域,同时拥有好几块墓碑。然而在温弗雷德的编号区,我却找不到他的墓。竖立的墓碑上刻的都是陌生的名字。有一块墓碑没有刻字,但从外观上看至少已经在这里上百年了。我扩大搜索区域,把临近的编号区都走了一圈,极其仔细地检查了每一块墓碑,但一无所获。

我原路返回,来到墓园入口处一栋像教堂般的红砖楼,那是墓园的管理处。木门上的玻璃贴了暗膜,从外面看不透,我轻轻一推,门就开了。室内空调开得很足,一扇门仿佛隔开了两个季节。

一个混血中年女人坐在办公桌旁,正和一个园丁模样的人在聊天。他们看着我,但丝毫不显惊讶,甚至带着期待的神情。

"想要买墓位吗?"她问。

我解释说正在找一个人的墓,希望他们能帮我核实一下位置。

"我帮你看看。"

她穿着一件鲜红色的圆领衫,外面罩着黑色针织衫,显然是为空调的环境准备的。她的右手套着护具,似乎手腕受伤了,但指甲修剪得细细的,还涂上了亮蓝色指甲油。

我把墓位的标号告诉她。她起身,走到一个比她个头还高的铁柜边,拉出抽屉。里面整整齐齐地竖着放满了彩色的文件夹,她循着文件夹背脊上的标签,抽出其中一份。我微微探头,文件夹里是一些手填的档案和发票。

"我没有看到你说的名字。"说罢,她又在同一个文件夹里翻阅了一遍。

我打量着这间办公室,墙上挂着一张公墓地图:墓园是一个五边形,浅褐色的图纸上印出每一个编号和相应的区域,方形的小格子里标注着墓主的名字。这张地图印于一九三二年二月。

"还是没有。"女人遗憾地说。

突然,她仿佛又想起了什么似的,回到办公桌旁,从木抽屉里取出一个插满浅绿色和水红色卡片的纸盒子。她翻了翻,取出其中一张。

"他叫温弗雷德·伦伯特?"她没有任何情绪地说出那个名字,"上半年刚下葬的,还没有登记。"

她手上捏着购买墓地的发票,墓主的位置写着"温弗雷德·伦伯特",编号并没有变。

"为什么我在那个区域没有找到他的墓碑?"我问。

她耸耸肩。"墓碑需要单独购买。"

我想起疫情期间很多商品的供应链都断了,需要很长的订货时间。

"他的墓碑已经预订了吗?"我又问。

"我没看到预订记录,"她回答,"只是买了一个墓位。"

"一块墓碑多少钱?"

"两千美元上下。"

我感谢了她的耐心帮助。离开前,她不忘再向我推销一番:"半个墓位的价格是四千美元,如果同时买一个完整的墓位只要七千五美元,能够容纳下两个人!"

我再次沿着小径回到了那块墓区。这一次,我终于在那几块墓碑间发现两根插在草地上的木杆子,中间隔着大约一米,都涂着半截黄色的油漆。我想起温弗雷德工作间的墙壁颜色,应该就是这里了。

一只甲虫紧紧地抱着其中一根杆子的顶端,我没有用手指去触碰它。

亚拉巴马州"和平与正义国家纪念馆"

每根钢条象征曾经发生过私刑的县,钢条正面刻有受害者姓名和私刑发生日期

温弗雷德·伦伯特的遗孀派西在纽黑文的家中

温弗雷德·伦伯特生前的工作间

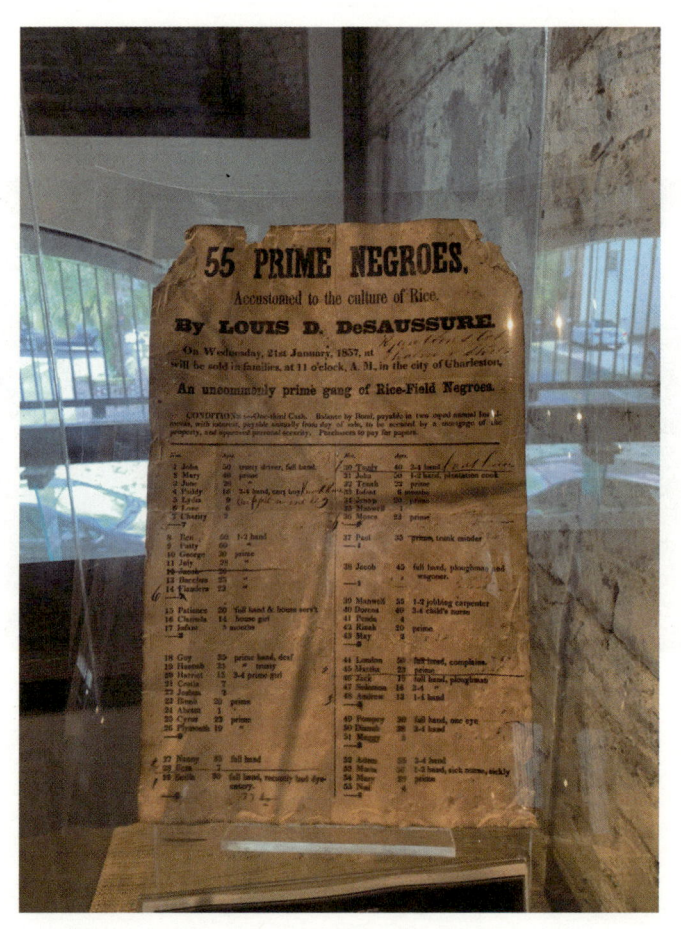

南卡罗来纳州老奴隶集市博物馆展出的奴隶贩卖广告

第四章

消失的学校

寻骨

野蛮人

恶土之旅

回归

在美国南方旅行需要一点想象力。行驶在密西西比河边,要联想到沿岸的空旷土地曾是黑奴密集劳作的甘蔗种植园。站在亚拉巴马州的桥边,要想象六十年代声势浩大的平权游行从桥上涌过。在佐治亚州的海港古城,擦肩而过的游人嘴里频繁传来"战争"这个词,他们指的到底是南北内战,还是更遥远的独立战争?南方被历史和对历史的想象纠缠在一起,拨开一层,还有另一层。

这种庸人自扰在中西部是不存在的。除了一望无际的玉米田,这里什么都没有,至少美国人从小是这样被灌输的。唯一以此地为原型的经典童话只有《绿野仙踪》,但故事一开场,主人公多萝西就被龙卷风带走了。在机场的礼品店里,你会看到龙卷风造型的冰箱贴,世界上大概只有这个地方会把自然灾害制作成纪念品,和棒球队的周边商品放在一起售卖。

奥马哈机场邻密苏里河而建,正好在内布拉斯加州和艾奥瓦州的州界上,然而当车从机场驶向奥马哈市区时,路边会闪过一张写着"欢迎来到艾奥瓦州"的路牌。那些初来乍到的访客一定会大惊失色,以为开错了方向,完全没有想到自己正在经历大自然的捉弄:一八七七年一场百年不遇的洪水让密苏里河改道,隶属艾奥瓦州的卡特湖市从河东变至河西,成为艾奥瓦州唯一位于密苏里河以西的城市,仿佛一个被遗弃的孩子。

这段只持续了几分钟的"歧途"是当天这趟汽车旅行唯一的惊喜,一离开奥马哈城向西开,路的两旁只剩下绿茫茫的玉米田,这时距离丰收还有一两个月的时间,但植株的高度已经超过了两米五,犹如经典音乐剧《俄克拉荷马!》里唱的那样,"和大象的眼睛一样高"。在许多中西部的小镇上,农场主会在自家的玉米田里挖出迷宫,吸引来自城市的游客到这里感受生理的迷失(他们在心灵上的迷失已经足够多了),作为夏季的经济创收之一。不少美国电影导演也喜欢把无垠的玉米田作为场景拍摄恐怖电影,其中最经典的要数以斯蒂芬·金短篇小说改编、一九八四年上映的《玉米田的小孩》,一群被邪恶附体的孩童在内布拉斯加州的一片玉米田里大开杀戒。

玉米田在标志着沉闷、无趣和重复的同时,也象征着未知、惊悚和吞噬,似乎还没有哪一个事物能像它一样同时囊括两个极端。

我的目的地叫作"热内亚",但这个人口只有几百人的小城没有旅馆,唯一能借宿的地方是在半小时车程外的哥伦布。这两个地名总会让我怀疑在这片名不见经传的玉米田里藏进了一整个意大利。

当天的晚饭是在哥伦布一家叫作"玉米壳"的牛排店里解决

的，慕名而来是因为一个自从上世纪六十年代就开始光顾此地的老主顾在网站上留下了极高的赞美。餐厅旁的空地停满了车，也是食物美味的预兆。我推门而进，略显局促的空间里坐满了清一色的白人顾客，那一刻他们都抬头看向我这个现场唯一的亚洲人。我在他们齐刷刷的目光中被服务员领到一张空桌边入座，这时才是疫情的第二年，但餐桌之间距离很小，仿佛切牛排时手肘都会碰在一起。我注意到邻桌津津有味地咀嚼着牛肉，时不时小啜一口招牌鸡尾酒，然而当我点的餐送上来后，却大失所望：餐前沙拉放了太少酱汁，肉更是没有味道。我不禁怀疑到底是情怀蒙蔽了当地人的味蕾，还是后厨对我区别对待了。

入住旅馆时已经是将近晚上九点，西边残留的金光凸显出漫天的细碎云朵。房间的窗外是一大片停车场，空车位和停的车一样多，不少是红色的大型皮卡。对面有一座崭新的四层公寓楼，是那种在美国随处可见、短短几个月就能搭建完毕的现代楼房。有的房间亮着灯，能看见屋内移动的人影。我站在窗边，想象着自己住进对面楼的一套公寓，在这么一个被玉米田环绕的小城里。这个想法竟然让我十分雀跃。

隔天一大早，我就踏上了前往热内亚的路程。更多的玉米田出现了，巨大的灌溉车仿佛一名舞蹈演员展开纤长的臂膀在绿浪中前行。热内亚比我想象的要更小，一条由零星几家餐厅和商铺组成的维拉德街是唯一的主干道，以这条街为中心分别向东西南北拓展出四五个街段，就是小城的所有了，如同把一团棉花扔进水里而出现了略微的膨胀。

热内亚最初是由一群摩门教徒在一八五七年建立的，然而仅仅几年后,这群摩门教徒就被迫搬离热内亚。当时波尼族和联邦政府签订条约,放弃对内布拉斯加州所有土地的拥有权,除了卢普河附近一块长四十八公里、宽十六公里的保留地。而热内亚所在的南希县就在这个保留地的范围内。摩门教徒离开后,波尼族人搬进了腾空的建筑,继续沿用原有的街道布局。

然而热内亚不断易主的命运似乎从那时就被写下了。一八七五年,内布拉斯加州政府取消了波尼族人对这块土地的拥有权,强迫他们迁往如今位于俄克拉荷马州中部的新保留地,包括热内亚在内的原波尼族保留地则变卖给纷至沓来的白人拓荒者。一八八四年,热内亚的土地上出现了一所由联邦政府开办、规模庞大的学校,而我就是为了它而来。

这个八月中旬的清晨,除了加油站外有少许动静,整个热内亚仿佛处于沉睡之中。让我有些诧异的是,街上竟然没有一块路牌标注出学校旧址的方向,仿佛当地人并不想让外人找到它。好在热内亚很小,我很快就在维拉德街东侧尽头的拐角发现一栋农舍风格的高大红砖建筑,三角形屋顶的颜色犹如灰雁的羽毛,正面的外墙上悬挂着几个黑色的铸铁字母"U. S. INDIAN SCHOOL"(美国印第安人学校)。

我把车停在路边,走到其中一扇看上去像是入口的白门前(另一扇更宽大的白门是给马车通行的),门玻璃上贴着几张白纸告示,旁边的红砖墙上镶着一块"国家历史遗迹名录"的铜牌。我试着推门进去,但门锁着。正当我有些犹豫时,玻璃上晃动过一个人影,门从里面打开了,一个短发、戴着眼镜的白人老太太探出头来。

"南希?"我问。

* * *

我在一个多月前就计划了这趟行程，甚至连出发日期都早早地定了下来。因为在一年三百六十五天中，只有这一天可行，一旦错过只能再等一年，如同某种罕见的星象。

旅行的契机要从二〇二一年五月说起，当时位于加拿大中西部的德甘柳斯特塞克韦佩姆克部落使用探地雷达，在一所原住民寄宿学校的旧址发现两百多个印第安儿童的遗骸，而且每隔一小段时间，更多埋葬着印第安儿童的无名墓穴就在加拿大各地浮出水面。虽然这些印第安部落早在上世纪七十年代就开始着手调查，但大规模的媒体报道是从这个时候才开始的。

我发现所有新闻稿的结尾都会提到一点：加拿大的原住民寄宿学校政策源自美国。然而，我从未听闻任何关于美国原住民寄宿学校的故事。

我一直对印第安人的选题充满浓厚的兴趣。职业生涯第一次出远门采访就是去巴西亚马孙雨林的欣古河流域拜访阿拉维特部落和阿苏里尼部落。前者一直到上世纪八十年代前后才第一次和白人接触，并且始终和外部世界保持遥远的距离，坚持着一种接近原始的生活状态；后者以极富创造力的几何线条设计和精美的陶器闻名，是那些南美博物馆争相收藏的艺术品。从那以后的将近十年时间里，我在巴西各地寻找和印第安人有关的选题，特别是印第安人的抗争故事，例如反对水电站建设对生态环境的破坏，围剿树木盗伐团伙，等等。这些选题并不浪漫，甚至有些黑暗，而且每次都让我伤痕累累而归：我被部落的猴子咬过，还因为频繁遭受雨林蚊虫的叮咬得了慢性荨麻疹，最终通过定期注射药物才控制住。

也因为这样，我很早就注意到关于印第安人的报道不容易讨好观众，很难得到热烈的关注，否则人们就不会以为我只做和毒品、枪支有关的调查报道。我试着去理解这种现象背后的原因：首先，大众认为印第安人遭白人屠杀是几百年前的历史，无论故事呈现得多么精美逼真，都始终像是一块昆虫琥珀，失去了新闻故事最需要的动态，也就是辗转和波折的体验；其次，故事中的人物所面对的危机和困境更像是一个独立事件，很难形成类似于潮流的东西。

这种诠释可以从巴西直接平移至美国。如果说人们觉得以美国黑人为主人公的新闻故事略显枯燥和重复，那么印第安人就更难走出一条新路了。

然而在我的内心深处，对印第安族群的好奇和着迷始终跟随着我，如同我从亚马孙雨林寻得的一顶用各色天然羽毛编织而成的印第安头饰，一直伴随着我前往不同的国家和城市，悬挂在住处的墙壁上。

加拿大原住民寄宿学校的丑闻给了我新的灵感，数量惊人的印第安儿童被强迫带离部落，在由联邦政府或教会运营的寄宿学校里生活，一些儿童在校园中去世，被塞进无名的墓穴中。而这只是一连串问号的开始：美国也存在印第安儿童死于寄宿学校的情况吗？如果是的话，那些儿童为何而死？那些幸存下来的学生在生理和心理上又都经历了什么？为什么一定要创办寄宿学校，而不是在印第安保留地内建立普通的走读学校……我不仅想要弄清这些问题，更希望能和考古专家，以及印第安部落的代表共同寻找死亡儿童遗骸的下落，无论需要走过多少偏僻遥远的地方，叩响多少陌生人的房门。

我开始在全美国范围内搜索这一主题。果不其然，美国曾经存在数百所原住民寄宿学校，但我必须首先解决两个关键问题：场所和人物。绝大多数寄宿学校的校舍都已经被拆除，没有场所的故事就像是失去了轮廓的魂魄，只是一团朦朦胧胧的白雾。我还需要寻找曾经在寄宿学校里学习生活过的印第安人，他们一定年岁已大，即使依然健在，也分散在美国无比辽阔的土地上。到底要如何才能将他们识别、召集出来？

一个偶然的机会，我在网上发现，一所曾位于内布拉斯加州的原住民寄宿学校的校友会从九十年代起每年都会举办一次聚会，日期定在八月的第二个星期六。更让我不可置信的是，最初的校园虽然已经不复存在，但依然有一栋校舍存留了下来，被布置成了博物馆。我想象自己只要在正确的日期"埋伏"在这个腹地小镇，寄宿学校的亲历者就会从美国各地赶到那里，免去了一番苦寻。

唯一的不确定因素是疫情。二〇二〇年的校友会就因为疫情中断了，我需要首先确认在接下来的这个八月校友会是否会如期举行。

我给校友会的主办方打电话，即热内亚原住民寄宿学校基金会。电话一直没有人接听，这在疫情期间十分常见，因为人们都远程在家办公。我还是持续不断地拨打，终于在一个周末，电话另一端传来了回应声。

"南希？"我问。南希·卡尔森是校友会的联络人。

"南希不在,你可以和我说。"接电话的人是南希的丈夫杰里·卡尔森。

他告诉我今年的校友会恢复了,定在了八月十三号。除了尽量佩戴口罩、保持一定的社交距离外,和往年没有区别。

"任何人都可以参加吗?"我问。

"只要是对这个话题感兴趣的人都欢迎。"他愉快地说。

* * *

南希十分严肃,脸上没有笑容。我解释自己之前打过电话,但她的眼神中并没有闪过一丝记忆和现实重叠的痕迹,只是手指旁边一栋看上去像是体育馆的建筑,告诉我活动将从上午十点开始,每隔半小时都有不同的讲座。

靠近校舍的一面有一道小门,零星有几个人进进出出。我从那里走进去,发现自己来到了一间十分宽敞的厨房,一小群看上去只有十几岁的白人少年在准备餐点,空气中弥漫着咖啡和食物的香气,灶台边放着好几盘装在铝纸盒里的蛋糕。他们好奇而友善地看向我,然后指着另一扇小门。我继续往里走。

原来这里是一个有着教堂背景的社区活动中心,会场上已经摆好了三四排米黄色的折叠椅和配有立式话筒的临时讲台。参加活动的人正陆续抵达,在会场的主入口设立着签到处(原来我是从后勤人员的区域进入的),一个长发及腰的年轻白人女子在那里招呼着,让入场的人填写名字和联系方式。一根长挂衣杆有些突兀地出现在走廊上,内布拉斯加州的冬天极其寒冷漫长,我可以想象来参加社区活动的居民们把厚长的冬衣脱下来挂在上面，入口处的那一小片区域被雪水打湿。

座位区域的边上有一列桌子，上面放着一个个厚厚的文件夹，应该是每一届学生的档案，参会的人可以把补充信息手写上去。

我站在角落里仔细打量着会场上的人。活动开始后，面积并不大的座位区连一半都没有坐满，超过八成是年迈的白人。为数不多的几个印第安人都是中年人模样，搬了椅子随意坐在侧边。我到签到处拿了一张当日的活动时刻表：第一场讲座是一个本地白人居民分享自己对一个原寄宿学校教师的生平调研，接下来是南希·卡尔森介绍过去两年里和基金会相关的人去世的情况，之后还会播出录制好的访谈、午餐会，等等。

讲座人员的名单中出现了内布拉斯加州大学林肯分校的历史学教授玛格丽特·雅各布丝，我在当地报纸上读到过她这几年正调查和整理在热内亚原住民寄宿学校内死亡的学生名单，便想找个机会和她聊聊。

为了播放一段关于内布拉斯加州历史的幻灯片，现场的灯被关掉了。我在一片昏暗中遇到站在场后的南希。

"能告诉我现场有谁是校友吗？"我压低声音。

"常年来参加校友会的前学生已经全部去世了，"南希一脸惊讶地看着我，"最后一次有校友参加已经是二〇一五年的事，是西德尼·伯德，他一年后就去世了。也许在其他地方还另有其人，但伯德是我们认识的最后一个校友。"

我有些沮丧。南希补充说："今天来了几个前校友的后人。"她指了指一对看似夫妻模样的印第安人。

每一场活动的实际耗时都比计划中的来得短，玛格丽特·雅各布丝教授的讲座原先安排在下午，但前几个流程进行得太快，她的出场被直接提早到了午餐前。她的幻灯片还没有完全放完，观众们就已经频频转头寻找食物香味的源头。

雅各布丝素面朝天，身穿一件非常朴素的粉色圆领衫，搭配一条淡绿色及膝棉布裙，淡金的披肩长发像是一把枯草。唯一的配饰是一条串起几颗光滑彩色石头的项链。即使对于这样的场合来说，这样的打扮也显得过于放松，却有一种知识分子的随性感。上世纪八十年代，她在斯坦福大学拿到了历史专业的本科学位，之后在加州大学戴维斯分校攻读博士，研究方向是比较美国西部和澳大利亚、加拿大的历史。最近二十年来，她把学术精力都专注在印第安儿童的搬迁政策上，尤其是一八八〇年至一九四〇年期间的联邦政府政策。

我和雅各布丝离开已经亮起灯光的活动中心，原路从厨房那扇小门回到校舍博物馆。这时我才注意到校舍旁立着一块石牌，上面刻着"为了纪念那些曾经在这里就读的印第安学生，特别是那些在此处去世、并可能被埋在附近的学生"。

博物馆一楼是一个打通的展馆，墙上挂着学校不同时期的黑白照片，大多来源于内布拉斯加州历史协会：第一栋校舍（四周依然被荒地包围，造型和我们身处的校舍有些相似，但更高也更大，背景里甚至能隐约看见波尼族人用土和干草搭建的住所）、印第安儿童的班级照（穿着古怪制服的学生排成三排，头发都剪得很短，巨大的假翻领向两侧展开，仿佛变形的海军制服）、裁缝课（留着相同发型的印第安男青年们全神贯注地踩动着老式缝纫机,后面站着一个留着山羊胡、穿着白衬衫和西装背心的白人老师)。

借助玻璃罩内的微缩模型,我才得以略微领会到当时校园之大。热内亚原住民寄宿学校成立于一八八四年,是由美国联邦政府开办的第四所原住民寄宿学校。上世纪三十年代的鼎盛时期,热内亚原住民寄宿学校拥有三十多栋校舍,占地面积达到两百六十多公顷,如果用标准足球场作为对照,相当于两百六十个足球场的大小。如此大的校园是为了容纳数量庞大的学生,每年有两百到三百名印第安学生从自己的部落被带到热内亚入学。

然而除了我们身处的这栋校舍外,其他建筑都已经被推倒拆除,整个校园也如同沉入海底般化为了热内亚城区的一部分,原来的教学楼、宿舍楼、操场等设施都被一栋又一栋普通的民居覆盖,只剩这些用皮革手工剪裁粘贴、能看见胶水和开口的小房子标记它们曾经的位置。

经过挂满各个印第安部落旗帜的走道,我们找到了通向楼上的楼梯。踩上去,楼梯立刻发出嘎吱嘎吱的响声,动静大极了。二楼是两个大房间:一边是当时学习皮匠手艺的车间,在一个木头窗台上钉满了细鞋钉,是当时调皮男学徒们的恶作剧;另一边是裁缝作坊(裁缝课的照片就是在这里拍的),但摆放了做旧的桌椅,已经被布置成课堂的模样。

这里有些闷热,没有人打扰,上楼参观的人常常只是探一下头就又下楼了。就在这间虚构出的教室里,雅各布丝和我说起了她正在寻找一个曾经在学校地图中出现过的墓地。

"在一张一八九九年的地图里标记出校园的东南角有一个墓

地，我专门翻阅了一八九〇年和一九二〇年的美国人口普查，都显示那个区域的确存在一个墓地。一些校友回热内亚参加校友会的时候也说他们记得校园里有一个墓地，但我们现在却完全找不到它。"

"地图里没有标注具体的位置吗？"我问。

"如果你感兴趣，我稍后可以把那张地图发给你。它其实是南希县的地图，热内亚可能只占十二分之一，在标注出'美国印第安人学校'的区域内径只印着'Cemetery'（墓地），八个字母跨越了一英里的范围。"

"的确是一番大工程。"我感叹道。

"不止如此，"她露出无奈的微笑，"一九三四年学校关停后，当地政府在热内亚修建了一条用于农业灌溉的水渠，正好经过标注为墓地的区域，所以墓地有可能在兴建水渠的过程中被破坏了。过去几周，我一直在内布拉斯加州鲁普电力公司的档案室里寻找旧文件，因为水渠是他们挖的。我找到一份当时的工程蓝图，之后我会把学校的地图和它进行比对，也许能够有新的发现。"

雅各布丝特意提醒我她的另一个职务是热内亚原住民寄宿学校"数字化和解项目"的牵头人。这个项目已经持续了几年时间，具体的工作内容是寻找这所寄宿学校的档案，并且将陆续收集到的信息电子化。这个项目由五个印第安部落的顾问组成，其中四个来自内布拉斯加州，另外一个是波尼族，因为这所学校就建在后者曾经的土地上。寻找这块消失的墓地一直是雅各布丝的研究目标，但停滞不前。加拿大的原住民寄宿学校丑闻曝光后，这几个部落迫切地想知道同样的事情是否也发生在热内亚，这激励她开始着手调查墓地的下落,以及死于热内亚的印第安学生名单。

"热内亚的印第安学生档案分散在美国各地,"雅各布丝解释说,"当年有四十多个部落的儿童被强迫带到热内亚,当学校关闭时,联邦政府脑袋一拍,决定把来自不同印第安部落的学生档案送到不同的城市。国家档案馆在美国很多城市设有很多分支,达科塔族的学生档案就被送到堪萨斯城,尤特族、霍皮族和普韦布洛族的学生档案就被送到丹佛,还有的被送到得州的沃思堡。总之,热内亚的学生档案到处都有,而且很多都没有经过归档,我从未在档案馆里发现一个清楚标记着'原住民寄宿学校'的档案。从来都是这里藏一点,那里放一点,寻找这些档案变成一项非常烦琐而耗时的工作。后来疫情又发生了,进度进一步被拖延。我们已经把之前找到的学生档案全部电子化,但因为疫情一直没办法去华盛顿特区,虽然我们知道那里也有热内亚的学生档案。"说完,她又突然想起什么似的,"卡莱尔学校的学生档案倒是都集中保存在华盛顿特区的国家档案馆,我不知道为什么会这样。"

"目前已知有多少印第安学生死在热内亚?"我问。

"至少有十九个,他们的名字也知道了,但这个数字肯定会不断上升。"雅各布丝斩钉截铁地说,"我们还没有找到任何官方档案记录他们因为什么原因去世,遗骸又是如何被处置的。"

我想把时间线拉到最前端,了解一些机制性的问题,例如印第安儿童最初是如何被带到寄宿学校里的,这正好是雅各布丝的学术研究方向。

她说:"有的时候,印第安儿童是被强迫带离部落的,联邦政府甚至会派遣军队和警察,这主要发生在寄宿学校政策实行的初期。还有一些时候,联邦政府是通过粮食配给制度来操控。粮食配给是条约的一个重要组成部分,因为当部落迁移到指定的、面积很小的保留地后,印第安人失去了传统的食物来源,例如在北美大平原是美洲野牛。政府于是用粮食配给作为胁迫的工具。虽然送粮经常不准时,但能够保证送到。如果一个家庭拒绝把孩子送到寄宿学校,当月的粮食就会被克扣,甚至还会牵连到整个部落。所以一个印第安家庭就要在饿肚子和把年幼的孩子送到寄宿学校之间做出选择。"

在讲述这些事情时,雅各布丝流露出完全不敢相信、无比震惊的神情,仿佛此刻这些话是从别人嘴中说出,而恰好被她听见。

"也有一些家长虽然心里不舍得,但隐约觉得把年幼的下一代送去上学也许不是一件坏事。孩子可以学英文,成为部落和白人世界的沟通纽带,为部落带来一些福利。我听到不少口述历史,说家长在把孩子送去寄宿学校前,会给他们穿戴精美的部落服饰,用这种方式来保护他们,让孩子感到自信,也借此提醒他们不要忘记自己的家和部落。一些原住民朋友对我说,每当穿上部落的传统服饰,他们就感觉自己的身上有了一层佑护。"她语气一转,"然而一进入寄宿学校,这些孩子就被要求脱掉部落的衣服,狠狠地洗一个澡,男孩要换上仿佛军人款式的制服,女孩则要穿类似束腰裙的服装。另外一件事是强制剪头发。在印第安的文化信仰中,一个人的头发是非常神圣的,一般只有在哀悼的情况下才会剪去头发。其实不只是印第安部落,很多地区的文化都有这个说法。所以你可以想象,当一个印第安孩子的头发被突然剪掉的时候,他的内心是多么恐惧。他一定会想,难道有家人突然离世了?

还是自己做错了什么遭到惩罚？印第安儿童的名字也立刻被换掉，校方会给他们起英文名字。所以当你查看寄宿学校的学生名单时，都是一些像本杰明、富兰克林、托马斯、杰斐逊之类的再常见不过的美国名字。总而言之，印第安儿童入校后，一切他们熟悉的东西都立刻被切断了。"

雅各布丝一口气说了那么多，虽然她是一个二手的讲述者，但这些故事从她的口中娓娓道出时，依然让人感到一种天方夜谭般的震撼。

"我自己就是一个教育者，所以很难认同原住民寄宿学校是真正的学校。如果联邦政府只是想要让印第安儿童获得教育，完全可以在部落里开办一些走读学校。当时也的确存在走读学校。所以这项政策的最根本目的就是把印第安儿童带离家庭，送他们去一个很远的地方。我在文献中读到当时的官员说：'如果印第安儿童住在家里、部落里，就永远无法切断野蛮父母对他们的影响。如果不把儿童送走，他们就不会变成基督徒，不会像美国人一样生活。'所以我完全不认为这几百所寄宿学校和教育有关。从当时的课程设置也可以看出，上午的三个半小时用来学阅读、写字和算术，下午开始学干活。女孩要学做饭，为男孩洗衣服、缝衣服。男孩要学做铁匠、木工、油漆工，也干农活。等到这些印第安孩子学会了干活，他们就需要无偿为校方干活，相当于'劳动奴隶'。如果你和一些前学生交谈，他们会告诉你这些劳力活一点都不轻松，除了在学校里干活，他们还会被送到镇上的一些白人家庭里当用人。卡莱尔学校的创始人理查德·亨利·普拉特就把寄宿学校的学生送去校园附近的一些白人家庭里干活，在热内亚也是一样，女孩去做用人,男孩在农田里干活。如果你有机会遇到寄宿学校的幸存者,问问他在校时间中到底有多少和真正的教育有关。"

我告诉雅各布丝自己正在寻找原住民寄宿学校的前学生,是否有问题是连她也好奇的,算作给我的一个参考。

雅各布丝低头沉思着,嘴角歪向一边,缓缓睁开眼。

"有些问题其实很难开口。在加拿大,我们知道有数量相当多的印第安儿童在寄宿学校内遭遇到性惩罚,受害者可以申请赔偿。加拿大政府原本以为只有百分之五到百分之十的寄宿学校幸存者会申领这个赔偿,但实际数量达到百分之三十七。"

"百分之三十七的印第安女童?"

"不只是女性,男学生也可能是受害者。"她打断我,"实际比例应该更高,并不是所有人都愿意公开这种事,因为他们在申请赔偿时需要详细阐述那些经历,包括侵害的频率。即使需要回顾伤痛,还是有不少人挺身而出。在美国,我们则避而不谈。我觉得自己没有勇气问幸存者这个问题,如果它刚好在话题中出现,那就是另一回事了。然而我对这个话题极其好奇,我猜美国的情况和加拿大一定非常类似,但在美国这方面的报道几乎为零。"

我在笔记本上匆匆记下这个问题。从楼梯间传出的脚步声渐渐密集起来,雅各布丝要开车赶回林肯,她祝我能够顺利找到幸存者。

* * *

没有校友的校友会进度很快,总体上十分顺利。南希还是很严肃，我想她或许就是喜怒不形于色的人罢了。南希不是本地人，九十年代初出于丈夫工作的缘故搬来热内亚。她原先在几条街外的热内亚历史博物馆当志愿者，因此遇到了一些故地重游的寄宿学校前学生。攀谈之间，这些人建议成立校友会。然而距离学校运营已经过去了六十多年，也没有任何的学生档案，要如何把健在的人都召集过来呢？那时候还没有互联网，只能是口口相传，一个人告诉另一个人。几年后，他们带着已经成年的子女来参加了校友会。很多人都说自己从未听父母提过就读寄宿学校的经历，他们开始意识到校友会上的讲述也是一种疗愈的过程。

"为什么他们不愿意向子女说学校的事？"我问南希。

"我想一些人在就学的过程中遭遇了不好的经历，情感上有过创伤。当大多数前校友都去世后，他们的后人反而会继续参加我们的活动，因为他们想知道自己的长辈经历了什么。"

在一楼角落的墙壁上挂着过去校友会活动的照片。第一届校友会有十九个校友参加，老人们站成好几排。随着时间的推移，照片上的人越来越少，有时只有两三个人。南希指着一张照片中的老人，说他在校期间参加了内布拉斯加州举办的田径比赛，拿到了冠军，但从来没有见过自己的奖牌。有一年校友会上，南希从州历史协会的仓库里借出了那块奖牌。当年迈的老人第一次触摸到自己半个多世纪前获得的奖牌时，不禁泪如雨下，而在场的人也都感动流泪。

南希在交谈过程中慢慢松弛下来，脸上开始出现淡淡的笑意。她带我到楼外，指给我看当年学生在建筑外墙上偷偷刻下的字。此时正值午后，室外的阳光剧烈而刺眼，我们在被晒得发烫的红砖上寻找刻字。在强烈的光线下，仿佛每一块砖都刻着点什么，但凑上前细看，只不过是一些白花花的斑驳印记。

"有一年，一个已经八十七岁的老人从加州来这里参加校友聚会，他坚称干草仓的椽子上刻有自己的名字，于是我们搬来一把二十英尺高的梯子，两个梯腿都有人固定着，让他爬上去，他的儿子跟着上去。果然，在他记忆中的那个地方刻着他的名字。老人说这一眼就让他整趟长途旅行都值得了。"

最终，南希找到了一块刻着"菲利·所罗门"的红砖，她说校友会从未成功联系上他，大概已经去世了。

我回头去寻找那对来参加校友会的前学生的后人，在校舍博物馆一楼的纪念品柜台看见了他们。两人正在购买学校当年的黑白柯达照片，每一款都买了好几张，特别是那些出现了学生身影的照片。每张照片只要半美元。

格雷格·吉勒姆和莱丝丽·吉勒姆是一对夫妻，来自蒙大拿州北部的黑脚原住民保留地，靠近冰川国家公园。格雷格穿着一件蓝色衬衫，他身材高大，接近两米，衬托得旁边的莱丝丽十分娇小。我问他们的哪一位长辈曾经在热内亚上学，他们俩争先恐后地抢着回答：

"我们的祖母。"

"她的姐姐。"

"他的叔公。"

"丹尼尔。"

我听得一头雾水。

原来，夫妻两人都各自有长辈在这里上学。格雷格的祖母在一九一〇年至一九一三年期间在热内亚上学。当年她和两个兄弟被送上从美国西北边陲出发的火车,花了一个多星期的时间才抵达中西部的内布拉斯加州。然而几年后当他们离校时,只剩下两个人。

"她的弟弟丹尼尔在寄宿学校里去世了。"格雷格说,"准确地说是在一九一〇年的六月。"

"发生了什么事?"我问。

"我的家人得到的说法是,丹尼尔在练习拳击时胸口被狠狠地捶了一拳,导致心脏骤停去世。但我们始终不知道他的遗体到底在哪里,直到听说有一张旧地图标注出一块无标记的校园墓地。六年前,我们第一次来热内亚试图寻找这个墓地,但一无所获。直到最近,我们在一份离热内亚很近的门罗小镇的旧报纸上找到了一篇简短的新闻,讲述一个叫丹尼尔的印第安男孩在练习拳击时突发心脏病。"

莱丝丽的故事和她的丈夫非常相似,她的祖母和祖母的姐姐爱丽丝被送到热内亚上学,祖母一直读到中学毕业,而当时十八岁的爱丽丝死在了学校里。

"你知道她的死因吗?"我问。

"还不知道,"莱丝丽摇摇头,"还在调查,我们甚至不知道她被埋在哪里。"

"你的祖母从来没有说过?"我追问。

"说实话,在祖母去世前,我们从未深入地聊过她姐姐的遭遇。我们对热内亚原住民寄宿学校产生兴趣是最近十年才开始的,当我们对学校的过去有所了解后,就理解了祖母对很多事避而不谈的原因了。"她有些落寞地说，"和保留地里的其他黑脚人相比，我明显感觉到我们家族的印第安传统和观念非常淡薄。"

我对黑脚原住民保留地早有耳闻，每年七月份的第二个星期，保留地的布朗宁小城都会举行一场为期四天的帕瓦盛会，是北美地区最盛大的印第安集会之一。从保留地各个角落赶来的黑脚人会在布朗宁安营扎寨，穿戴上专门为节日和宗教仪式而手工缝制的传统服饰，许多都是一代人传给下一代人的。他们载歌载舞，还会举行一系列传统的印第安运动比赛，例如被认为是美国最古老极限运动的印第安骑马接力赛（每一支队伍由三匹马和四个队员组成，其中一人是骑手，另外三人是辅助人员。骑手骑马一圈，在其他三人的协助下换上另一批马，这样重复骑完三圈，最先抵达的队伍获胜），还有依靠心算的手骨游戏（比赛在两支队伍间进行，每支队伍由两到六名队员组成，游戏道具是骨头和棍子，两队需要猜测对方队员把带有标记的骨头藏在哪一只手中，猜对则赢得棍子）。

我不止一次憧憬过这场在雪山脚下的印第安盛会，但要抵达这座几乎位于美国和加拿大边界上的小城，需要先搭乘飞机到蒙大拿州的卡利斯佩尔，再驱车向西北方向，绕过冰川国家公园。吉勒姆夫妇说下一步会查阅更多的旧报纸，继续寻找已逝先人的下落，他们之所以买下大量的校园的旧照片，就是希望在黑白影像中寻觅到祖辈年幼时的面容和身影。我们互留电话，约定会向我分享他们的调查进展。

或许受到了吉勒姆夫妇的影响，我也从玻璃柜里的黑白照片中挑出两张。一张拍的是当时男生寝室的一个靠窗的角落，地板是细木条拼的，两张单人铁床各自露出一部分，床边放着一把木椅。窗边的一个边柜上放着好几张男学生的大合照，都穿着军队款式的制服。在边柜的上方贴着满满一墙的照片和卡片，几乎快碰到天花板，能隐约看见十字架、耶稣像、圣徒、教堂的图案。窗外是校园里的小树林，草地和树枝似乎被一层厚厚的白雪覆盖着。我偏爱这种空无一人的建筑或者房间的照片，它为我的想象提供了场所，我甚至会试着去体会自己住进这样一个寝室会是什么样的感受。

另外一张照片是两个留着新式发型的印第安女孩分别在不同的房间里弹立式钢琴（两个房间的中间隔着一个房间，三个房间是相通的），大小和款式相同的白色木门都敞开着，地上铺着花式繁杂的地毯。两个女孩的打扮完全相同，如果匆匆一瞥，会以为远处那个弹钢琴的女孩只是镜中的影像。两个女孩的身边都放着一把空椅子，也许是钢琴老师的位置。我把这两张照片夹在随身携带的笔记本里。

这时已经接近下午四点，活动中心的厨房已经打扫干净，只能闻到清洁剂的味道。主街上的餐厅和咖啡馆都打烊了，于是我在便利店里买了一块苹果派充饥。

南希说从校舍博物馆往南边开一小段路就能抵达校门的旧址，我在展览区看过它的照片，很难相信它会是原物，更像是最近几年按照影像资料仿建的。

车向前开，水泥道变成了土路，又穿过一条铁轨，直到前方出现一条水渠时，我才意识到可能走过了，于是又原路返回。其实校门的旧址离校舍只隔着两个街区，并没有我想象中的那么远。

校门由四根用砖头砌成的柱子组成,用半人高的铁栏杆连起来,入口的两边都造了一个水泥台阶,抬头就能看见一张印着"美国印第安人学校"的牌子。我走过台阶,来到门的外侧,几步之外就是铁轨,铁轨的另一边是玉米田。

像热内亚这样的原住民寄宿学校在美国曾经有五百二十三家,它们由联邦政府出资,其中一部分由教会运营。这个蔓延了整个美国、甚至渗透到邻国加拿大的办校理念其实源自一场个人实验。

一八四〇年,理查德·亨利·普拉特出生在纽约州内陆一个人口只有一千人的小城,他小时候感染过天花,所以脸上有疤。七岁那年,全家搬至中西部的印第安纳州。两年后,普拉特的父亲孤身前往加州淘金,但遭到其他淘金者的抢劫和谋杀,所以普拉特很年轻的时候就担起了照顾母亲和年幼弟弟们的责任。

南北战争爆发后,普拉特加入了隶属北方联邦军的印第安纳州骑兵团,参加过著名的奇卡莫加战役。在短暂退伍后,他重返军队,成为一支大多数由前黑人奴隶组成的骑兵团的第二中尉。从那以后的八年时间里,普拉特在美国中部大平原地区参与了一系列印第安战争,包括一八六八年的沃希托战争和一八七四年的红河战争,后者将美国南部几个曾经十分强大的印第安部落驱赶至俄克拉荷马州境内的保留地。

随着印第安战争的日渐平息,时任美国总统尤利西斯·格兰特的司法部认为联邦政府与印第安部落之间的战争状态应该告一段落,下令把印第安战俘送往佛罗里达州的沿海古城圣奥古斯丁,作为战犯关押在当地的圣马科斯堡。这座十分壮观的石头棱堡是佛罗里达半岛上的西班牙殖民者在十七世纪兴修的,是美国本土最古老的城堡。普拉特由于具有和印第安人打交道的丰富经验被指派到圣奥古斯丁管理囚禁的印第安战犯。也就是在这个时期，普拉特开始尝试让一部分印第安战犯在石堡中学习英语和手工艺，允许他们进行军事操练，甚至能够参与内部的执勤工作。

普拉特这项具有试验性的项目很快就受到外界的关注。当时圣奥古斯丁由于温暖的气候和西班牙式的名胜古迹成为美国新兴的冬季避寒胜地，因此来自美国各地的达官贵人也十分愿意来到这座极具异域风格的堡垒中参观普拉特的"驯化"成果。当时隶属美国内政部的教育署负责人就在其中，普拉特的项目成功地说服华盛顿的官员，唯一能够同化印第安人的方法只有让他们到一个距离部落非常遥远的地方接受西式教育。

"给我三百个年轻的印第安人，再给我一个完备的场地，我会证明给所有人看！"普拉特在致信联邦政府时写道，"宾夕法尼亚州的卡莱尔军营已经停用多年，它位于一个农业地区的中心，那里的人民非常友善，不存在对印第安人的偏见态度。"

当时联邦政府正急迫地寻找一个快速有效的教育模式让印第安人融入白人社会，普拉特和他的办学理念在正确的时间点出现了，很顺利地获得了美国国会的支持。于是在一八七九年，普拉特如愿在卡莱尔军营的旧址上建立了美国历史上第一所由联邦政府出资、位于原住民保留地之外的原住民寄宿学校，取名为"卡莱尔印第安工业学校"。

学校于当年十一月正式成立，一共有一百四十七名印第安学生注册入学。大部分人都是青少年，其中最小的只有六岁。三分之二的学生都是大平原部落酋长们的子女，这样能够保证部落的领导者们会对联邦政府言听计从，包括同意交出更多的部落土地。

普拉特深谙宣传的重要性，他雇用了一批在当时非常稀缺的专业摄影师，拍摄校园生活的方方面面，尤其是一系列学生外观改造前后的对比照，很快就让首都的官员和全国各地的教育界人士认可了卡莱尔的模式（后人也因此能够找到大量卡莱尔学校的资料影像）。在接下来的几年时间里，以卡莱尔为复制对象的原住民寄宿学校在美国各地涌现。

热内亚原住民寄宿学校就是在卡莱尔成立后的第五年建立的。我眼前的这座校门也许是仿造品，但这条从玉米田中出现、又消失在玉米田中的铁轨应该还是当年的那一条吧。

我想起普拉特那句流传甚广的名言，"杀死一个印第安人，拯救一个新人类"。当印第安学生完成学业，从这里搭上离去的火车时，真的变成了一个全新的人了吗？

* * *

贝茨·史密斯和女儿贝蒂娜开了一间家庭作坊，亲手设计和制作印第安风格的首饰，然后放在网店里售卖。除了几件极其费工的成品外，这些用绿松石、彩色玻璃细珠、珊瑚、贝壳、植物的种子、白银串成的项链和耳坠定价都在几十美元左右。"满四十美元包邮！"一条移动的字符提醒着。贝茨原先在科罗拉多大学的健康科学中心做文书工作，二十多年前退休后，她开始在家手工制作各式各样的项链。这不仅是一种源自基因中的爱好，也是她的社交渠道：每当部落举行帕瓦会，贝茨都会提着一个装满自己作品的手提箱到集会上。

我按照网店显示的手机号拨过去，接听的是贝蒂娜。在知道我并不是为了首饰而来电后，她也没有流露出任何失望的语气，而是愉快地唤来母亲。我和贝茨素昧平生，但很快就在电话里约定了半个月后在她丹佛的家中见面，仿佛我们是多年未见的朋友。

丹佛背倚连绵的落基山脉，主城区在一块海拔正好一英里的平地上铺展开来，因此有了"一英里城市"之称。八月的丹佛有漫长的光照，但这天空气混浊，天色也呈现出浅浅的灰色。贝茨的家位于市郊一片再普通不过的居民区，在这里每栋房子距离相同，街道呈曲线。

这种模式化的民居布局遍布美国各地，每当飞机降落前，你只要打开舷窗的遮光板，就能看见这种形状如同八爪鱼触角的社区，点缀其中的绿色植物非常茂盛，却也毫无个性。如此设计是为了减少社区里的车流量，同时降低车速，保持环境的安静和安全，但缺点是增加了出行的距离和时间，对步行者也并不友好。

我提早抵达，于是等在车里。那是一栋绿色外墙的独栋房子，有三角形的小巧屋顶，但烟囱的顶端完全裂开了，颜色也褪成白色。前院的草坪都秃着，唯一一棵树稀稀落落地长着叶子，大多数树枝都是干枯焦白的。我不免怀疑这里不久前发生过一场小规模的火灾。

到了约定的时间，我下车去摁响门铃，透过玻璃门能看见屋内布置着许多印第安人的装饰。应门的是一个身材高大的印第安女人，她穿着一条印染的蓝裙子，额头上的那一圈发根是白色的。

"贝蒂娜？"我问。

她热情地招呼我进屋，说母亲在地下室，马上就会上来。

起居室的墙壁贴有绿色纹路的壁纸，窗帘也是浅绿色的。开放式厨房边摆着一张圆形餐桌，上面放着一整排制作首饰用的小钳子，首饰的材料都分门别类地装在圆形和方形的塑料盒里。一些制作好的项链就挂在西班牙式木椅的椅背上。

就在我和贝蒂娜聊天的时候，贝茨从楼梯走上来。她穿着一件水红色开领衫，搭配一条黑色的裙子，一副耳坠是印第安风格的圆环。她的五官小巧，画着淡妆，很难看出已经是一位将近八十岁的老人。我后来才知道，这栋房子其实是贝蒂娜的家。贝茨上年纪后，便搬来和女儿同住。

我告诉贝茨自己刚去过内布拉斯加州的一所原住民寄宿学校的旧址，还拿出在那里买到的两张黑白照片给她看。她戴上老花镜，若有所思地盯着那张钢琴课的照片看了许久。

贝茨在部落的名字叫赞巴哈。贝茨是一九五〇年她被送入亚利桑那州原住民寄宿学校后白人老师给她取的英文名。

"我应该叫你贝茨，还是赞巴哈？"我问。

"赞巴哈是我的身份认同，贝茨是我的名字。"她回答。

* * *

关于贝茨的人生，特别是前二十年，我有太多好奇。我担心因为时间久远，她的记忆会变得模糊，但没想到这位八旬老人的思绪非常清晰。她坐在起居室一张垫着纳瓦霍短毯的扶手椅上，一开始屋外时不时传来一辆维修公司卡车的引擎声，等到我们的谈话进行下去后，就渐渐安静了下来。

"你出生在哪里？"我问。

"我出生的地方没有名字，即使是今天也没有。它大概在亚利桑那州的蒂巴城和温斯洛的中途，弗拉格斯塔夫以东七十二英里的地方。如果你知道霍皮原住民保留地在哪里的话，我就出生在霍皮保留地以西三十英里的地方。我们家在一条小河边，位置很偏僻，即使最近的邻居也在十到十五英里之外。"

"你有兄弟姐妹吗？"

"除了很早就夭折的孩子外，我有八个兄弟姐妹，我排行老大，比其他人年长很多。被送到原住民寄宿学校时我刚满十一岁，我记得很清楚，因为入学不久前我刚完成了'基纳尔达'，一种标志着从女孩变成少女的成人礼。"

"我知道有些印第安人年纪更小的时候就被送去了寄宿学校了，大概五六岁的时候。"我说。

"我是一个特例。按照当时的规定，印第安孩子六岁的时候就已经入学了。但我一直没有离开保留地，因为我们所属的部族并没有要求女孩上学，他们更希望把女孩留在家里，教会她们持家的技能，朝着贤妻的方向培养。每当政府的翻译员来我家探访时，我就躲到其他地方去，所以他们一直没有发现我这个适龄儿童。直到有一天，在我举行成人礼之前，我的父亲找我谈话，说他经过一番考虑后还是决定把我送去寄宿学校，在那里住十个月到一年的时间。"

"他为什么改变了想法？"

"我想是因为其他的弟妹也快到了入学的年纪，没有办法每一个都瞒住。把印第安儿童送到寄宿学校是一项政府法规，如果违反，家长会被逮捕。在离我们不远的霍皮保留地，就有二十个家长为此被送到加州的监狱里。翻译员来家访时，也一再警告我的父母可能面临的后果。"

我想让贝茨详细地回忆第一天入学时的情景，她反而提醒我应该从离开家的那一天说起。

"日出时我就早早地起床了，像往常一样，我会嘴里念着祷文，朝日出的方向一路小跑，最后面朝新日，服下玉米花粉，这是纳瓦霍人的祈祷仪式。然后我回到家，把畜栏里的几百头羊放出来吃草，一整天都沉浸在羊叫声中，直到日落前再把羊赶进畜栏里。我用纳瓦霍语问父亲和母亲：'我们真的要明天出发吗？'我的母亲回答：'这是你父亲说的。'我的父亲说：'是的，明天一早出发。'他们已经提前请一个住在十英里外的亲戚来帮我们看两天羊。夜里，我心里既紧张，又有一丝兴奋，我不知道应该期待什么，只是觉得也许会很好玩。我们住的地方没有电视，没有公路，要自己从河里取水。日常劳作就是取水和放羊。我并不觉得这是辛苦的工作，因为不知道其他年轻人过着什么样的生活。"

"你还记得那段悼文的内容吗？"我打断她。

"记得。"贝茨微微仰起头，用纳瓦霍语念诵着，很短，"天堂中伟大的父亲啊，感谢您赐予我健康，让我能这样奔跑。感谢您给我指引，让我继续前进。我会成为一个勤劳的人，我会和周围的一切和谐相处。"她提醒我在部落文化里，纳瓦霍人用父亲指代上苍。

隔天下午，接近黄昏的时候，贝茨和父母坐上一辆四轮马车出发了,他们在天黑前跨过了十五英里外的一条小河,然后在河边扎营喂马。第二天他又坐了一整天马车,天黑时又一次扎营。直到离家第三天,他们终于抵达托拉尼湖原住民学校。

"那个清晨,我的母亲把我长长的头发扎成发髻,为我换上新裁剪的衣服,是纳瓦霍风格的衬衫和裙子,我的祖母还为我做了一双鹿皮的莫卡辛鞋。你可以想象当时我穿着新衣服、坐在马车上时有多么得意。我们没有镜子,但我知道自己漂亮极了。学校出现了,只有一栋砖楼,我们把马车停在围栏外,院子里空无一人。父亲喃喃道:'不是已经开学了吗,怎么一个孩子都没有?'母亲说:'也许他们在吃午饭。'我们下车,摁了门铃,过了一会儿,那扇巨大笨重的木门缓缓打开了。我立刻被眼前所见惊呆了:门厅里的这一边整整齐齐地站着一列男孩,另一边站着一列女孩。空气中还有一股很难闻的味道,我想可能是午饭。一个女舍监走上来,把我们领到一间小的会面室。她说的是英语,所以我一个字都听不懂,随后来了一个女翻译,舍监对她说一句,她就向我的父母翻译一句。我只能愣愣地站在他们旁边。随后我的父母被要求留在那个房间里,我则被带到一个巨大的公共浴室。我记得里面有一个完全开放的澡堂子,有点像现在军营里的风格,厕所也是开放式的。浴室的门外坐着一个男人,我很好奇他为什么会出现在那里。一个女人走进浴室,腋下夹着一些衣服,她对我噼里啪啦地说了一通英语。我茫然地看着她,当时的我只会说两个英文单词'yes'和'no'。翻译进来了,她让我把身上的衣服全部脱掉,去洗个澡,再换上学校的衣服。我感到尴尬极了,因为我从来没有在外人面前洗过澡,但我还是照做了。我的头发很长,洗一次需要很长时间。头发还湿漉漉的时候，女人扔给我一条浴巾。我裹着它，被带到那个男人身边。当时的我已经处于震惊的状态，但接下来发生的事才更加可怕。男子拿出一把剪刀，抓住我的长发。我立刻大哭起来，用部落的语言喊道：'你要干什么？我母亲说谁都不能碰我的头发！我不想剪头发！'翻译进来了。'不要动！'她用一种对待动物的语气说，'每一个孩子都要剪头发，而且你的头发有跳蚤！'我反驳：'我才没有跳蚤！'我想起那些排队的孩子，他们都留着同样的发型，男孩的头发都被剃得很短，女孩的头发都没过耳垂。他们都穿着一模一样滑稽的米色衣服。我意识到自己将变成他们中的一员。我吵着要穿回自己的衣服，翻译说衣服已经被我父母收走，而他们已经回家了。那个男人抓住我的头发，我奋力挣扎，但一切都无济于事，他一刀就把那头长发剪掉了！"

贝茨抬起头，呆呆地盯着我的右上方，一动不动，仿佛在半空中有一个只有她才能看见的东西。突然，她的下眼眶开始抽搐，眼睛紧紧闭在一起，开始哭泣。我永远忘不了那一刻她的表情。

"那一刻我想起了我的大妈妈，部落人把伯母叫作大妈妈。在不久前刚刚举行的成人礼上，大妈妈仔细叮嘱我，要好好照顾你的头发，你的生命从头发开始，头发是属于你自己的。我想她的意思是头发相当于一个人的王冠，但一切都消失了。那个男人还往我的头发上涂抹一种白色的油状物。我闻到了煤油的味道，在家里我们用煤油灯来照明，但应该不是纯的煤油，而是掺入了煤油的东西。我的新衣服丑极了，后来我看了电视剧《豪门新人类》，觉得里面的演员穿的衣服和寄宿学校发的衣服很像。高帮鞋、仿佛睡袍一样的长裙子，直挺挺的，一点都不吸引人。剪了头发、穿上学校制服的我被带到餐厅，另一个女舍监来到我的跟前，指导我在学校里应该如何表现。比方说，到了吃饭时间，要和其他学生一起排队走进餐厅，入座时需要男女相邻。饭需要全部吃完，都是水煮豆苗、水煮卷心菜之类我们在部落里完全不吃的东西。这意味着我的饮食也完全被改变了。她对我说，如果不遵守纪律，就会受到惩罚。'记住，在学校里只能说英语，不允许说纳瓦霍语。从今天开始你的名字叫作贝茨。'当时的我困惑极了，我还不会说英语，要怎么和别人交流？如果我连在心里想事情都得用英语，我是不是什么都不能想了？更让我感到羞耻的是排班。你刚才提到印第安儿童年满六岁就得送去寄宿学校，我已经十一岁了，但什么都没学过，于是我被安排在一个全部是六岁儿童的班级。我是同学里个头最高的，这是对我没有按时入学的惩罚。男女的寝室是分开的，六十个男学生睡在一个寝室，六十个女学生睡在另一个寝室，床铺是上下床。晚上，他们就在寝室的门口放一个大桶，给我们上厕所用。这差不多就是我入学第一天的经历。随着时间不断流逝，我意识到入学第一天和第一周的经历是最难忘、也最具伤害力的。"

那个浴室外的男人让我想起玛格丽特·雅各布丝教授的问题，但我还不确定是否应该问，至少还不到时候。于是我问贝茨是否经历过惩罚。

她说："我遭遇过一些体罚，被打过，但不像电视剧里演的那样被鞭子抽这么戏剧化，也没有生命威胁。有一次，我因为拒绝吞蓖麻油被惩罚。在寄宿学校里，每个学生在晚上睡觉前都需要服用一汤勺的蓖麻油，起到润肠通便的作用。但我觉得很恶心，所以全部吐了出来，后来我就被叫到了舍监的小隔间，在那里接受了体罚。还有一次，我被别人发现和表兄说纳瓦霍语，他和我在同一所寄宿学校。男孩子更经常遭到体罚，我记得有一个男孩试图逃跑，被当众脱了裤子，用皮鞭打屁股。我当时吓坏了，因为从来没有见过这样的场面，简直太羞耻了，所有人都看得见。"

"学生逃跑是常见的吗？"我好奇。

"很多学生都试图逃跑过，但都被抓了回来。我也逃跑过一次。有一天晚上，我不记得是什么原因让我想要逃跑，可能是因为体罚，我还带上了和我差不多年纪的表妹。夜幕降临后，我们从一扇窗偷偷爬出去，大概徒步了一英里左右，但实在太冷了。我想起父亲的叮嘱，他让我不要逃跑，说家太远了，而且如果得了伤寒，可能会病死。我们最终决定回学校，偷偷钻回宿舍。所幸没有人发现这件事，否则我就闯了大祸，会被严厉惩罚。我后来自然明白了原住民寄宿学校是什么，但在当下，只是觉得自己毫无理由地被折磨着，感觉舍监不喜欢我们，老师也不喜欢我们。我的父亲和母亲都不在身边，我觉得自己像一个孤儿，而父母并没有做错什么。深夜的寝室里，我总能听见六七岁大的孩子因为想家而偷偷啜泣，但没有人能够安慰他们，也没有人能够安慰我们这些稍微年长一点的孩子。

"有一回我得了肺炎。夜里，我发现自己无法从床上坐起来，浑身都疼，尤其是胸口。我开始哭泣，睡在下铺的女孩问我怎么了，我告诉她自己一动身体就疼。清晨时，寝室里的女孩们都起床梳洗，然后去餐厅吃早饭，只剩下我一个躺在床上。快到中午的时候，一个舍监来到我的床前，朝我一顿嚷嚷，直到知道我病了。于是,她打电话给四十五英里外的一家专门接收印第安人的医院。一辆黑色的救护车来到学校把我带走了。我在医院里住了两个星期,但后来回到学校的过程我就不记得了。感觉一转眼,我就又身处那个大寝室里了。"

"你当时担心过死吗?"我问。

"我甚至都不知道死亡是什么,"贝茨回答,"但我要告诉你一件在我看来和死亡相关的事。每个礼拜天的上午都有一群新教修道士从弗拉格斯塔夫来到寄宿学校,他们只说英文,又带了一个纳瓦霍语翻译。他们想把我们变成基督教徒,甚至会把我们单独拉到一边。有一次,他们问道:'你们被救赎过吗?'我们一脸茫然,完全不知道什么意思。他们换了一种问法:'当你们在部落的时候,巫医是否对着你们唱歌,为你们治病过?'我举起手。事实上,我是在场的学生中唯一举手的人,因为我的确有过这样的经历,而且至少举行过四次这样的仪式。修道士于是对我说,当今天的教堂活动结束后,你留下来。我心想这里是学校的餐厅,怎么就变成了教堂。早上的活动结束后,他们几个人就带着翻译来找我。'你相信耶稣吗?为什么巫医要治疗你?'他们问。我说我当时生病了。'你祈祷吗?'他们又问。我说是的。'但你不是向耶稣或者上帝祈祷,你知道你会进入地狱吗?'那一刻我震惊了,翻译将'地狱'描述成一个到处都是死人的地方。按照他们的意思,如果不信奉基督教,你就在通向地狱的路上。你可以想象吗?一个人突然被告知那些一直以来相信的东西,比如日出时的祷告、部落的治疗方式,都要被推翻。学校告诉你,要彻底忘记部落的宗教,从今往后只能追寻上帝,他们给了我一本《圣经》,让我遵循这本书的教诲。这个单独的会面持续了大概两个小时,我回到大厅里时,等候在外的学生们大声嘲笑我,更让我对自己曾经的纳瓦霍信仰感到羞耻,对我的自尊心是极大的破坏。我能感觉这种影响正在慢慢发生作用,我觉得自己是一个不好的人,身为一个纳瓦霍人让我感到很耻辱,我甚至开始为拥有纳瓦霍父母而感到羞耻。直到很多年后,我读到了相关的书籍,知道在很多国家都存在过这种给人洗脑的行为。"

"这或许就是原住民寄宿学校政策的目的。"我说。

"是的。在它发生的当下,你完全不会察觉到。"贝茨说,"但你最终觉得自己作为一个棕皮肤的原住民,不值得追求自己想做的事。即使做成了,也是装模作样罢了。"

贝茨的父母第一次来看她是在七个月后,那时候已经是隔年的春天,早晚带些寒意,但午后已经热起来了。贝茨白天需要上课,所以一直等到晚上才在老师的陪伴下去到距离学校半英里的一个很小的贸易站,在那里和父母见面。贝茨在托拉尼湖原住民学校就读的是小学一年级的课程,但因为学得很快,不到一年时间就通过了测试,可以提前升入二年级。于是,她被转到了一所位于新墨西哥州温盖特堡的原住民寄宿学校。在那里,学生开始参加一些作坊:很多男生会学习成为银匠和其他手艺,如果做得好,就会被选去犹他州布里格姆城的山间印第安学校;女生则可以上一些编织和钢琴的课,学习做一个用人,在餐厅做服务员,在汽车旅馆干活,或者去城里的白人家庭里做帮佣。温盖特堡离贝茨的家足足有两百多英里,要回部落一趟就更难了。她在那里生活了将近四年,一直到中学快毕业时才有机会回家待上两三周。

"寄宿学校的制度也在不断变化,我上学时已经和二十世纪初的情况有些不同了。我的父亲在上世纪三十年代被带去一所亚利桑那州的原住民学校,它和卡莱尔原住民学校是同系列。父亲和我说了当时学校里的很多事,和我的经历十分不同。"

"我不知道你的父亲也在寄宿学校读过书。"我很惊讶。

"他只读了两周就跑了!他可是一个跑步健将。"贝茨的眼睛眯成一条线,"那时候父亲已经十五岁了,政府的代表来部落里发现了他,就把他强行带走。他回忆说那个学校里还专门建了一小栋楼作为监狱,专门关押那些犯事的学生,他就被关在里面,直到找到一个机会逃跑了。后来二战就开始了,没有人顾得上他,他也顺便在部队里找了一份差事。"

"所以他一直知道原住民寄宿学校的情况。"我说。

"就像我之前提到的,父母如果不把孩子送去上学,就有可能被逮捕。不过父亲的想法是很先进的,他在家族中看过太多早早成婚的女性,他觉得这对女性来说并不公平。我的母亲天资聪明,但和父亲结婚时只有十二岁,没有接受过任何教育就开始了放羊顾家的琐碎人生,所以他希望我接受教育,不要重蹈母亲的覆辙。然而他还是发现了我的变化。"

"例如?"

"我回家探望父母时,觉得说纳瓦霍语是一件很丢人的事。我告诉父母自己忘了怎么说纳瓦霍语,我父亲就调侃我:'你现在不就说得好好的?'我说这只是暂时的,我以后只会说英语了。在遇到同辈的亲戚时,我也只和他们说英语。我变得极其没有安全感,也没有自信。年幼时父母是孩子生命的一部分,但突然间他们就被移除了，我就像一只受伤的小鸟，孤身一人。一直到后来，我才意识到寄宿学校给我的伤害更多是心灵上的，我携带着那种伤害到现在，一辈子都在和它抗争。还记得那些深夜在寝室啜泣的孩子吗？我们都失去了榜样，不懂得如何做父母，不懂得如何关心和爱自己的孩子，也不懂得正确地表达情绪，这些问题不断地在后来的人生中显露出来。当我在大学里找到了一份工作，身边的人很多是白人博士和文凭很高的白人社会工作者，他们还是会对我说：'你说话的样子为什么那么滑稽？拿掉你身上印第安人的东西！'开会的时候他们也不让我说话：'贝茨说话总是颠三倒四的！'我总是默默地接受，因为在我内心深处，他们是对的，我是错的。我永远生活在恐惧中，不敢随便说话，怕别人听见我的话。"

贝茨的心闸被打开后，回忆和倾诉像洪水般倾泻而出，根本无法拦截。

她说："我以前一直很困惑，为什么寄宿学校里的老师会对我们做出这种事情，让我们觉得天生低人一等，无法因为内心优良的品德和专业上的精湛而得到尊重和评价。但我现在明白了，它就是一个计谋，发生在原住民寄宿学校的故事都大同小异，目的就是'杀死一个印第安人，拯救一个新人类'。政策的原理是，把印第安儿童带离保留地，三四年后，你猜发生了什么？我们曾经居住的土地变成联邦政府的了，他们有了铀矿、铜矿、绿松石矿和石油。他们已经提前知道印第安人的土地拥有宝贵的矿产，所以想方设法让我们离开。我从不觉得宗教组织的动机是单纯的，他们和联邦政府同流合污，之后共同划分财富。我也许不应该这么直接说出来,但不管了,至少我是这么认为的。即使是今天,原住民保留地施行的依然是严苛的、并不是为了印第安人的利益而制定的古老法规。联邦政府需要做的就是把土地归还给我们,而不是给我们一块地,然后跟我们说可以在条约的基础上建房子,但只有土地的表面属于印第安人。"

"你之前提到那个浴室外的男人。"我决定开口

"那个理发师?"贝茨插嘴道。

"是的,你说他的存在让你感到不舒服。在加拿大,很多原住民寄宿学校都爆出了学生遭性侵的丑闻,不单单是女孩,还有男孩。"我特意强调男孩,以缓和尴尬,"你在上学期间听到过什么类似的性侵案件吗?"

贝茨微微地张开嘴,似乎什么东西从她的眼神里闪过。

"我不知道其他人是否经历过,"她说,"但我在温盖特堡就读的时候有过这种经历。我们刚才提到钢琴课,有一天学校的一个男老师邀请我去听他弹钢琴,可能是想教我弹钢琴。他来我的班级找我,把我领到音乐室,然后对我做了很多奇怪的事,当时把我吓坏了。"

"什么样的事?"

"他把手放在我的胸部上,当我们一起坐在钢琴椅上时,他还用手触碰我的屁股,把我挪向他。他并没有侵犯或者强奸我,但这样的事发生过两次。我当时太害怕了,也不敢和其他人说,因为别人会觉得是我的错,是我先允许这种事发生的。"

"他是白人?"

"是的,他已经挺老的了。不过我那时候很小,觉得谁都是老

人。总之他比我大很多。"

"所以你再也没去上钢琴课了?"

"我没再去了,但我一直记得他。如果我去看篮球赛,在人群中瞥见他,我就会立刻站起来走掉。"

"你还记得他的名字吗?"

"好像叫作格伦,格伦先生。我记不清了,大概是这个发音。"

"他可能也对其他女孩下手了。你听说过什么传言吗?"

"我听过其他女孩议论过音乐室里的白人男老师,我想可能指的是他。"

"真的发生的话的确很难开口。"

"还有一个原因是在纳瓦霍语中很难描述这种行径,甚至不存在一个词指代强奸。我以前的工作需要翻译印第安人的病例或者去法庭给印第安人做现场翻译,所以我知道要把它翻译成纳瓦霍语是很困难的。我现在回想,当时我正在发育,胸部变大,开始有了女人的体形,我也不在他的班级上。所以他一定是在别的场合看到我后,记住了我。我也不敢问他。事情发生时,我也想过或者忍受下来,先学钢琴再说。但我做不到,就没有再回去,我也希望他永远找不到我。"

"你觉得校方知道他对女学生做的事吗?"

"我根本不敢问别人,也没有人知道我的事。"

和贝茨谈话的大部分时间里,贝蒂娜都坐在餐桌边,在垫着白纸的翠绿色盘子上穿珠子,唯独说到这一段时,她停下了手里的活儿,安静地挪到了我们边上。她说从小到大,大部分关于寄宿学校的经历都听母亲说过,特别是在返乡探亲的旅途中,母亲总会想起什么说什么。唯独发生在钢琴课的事她头一次知道,她甚至有点惊讶母亲竟然如此坦率。

"我从来没有想过要把发生在寄宿学校的事讲述给家里以外的人,"贝茨说,"因为我不觉得有人会关心,也不觉得这些故事有什么价值。而这些都是我人生中最痛苦、也最不忍开口的遭遇,向一个外人娓娓道来更是难上加难,换作是二十五年前,我肯定绝口不提。"

"什么变了?"我问道,"是什么让今天的你愿意开口?"

"去年十二月我得了新冠,我躺在床上,觉得大限将至。当时我心想,天啊,我多么希望能做这个、能做那个,不要有这么多的顾虑。说出这些经历,尤其是从我个人的角度,对我是有帮助的。在我的生命中,我抓住每一个机会、每一扇打开的门,让我变得更好。这是我的人生教训,我一直是这样的人,所以我幸存了下来。如果能向你讲述这些故事,从而让更多的人听见,我就觉得自己的经历有了价值。我会觉得自己是一个很特别的人,因为并不是所有人都有这段奇特的经历。这个过程让我重新建立了自信和身份认同。身份认同是非常重要的,我们无法脱离它而生活。"

我和贝茨就这样谈了快三个小时,到采访结束时,我才知道楼上还有一个人,是贝蒂娜的丈夫。一直到起居室里的谈话变得家常和琐碎起来后,他才安静地从楼梯上走下来。他是一个绑着长马尾、五官更偏像亚洲人的印第安人。贝茨已逝的丈夫是黑白混血儿,所以贝蒂娜的脸庞有一点拉美人的轮廓,而她的丈夫仿佛是从画册里走出的印第安人。

我们从起居室转移到餐桌旁,贝蒂娜向我展示一条制作到一半的项链，也聊起母亲是一个很有个性的女人，有时并不那么容易相处。贝茨在旁边认真地听着，眼睛里依然流动着一股灵动，在调皮和倔强之间转换着。

贝茨给我看她家族的照片。有一张是她祖父和祖母的结婚照，但黑白照片中并肩坐着的两个人年纪都很大了。贝茨解释说，纳瓦霍部落有多妻制的传统，他的祖父有过五个妻子，但教堂里的修道士认为这是不对的，要求他们在教堂举行一次仪式，这张照片就是在仪式上拍摄的。

看我对照片感兴趣，她又转身到地下室取出几张厚纸片，上面贴着几张打印出来的照片，如果粗略一看会以为是黑白版画。在其中一张照片上，两个一脸稚气的小女孩站在一条挂在矮树丛上的毯子前，左边是七八岁大的贝茨，身穿合身的绣有花边的纳瓦霍连身长裙，戴着贝壳项链，脚上是一双小小的莫卡辛鞋，头发又粗又亮。这是她人生中第一张照片。右边赤着脚的女孩是她的妹妹格蕾丝，比贝茨矮一个头，穿着几乎一样、但小一号的衣裙，系着一条头巾。

"我入学的那天就穿着一套相似的服饰，"贝茨说，"在保留地，我们生活在树丛里，有时只是搭一个帐篷，并没有严格意义上的家。所以你可以想象当我走近校舍时，变化是多么剧烈。"

另一张照片是贝茨的母亲十二岁时的照片，她骑在马背上，是一个美丽的少女。

贝茨的父亲在一张群体照上：几个头戴圆帽、身着纳瓦霍衬衫的小伙子蹲在房前，其中有一人抱着吉他，她的父亲在中间，有一种民谣歌手的气质。"我的父亲非常英俊，我的几个孩子都遗传了他的基因。"说完贝茨和贝蒂娜都笑了。

临别前,我想起热内亚原住民学校那块失踪的墓地。贝茨生活过的这几所原住民寄宿学校是否也有自己的墓地?

贝茨回忆道:"托拉尼湖的学校应该没有墓地,但温盖特堡的学校附近有一个墓地,但那个城市从十九世纪起就是一座军事基地,所以埋在那个墓地的都是军人。但我的确知道有学生在校园里去世,有一个人是得了突发癫痫而死,当时把我们所有人都吓坏了。还有三起是自杀。有一个女孩在校园后的小森林里被发现,已经冻死了。另外两个男孩可能是割腕,总之是自杀死的。他们的尸体究竟如何处置,我就不知道了。"

* * *

飞机在拉皮德城机场降落的时候天空出现了迷人的晚霞,但地上湿漉漉的,似乎刚下过一场疾雨。机场租车公司的员工们一脸愁容,直到我拿了车钥匙到露天停车场取车时才知道原委:这里不久前突降大冰雹,把几辆停在室外的车都砸坏了,淡绿色的钢化玻璃碎了一地。我隐约担忧这似乎并不是一个好的预兆。

九月第一周的南达科他州能感觉到明显的秋意,正午还艳阳高照,但一入夜温度就可能降到个位数,夏天已经开始撤退。

这是我时隔一年后再次回到"总统之城",不过它只是中转站,我需要乘车继续向西南旅行三百多公里,前往南达科他州南部州界上的玫瑰花蕾印第安保留地,那里生活着苏族的斯坎固拉科塔人,大约有二十多个村落分散在一块三十多平方公里的丘陵上。

保留地的名字并非当地印第安人使用的拉科塔语，而是最初联邦雇员起的英文名字，因为保留地建立之初他们在那片土地上看见了大量野生的玫瑰花蕾。

我原以为这趟公路旅程会有些沉闷，从拉皮德城向西开出后的很长一段时间里，车外一直都是平缓起伏的丘陵和草地，间或有几棵西黄松散落在视线中。然而就在谁都没有留意的情况下，丘陵的颜色开始悄悄褪去，仿佛有一群人正夜以继日地徒手把草皮撕去一般。当我终于反应过来时，道路两旁已经充满了形状各异的白色沙山，有时径直出现眼前，车几乎是挨着它绕过去的，有时又躲到了离公路很远的地方，像哨兵一样沉默地矗立在那里。我一度想要停下车，从路边一脚跳上这些梯形的沙石高塔和堡垒，却发现中间其实相隔着或深或浅的沟壑。

导航地图显示，车正在横穿恶土国家公园。这是一块面积超过两百五十平方公里的沙漠地层，数千万年来，它曾经被古代海洋、河流和河漫滩所覆盖，红白相间的沉积岩层暗示着这里经历过不同的自然环境（岩浆喷发留下火山岩和火山碎屑，湍急的河流沉积下较粗的沙砾，而静水湖泊则沉积更细的黏土），沉积期与侵蚀期交替出现。然而沧海桑田的过往都化成了一种童趣般的戏剧性，在光线的照射下，荒山呈现一种夹层冰激凌般的纹路和质地。

这块土地看似极其荒芜和贫瘠，但由于整个区域拥有丰富的地形，许多野生动物会出没于此：大型食草动物在附近的草原上觅食，而猛禽和小型哺乳动物则以悬崖和岩石区为庇护。这也是为什么早在一万一千年前，古印第安人就已经在这里狩猎。随后是阿里卡拉人，考古人员挖掘到的牛骨箭头和篝火残留物显示这些印第安人通常会在常年有水流经过的山谷里安营扎寨，耸立的岩壁有利于登高勘查敌人和猎物的踪迹，如果狩猎迎来丰收，他们就会在当地停留至冬季才返回密苏里河畔的村落。

一直到十八世纪初期，为了躲避白人殖民者而不断西迁的拉科塔人来到了此地，并用自己的语言给这里取名为"恶土"。这恐怕是大平原印第安人和白人殖民者历史上唯一一次达成共识，因为二十世纪初来此探险和狩猎的法籍加拿大毛皮商们恰巧也把这里命名为"恶劣的旅行之地"。

在所有发生于恶土的轶事中，最吸引我的是和一种神秘的舞蹈有关。十九世纪末，一种被称为"鬼舞"的新兴宗教仪式盛行于美国多个印第安部落，参与者相信生者通过舞蹈可以和亡灵相见，从而获得战斗力以阻止白人的西进扩张运动，给印第安人带来永久的安宁。当时饱受旱情和政府扣粮折磨的南达科他州拉科塔人很快就成了鬼舞的信奉者，他们还开创了"鬼衫"的传统——在舞蹈中穿上一种特殊的部落战衣，宣称能阻挡白人的枪弹。

"给我弓箭，美洲野牛将重回大地！"拉科塔人的舞蹈常常伴随着唱词。我想鬼舞所蕴含的更多是印第安人的无可奈何和对失去的怀念，但联邦政府对此非常警惕，因为针对白人的军事袭击有时伴随在鬼舞仪式之后。一八九〇年十二月，为了防止由鬼舞运动诱发的暴动出现，驻守在保留地的警察收到指令逮捕拉科塔人最有名望的酋长"坐牛"，但在枪战中将他击毙。酋长遇害后，数百名拉科塔人举着一面白旗，向西边的黑山森林进发，准备向驻扎在那里的军队投降，以避免更多的流血冲突。途中，拉科塔人在一个叫作"伤膝河"的溪边安营过夜。隔天清晨，联邦政府第七骑兵团的士兵手持机关枪将营地包围。最终三百多个拉科塔人被射杀，其中大量是手无寸铁的印第安妇女和儿童，只有五十多人侥幸存活。

这就是美国历史上臭名昭著的"伤膝河大屠杀"，当时突降暴雪，军队雇用的平民用了好几天时间才将所有尸体扔进乱葬岗，而二十个参与屠杀的士兵则获得了美国最高军事荣衔"荣誉勋章"。

在大屠杀发生前没多久，包括坐牛酋长在内的拉科塔人曾经在恶土国家公园范围内一个叫作"要塞台"的神圣山台上举行过一场声势浩大的鬼舞仪式，这场发生在一百多年前的舞蹈被一代又一代的拉科塔人讲述至今，那里没有通路，只能徒步抵达。虽然希望渺茫，我还是四处观望着，试图在尖峰之中寻觅到一块想象中的平坦山台，但最终只看见不断从路边闪过的印有"注意响尾蛇"的警示牌。

奇峰怪石渐渐从汽车的后视镜中消失，公路两边恢复为丘陵和草地，仿佛刚刚发生的是一场短暂的梦罢了。微微起伏的山丘遮挡了视线，仿佛路随时就断了，又突然冒出来。这时手机已经没有了信号。

遏制鬼舞运动只是联邦政府同化政策中极小的一部分，在那之前，通过寄宿学校将印第安儿童带离部落已经成为新的趋势。在卡莱尔最早招募的印第安学生中，很多是南达科他州的拉科塔儿童，他们中的一些人在卡莱尔去世，至死无法返回部落。

二〇二一年七月，九名被埋葬在卡莱尔的印第安学生被送回出生地玫瑰花蕾保留地，这是美国历史上原住民遗骸回迁规模最大的一次。孩童的遗骨被分别装进九个不到一米长的浅褐色木箱里，由一群玫瑰花蕾部落的年轻人护送，从宾夕法尼亚州踏上了两千三百多公里的返乡之旅。在为时两天的公路旅途里，一行人几乎沿着一百四十年前的去程路线由东返西。途经一些原住民保留地时，当地部落出动了摩托车队护驾一程以表敬意。在当年学生们搭乘蒸汽船的密苏里河畔（对那些印第安孩童来说已经是世界的边缘），拉科塔人搭起帐篷，让遗骨接受沿岸印第安居民的祷告和慰藉。当遗骨最终抵达玫瑰花蕾保留地后，部落为这些早逝的先人举行了盛大的守夜仪式，并最终入土为安。

这就是我此行的目的，我想要找到玫瑰花蕾部落历史保护官员伊扬·奎格莉，正是她代表部落前往卡莱尔的埋葬地主持了遗骨回迁仪式。在回迁仪式结束后的那一周我就和奎格莉通过一次电话，她非常耐心地回答了我的诸多疑问。我提出希望能到部落里和她当面聊聊，也想借着这个机会去原住民保留地看看。

奎格莉没有马上答应，她说自己的日程很紧，除了正在准备材料回迁更多的印第安学生遗骨，她还计划开启一项新的遗骨回迁工程，是一些曾经被关押在南达科他州西部一所印第安精神病院的病人。奎格莉让我一个月后再来电约定见面时间。我没有意识到她其实是通过这种方式婉拒了。等到一个月后再拨去电话时，奎格莉说自己依然找不出空闲。

南达科他州的雪季来得很早，有些地方甚至在九月底就会出现暴风雪天气。我在心里盘算着如果拖到了雪季，出行的机会就接近于零，到时候整个保留地都会被厚厚的白雪覆盖，连进出的通道都可能被封锁，直到来年四五月才会再次显露生机。我想起每次和奎格莉通话时听筒里都会传出一种幽静的回声，仿佛隔离在我们之间的不只是空间上的距离。

于是，在没有预先确定会面的情况下，我再次出发了，只不过这一次的目的地更加偏僻遥远，我甚至可能独自站在一片荒野中寻觅不到任何一个人的踪迹。

天空中一朵云都没有。在略微起伏的地平线中出现了一块绿色的路牌，车开近后能看见上面印着"欢迎来到烧腿国"，显示此地已经是玫瑰花蕾部落的领域了。"烧腿"不只是一种意象，相传生活在此的拉科塔人曾遭遇一场草原野火，他们在逃离的过程中双腿被火焰烧伤，因此得名。

我在导航上设置的目的地是奎格莉的办公地点玫瑰花蕾部落的历史保护办公室。没过多久，公路两旁开始出现一些零星的建筑，有外形像农舍的基督教堂、只有两个油泵的加油站、很多露天停车场。一座红砖建筑前竖立着三根旗杆，导航显示它是部落办公室。车一开过一个将近九十度的拐角，街区的尽头就出现在视线里，不远处已经是光秃的山丘。

车跟随导航的指示抵达一座房顶呈椭圆状的白色建筑前。我下车，心里揣测着奎格莉看见我这个不速之客时会有什么反应。那是一栋用木塑墙板搭起的仓库模样的平房，仿佛一夜之间就能被拆除撤走，我心想这倒是和拉科塔人血液中的游牧基因十分相称。

门锁着，于是我绕到侧面的窗户，趴在玻璃窗上向内望。出乎我的意料，里面空无一物，连一张桌子都没有。难道真的只是一个仓库？我环绕一周，确定它没有任何一丝办公室痕迹。建筑的正后方有另外一栋民居模样的独栋房子，有瓦砾叠成的三角形屋顶。我鼓起勇气敲了门,没人应答。

这时我发现马路对面有一栋同样是用木塑墙板搭建、但外观上更像办公室的平房,楼前有水泥铺设的台阶和走廊,走廊上还围着扶栏。我走过马路,半信半疑地找到建筑的正门。门锁着,但门上有细长的玻璃窗,能看见里面坐着一个印第安女人。她示意我稍等,然后拿来钥匙打开了门,让我进去。

我向她解释自己正在寻找部落的历史保护办公室,她一脸困惑地看着我,完全不晓得这个机构的存在。我略微打量了四周。"这是哪里?"我问。"玫瑰花蕾部落的信息技术部。"她回答。

我回到路边,视线之内连一个能问路的行人也没有,我愈发担忧了。我想起刚刚经过的部落办公室,或许那里的人能帮助我。

部落小公室的停车场上停着许多车,办公楼入口有一小座白色的镂空门廊,门廊下摆着长椅,供人等待时坐着休息。我走进去,看到了一个门卫模样的印第安人,便向他解释来意。他让我稍作等待,他去问问别人。我在空荡荡的走廊里踱着步,墙上贴着部落活动的告示和一个营养补给项目的介绍。那人又出现了,他问到了地址,说离我们并不远。

正当他向我解释着要如何抵达时,身边经过一个中年人,他偶然听见了对话。"你要去历史保护办公室?"他插话,"我现在就要去那里!你跟着我走吧。"我谢过了门卫,请求那人在前面开车带路。

车开出街区,窗外短暂地出现点缀着绿松的褐色山丘,很快又来到另一个街区,这里更空旷平坦,建筑间的距离也更大。我紧紧跟随在车后面,生怕把他跟丢,如果没有人带路,我绝对无法依靠自己摸索到这里。

车最终停在一栋外形十分特殊的白色建筑外，它的两端都是半圆形的，如同一个被拉长的蒙古包，和周遭环境显得格格不入。一想到终于要见到奎格莉，我又开始有些忐忑。

迎接我的是两个年轻的印第安人，他们介绍自己是奎格莉的下属，此刻奎格莉有事出去了，但我可以在办公室里等。

他们回到各自的工位上，在台式电脑前敲击着键盘，我则坐在一张方桌旁仔细打量着这个地方。办公室是一个细长的大开间，从天花板到墙角都是弧形的，能看见附在墙体里的曲线梁骨，让人有一种身处鱼腹中的错觉。我猜测它的前身很可能是美军搭建的士兵宿舍。侧门和窗户都敞开着，一股穿堂风经过，即使没有开空调或风扇也非常凉爽。

突然间不知从哪里发出啪的一声，电全灭了。那两个人并没有露出惊讶的表情，其中一个小伙子慢悠悠地走去检查配电箱。"一切正常。"他说，接着到屋外询问隔壁房子里的人。"看来是停电了。"他又走了回来。

我在一片昏暗中继续等待着，没有注意到那两人出去吃午饭了。我有些惊讶他们就这样把素未谋面的外人留在办公室里。

不知道又等了多久，奎格莉终于出现了。她看上去六七十岁，颧骨很高，脸庞比新闻照片中来得圆润一些，一头夹杂着几根乌丝的白发用橡皮筋简单扎着，戴着一副绿松石耳坠。我上前为自己的不请自来道歉，希望得到她的原谅。她点点头，同意抽出一点时间和我谈一谈。

我们走到办公室最里间，这里应该是他们平时开会的地方，桌边立着一块大白板，上面用黑色的水笔写着二〇二一年的工作项目，但却是从四月份开始（也许那是积雪融化的时候），写到了六月。我抬头看，从各个角落向上延伸的梁骨正好汇集在我们头顶的那个圆形的正中。我们就在这个颇有科幻气氛的环境中开始了谈话。

* * *

我想知道玫瑰花蕾部落是从什么时候开始着手处理卡莱尔学生的遗骨返还事务的。

奎格莉说："这件事得从一个更大的背景说起。联邦政府出台过《原住民墓葬保护和返还法》，不过距离现在有一定年头了，大概是在一九九〇年。我们现在所处的这个部落历史保护办公室是在二〇〇二年成立的，从那时开始，办公室的主要工作就是把部落亲属的遗骨带回家。卡莱尔的案子要从二〇一五年说起，当时部落的一群年轻人到华盛顿特区参加会议，中途他们决定在宾夕法尼亚州的卡莱尔停留，去看一眼当地的印第安学生墓地。这群年轻人回到保留地后找到了部落首领们，建议把玫瑰花蕾部落儿童的遗骨从卡莱尔迁回保留地。案子就是从那个时候开启的。那块墓地位于军营内，需要和军队打交道，军人非常尊重部落的想法，也非常配合。然而最困难的部分发生在取证环节，部落必须出示文件证明埋葬在卡莱尔的人是部落的成员。具体来说，需要有一份族谱图一样的材料显示这个儿童的家庭成员都是谁，以及这些人的身份信息，依然活着的后人还有谁。我于是向联邦政府的印第安事务局索要这些文件,因为他们掌握着所有原住民寄宿学校学生的档案。然而印第安事务局作风非常官僚,不同意释放这些档案。于是我又找到分管玫瑰花蕾保留地的印第安事务局办公室,他们说不知道这些学生的档案在哪里。我想估计是因为年岁久远,那些档案可能丢失了,或者被遗忘在某处。最后,在一个长期旅居玫瑰花蕾保留地的英国研究员的帮助下,我们完成了十二个儿童的关系证明。不过这一次部落先带回了九名儿童的遗骨,因为找不到其中两人的埋葬地,还有一个女童被埋在了先前属于教会的墓地,所以需要启用另外的回迁程序。"

奎格莉找出一个文件夹,里面装着满满一叠文件,是部落为回迁遗骨提交的关系证明,有的是打印的,有的是手写的。

以一个名叫罗阿斯特的印第安人的谱系树为例,三张白纸上密密麻麻地手写着他的出生年份(疑似一八二〇年)和死亡年份(一九一五年十一月)、身份(声望很高的部落巫医)、家庭成员(六任妻子和十三个子女)。每一任妻子和诞生儿女的信息也都逐一标注出来,甚至包括儿女婚嫁对象的情况。

由于其中一部分人的亲属关系没有官方文件佐证,所以还需要准备情况提供人的口述证词。

我向来对印第安人的仪式充满好奇,那些仪式中蕴含着印第安人的世界观和对待生死的态度。卡莱尔墓地举行的破土回迁仪式不允许拍照或录像,只有奎格莉和协助挖掘的考古专家和几名军人在场。我请求她描述一下现场发生了什么。

"我不能告诉你太具体的操作细节。距离上一次举行这个仪式已经隔了三代人,按照部落的传统,当一个人去世后,我们会把遗体用布包裹好，放在用木头搭起的架子上。整整一年，尸体被大自然、风雨、野兽侵蚀，这时部落里的女性长辈会清理剩下的遗骨，给尸骨涂上赭红色的颜料，放置在圣器中安葬。我在卡莱尔就是按照这一传统程序操作的。"奎格莉把双手并排放在桌面上，掌心朝下。"出发去卡莱尔前，部落里的人带我经历了一场手绘仪式，作用是把我和部落的神灵连接在一起，这个神灵会同我一起前往卡莱尔。准确地说，它会先走一步，在那里等我。我抵达卡莱尔后，心中就没有任何忧虑了。我在墓地念诵了祈祷词和咒语，目睹每一个儿童的遗骨被正确和充满敬意地挖掘出来，然后我们把遗骨带到另外一个地方，让考古专家进一步检查和确认。"

"什么样的咒语？"我问。

"在每一段祈祷词的结尾，我都会说一个拉科塔语的词，这个词让整个世界完全连接在一起，我们呼吸的空气、自然界中的水源，等等，合成一体。这种连接是超越时间的，和时间的递增无关，它让发生在昨日的事和发生在今日的事连接在一起。然后我告诉那些孩子们，我在这里，我们要回家了。"

"他们有所回应吗？"

"我很难用语言来解释我经历了什么。部落的长者已经提醒过我，在举行过手绘仪式后，我身体的一半将处于一个充满灵魂的世界，所以要非常小心自己的一言一行。我在卡莱尔的确遭遇了一些奇怪的事。我住在当地一家建于十八世纪的旧旅馆里，在夜里，有的时候甚至是天还亮着的时候，我能看见一些穿着旧时衣服的人出现在走廊的角落里。我不是唯一感应到的人。同行的考古专家和他的妻子住在我的隔壁，他们看不见那些人，但却听见了动静。

我吓坏了。我有时甚至能感觉到房间里有其他人存在,听见他们发出的声音。"奎格莉停顿了一下,似乎确认我并没有流露出任何轻蔑的神情,于是继续往下说道,"挖掘工作持续了几天时间,有一次我正背朝坟墓,突然听见一个年轻女孩用拉科塔语说:'她来了。'我转过头,一个人也没有。就当我又转回身时,又听见一个年轻男孩的声音:'快看,她就在这里。'我想起临行前长者对我说过,我就是孩子们一直等待的人。"

在奎格莉向我诉说这些在常人眼中或许不可置信的经历后,我明显感觉到她略微放下了戒备,我们两人的距离也拉近了许多。

在九个被带回部落安葬的儿童中,有一个是奎格莉的曾曾曾伯祖父,他的拉科塔语名字是"杀死七匹马",十一岁那年被带到卡莱尔后改名为艾文。

"印第安人的谱系制度和白人非常不同,我应该称艾文为祖父,而不是曾曾曾伯祖父。"奎格莉解释道。她从文件夹里取出一张印着黑白影像的白纸,那是艾文初抵卡莱尔时拍的照片,他和另外三个身高一样的小男孩并排站在一栋带有栏杆的建筑前,他们的头发都被剪得短短的,穿着黑呢子西服外套,系着小领带。

我问奎格莉为什么把这些儿童的遗骨千里迢迢地带回部落是如此重要。

"当一个家庭失去一名成员时,那个位置就会出现一个空白,一个空洞。几代人以前,儿童被带离部落,再也没有回来,再也无法实现人生的使命,也再也无法成为家庭的一部分,而留在部落的人只能和这种痛苦共存,部落也是千疮百孔的。"她突然问,"你有孩子吗?"

我摇头。

"假设你的孩子被夺走，而你完全不知道他经历了什么，那种痛苦会将你吞噬。在部落里，有多少父母和祖父母至死都不知道他们疼爱的孩子发生了什么。"奎格莉开始抽泣，无法继续往下说，她摘下眼镜，用纸巾抹去眼泪，略微平复了情绪。"寄宿学校里的孩子失去了父母，他们的心中也布满空洞，没有为人父母的模范。所以当他们长大后拥有了自己的子女，并不懂得如何做合格的父母，很多时候只能用酒精和毒品来填补生命和情感中的空洞。"

我不想忽视原住民寄宿学校略微积极的那一面，例如学习英语和其他知识，以及不让印第安女子在未成年时就沦为妻子和母亲。我想知道奎格莉是如何理解寄宿学校政策中教育的那一部分。

她说："印第安人有自己的教育体系，我们不需要别人的教育体系，它只会制造混乱和失衡。例如，我们知道哪些植物可以治疗疾病。在我们的语言里，每一种植物和每一个人体部位都有专门的叫法。我们懂得识别作物的耕种和收获时机，我们选择美洲野牛作为食物和衣服的材料来源。我们尊重土地，无论因为什么破土，我们都要有合适的理由，那些白人甚至不关心在哪里埋葬亡者，他们把遗体一葬就走了，甚至不会再回来。当拉科塔人埋葬亡者时，我们知道他们的灵魂已经启程，但依然会把埋葬肉身的地方视为神圣之地。"

从印第安人的语言和社会关系，奎格莉谈到了另一项在她看来和原住民寄宿学校政策存在相似性的政策，而且正发生在当下。

"在白人的语境里，孤儿指的是没有父母的人。在部落的体系里不存在孤儿的概念，如果我去世了，我的姐妹会取代我的位置，成为我孩子的母亲。如果孩子的父亲去世了,我的兄弟会扮演起父亲的角色。所以,部落里从不存在孤儿。然而在联邦政府和州的法规中,一旦孩子无法得到亲生父母的照料,就会被社工带走。所以很多情况下,由于社会失衡导致的毒品和酒精等成瘾性问题,很多印第安儿童会被社工从亲生父母身边带走,也不允许他们的亲生祖父母照料他们。社工会说我太老了,我的房子不够大,每一个孩子都必须有独立的卧室。这都是白人的思维。我从小就生长在一个多兄弟姐妹的家庭,家也不大,我的母亲会在床铺之间拉起一块帘子让我们拥有隐私,我们也由此学会尊重彼此。然而如今的白人法规轻而易举地就能把孩子带走,不让部落遵循自己的社会体系来照料他们,而让白人家庭收养他们。有的白人家庭本身就问题重重。这些印第安孩子不仅失去了语言和文化,也失去了作为家族一员那种亲密的感受。"

奎格莉提出的这个问题源于美国印第安事务局在一九五八年推出的"印第安领养计划"。当时美国社会已经开始对原住民寄宿学校政策的作用产生怀疑,主流舆论认为只有让白人家庭直接领养印第安儿童才是最佳解决之道。于是在美国儿童福利联盟的合力推动下,这项领养计划开启了把十六个西部州的印第安儿童送至东部白人家庭的新潮流。一时间,主流媒体上出现了许多展示白人家庭和印第安儿童幸福生活的照片和报道,还在文章后附上福利机构的地址和联系方式。福利院也会定期向目标群体投送印有待领养印第安儿童照片的目录,一些富裕的白人甚至会把领养印第安儿童当作一件非常时髦的事。

印第安事务局在一份发布于一九六六年的新闻稿中称,年龄在新生儿到十一岁之间的"小印第安人们"正为广大的美国人的生活和家庭带来光明。

为了把更多的印第安儿童送进福利院、纳入领养体系，美国各地的福利机构开始针对性地放低将儿童带离原生家庭的门槛，例如住所过于拥挤，主观认为监护人不称职，等等。始终没有一个官方数据显示到底有多少印第安儿童因为这个领养计划而被带离部落。总部位于马里兰州罗克维尔的非营利组织美国印第安人事务协会通过长期问卷调查得出估算，上世纪五十年代到七十年代的三十年里，百分之二十五至百分之三十五的印第安儿童通过各种途径被带离原生家庭。

七十年代初，大量原住民权益人士、部落首领和同盟发起抗议，一些部落代表为此前往纽约召开新闻发布会，曝光美国儿童福利联盟的行径。在舆论的压力下，美国国会开始对"印第安领养计划"展开调查。在公开听证会上，许多印第安女性讲述了自己还在怀孕时就有社工不断上门劝说她把新生儿交给更富裕的家庭领养，即使当她们得知自己的孩子在领养家庭中遭到虐待也无可奈何。在北达科他州，一些白人社工甚至在缺乏正当法律程序的情况下公然进入私人居所抢夺婴儿。最终，国会在一九七八年通过《印第安儿童福利法》，明确印第安儿童的监护纠纷需要法院和部落共同决定。

然而直到今天，这项联邦法案的落实情况并不乐观。在玫瑰花蕾保留地所处的南达科他州，印第安儿童占儿童总数不到百分之九，但在寄养系统中的比例超过百分之五十，这意味着一个印第安儿童被寄养的可能性是白人儿童的十一倍。目前南达科他州年均有七百多个印第安儿童被划入寄养系统，其中九成被白人家庭领养。

奎格莉说："部落几乎每时每刻都要介入儿童监护权的纠纷，我们为此聘请了一些律师，但条条框框太多了，很容易碰壁。假设今天一个白人儿童的父母不具备监护能力或者去世了，他的祖父母很容易就获得监护权。"

即使是具有进步意义的《印第安儿童福利法》也存在被撤销的危险。二〇一八年，美国地区法院第五巡回法庭宣布《印第安儿童福利法》违宪，认为它违背了种族平等，将部落的利益置于儿童之上。虽然美国最高法院于二〇二三年六月裁定保留该联邦法令，但在意见书中表示"问题是复杂的"，而且大法官之间对这个决定也有不同的看法。在当下种族矛盾日益激化的美国，法令的反对者随时可能展开新的进攻。

交谈过程中，我向奎格莉讲述自己在内布拉斯加州的见闻，包括那块谜一般的墓地。也许她能回忆一下卡莱尔的遗骸埋葬情况，或许能给建于同时代的热内亚学校提供一些灵感。

她说："在卡莱尔，学生的遗骨十分凌乱，因为他们是从另外一块墓地迁到现在的位置的。不过我们怀疑在这之前可能又被挪动过一次，因为考古专家在学生的墓穴中发现了一根动物的骨头。要知道校园旧址内曾经存在一块被叫作'印第安墓地'的埋葬点，就在农场的隔壁，那时候农场里的人经常会在墓地边上屠宰牲畜，骨头可能就是在那个时候混进去的。所以我们认为卡莱尔存在第三个原住民学生的墓地。"

这么看来，热内亚旧地图中标注的那块墓地可能在当时就已经被挪动了，而且不止一次，甚至可能离考古专家寻找的位置相距甚远。

* * *

我们就这样聊了一个多小时。电来了，那两个年轻的印第安员工也结束午餐返回工位。奎格莉提到几个月后她可能前往芝加哥，当地的菲尔德自然历史博物馆邀请她为馆内的印第安文化展览担任顾问，我们相约有缘再见。

告辞前，我和她确认卡莱尔学生回迁遗骨的埋葬地。我知道他们被葬进了玫瑰花蕾部落的退伍军人墓园，但有了之前的教训，我不敢再轻易相信导航上任何关于保留地的信息。"很近！"奎格莉说，她先是口头向我描述着（先向北，再向东，再向北，会看见一个墓地，但不是那个，继续向前开），最后还是找了一张白纸，用蓝色的圆珠笔画了路线图。

那张简单的路线图发挥了巨大的作用。果然，玫瑰花蕾保留地里的墓地多极了，单是在81号国道上就有圣约翰墓地、钟雷圣心墓地、印第安传教墓地、耶稣圣体墓地等。而奎格莉所谓的"近"实际上是一段四十公里的车程，即使一路没有红绿灯，也开了将近半个小时。

如果没有入口处一座由四根高大木柱支起的印第安帐篷造型的拱门，你可能会以为来到了一个年久失修的高尔夫球场。玫瑰花蕾苏族退伍军人墓地竣工于二〇一三年，根据一块铜牌上烫着的金字，这里埋葬着斯坎固族的美军退伍人员。"请保持安静和尊重,这里安息着我们的战士。"

实际上,发出任何一丝喧哗都是不可能的。从南边吹来的持续不断的大风吞噬了所有的声音,包括自己的脚步。我远远地看见几排整齐的白色墓碑,一直走到跟前时才发现这些墓主都是在千禧年后才去世的,有的就在几年前。我又走向另一个墓群,也是同样的情形。我心想,生者的居所容易迷失,难道亡者的殿堂也这般难以找寻?

就在这时,几个黑色的小点串成一条短短的直线浮现在墓群之外的草场上。我向那个方向跑去,这是我所剩无几的希望。

那是五个只比脚踝高出一小截的黑牌子,牌面上镶嵌着白纸,印着墓主的英文名和拉科塔语名,还有一百多年前的出生和死亡日期。奎格莉说过其他几个学生的遗骨已经被亲属领走埋在自家的墓地里。

才不过一个多月的风吹日晒,墓地的土就已经干枯龟裂,有的还出现了轻微的塌方。每个黑牌子边都放着一个玻璃瓶,里面插着的花草已经完全干枯了,只有瓶身上系着的绸布黄菊花鲜艳得像一个句号。

* * *

二月的奥马哈是我去过最冷的地方。有一晚我搭车去市中心一家餐厅,饭后想到走回酒店只需要十几分钟,便决定不再叫车。当时我穿着全套的保暖内衣,又套上了最厚的羽绒服,但走到一半时就后悔了。在体感温度只有零下三十多摄氏度的街头,我感觉胸口缩成一个拳头那么大,心脏已经悬在嗓子眼,再一个趔趄就会掉出来。那一小段路似乎有一个世纪那么漫长。

这样残酷的冬季曾经冻死过美国最有恒心的一批西部拓荒者。从酒店房间擦洗得很干净的窗玻璃向外望,能看见奥马哈拓荒者勇气公园里的一组巨型铜像群:那些比真人大了许多的牛仔们潇洒地骑着马、赶着载满行李的马车,身着及踝长裙的女眷和天真浪漫的孩童们跟在后头,手里拿着刚刚摘下的野花,甚至连天性暴躁的美洲野牛都在他们的驯化之下变成了运输工具。这一个由第一国民银行重金打造的城市形象显然出于政治的目的过于浪漫化了,完全忽略了(也许是有意的)这段路途的艰险。

内布拉斯加州是西进运动主干线"俄勒冈小径"的必经之地,在十九世纪中期的二十年间,有超过六十万拓荒者穿越内布拉斯加州。然而并不是所有心怀希望的人都抵达了目的地。"每十个踏上西行的拓荒者中就有一个死于半途。"美国内政土地管理局在官方网站上写道。奥马哈北区就坐落着一座百年墓园,埋葬着将近四百个因为严冬而未能成功穿越内布拉斯加州的摩门教拓荒者。

选择在一个最不适宜出行的季节回到内布拉斯加州是为了追踪热内亚寄宿学校的寻墓进展。过去几个月,州印第安事务委员会聘请州历史学会前往热内亚,首次对疑似存在墓地的区域进行勘查。我在网上找到了历史学会的主任罗伯·博泽尔的联系方式,给他写了一封邮件,希望能尽快在奥马哈和他见一面。他很快回复了,并发来了地址。

天阴沉沉的,天气预报显示当日有雪。那个地址离市中心不远,是一栋美国工匠风格的墨绿色独栋房子。开门的是博泽尔,他看上去六十多岁,光头,花白的山羊胡很久没有修剪了,套着一件灰色的毛衣,真人比那些风餐露宿的工作照显得温和许多。他领我进门,客厅窗户的竹帘子都放下来,显得十分阴暗。沙发上卧躺着一个和他年纪差不多大的女性,还盖着一条毯子,时不时咳嗽几声。我和她打了声招呼。"她病了,"博泽尔轻描淡写地说,"我们就在旁边的饭桌上聊?"

我猜她可能得了新冠,正在康复中。我打量着这个地方。我无法通过博泽尔的语气判断这里是否就是他的家,就如同我无法判断他们两人的关系一样。客厅直接通向餐厅,只是用一扇拱门作隔断,拱门的同一侧挖出两个小的拱形窗。躺在沙发上的病人能透过窗台看见我们的一举一动。餐厅是明亮的,百叶窗被调到了光线正好能射进来的角度,浅黄色的墙壁上零星悬挂着一些美国西南风格的装饰品和画。

我们坐在一张餐桌边,博泽尔取出一叠事先打印好的文件。他是土生土长的奥马哈人,上世纪八十年代在内布拉斯加州大学林肯分校拿到了考古专业的本科和硕士学位,之后一直没有离开过内布拉斯加州。他做过很长一段时间的高速公路考古,每当施工人员在作业工程中有所发现,他就会赶往现场勘查,并将文物妥善转移。这个流程是内布拉斯加州议会在一九五九年制定的,在热内亚水渠兴建的上世纪三十年代还没有严格的要求。

我想知道他是什么时候接手这个工作的。

"大约是一年前冬春交际的时候,内布拉斯加州大学的玛格丽特·雅各布丝教授联系我,想知道历史学会是否有任何关于热内亚印第安墓地的文献或文物,比如说墓碑、地图或者其他什么证物。

我很仔细地查找了一遍，但一无所获。一开始我对雅各布丝的研究并不了解，她便向我简要介绍了情况。于是我建议如果她知道墓地可能存在的位置，可以通过探地雷达的方法来寻找。我就是在这个时候加入的，在二〇二一年的夏天和秋天去热内亚寻墓。"

"你感到意外吗？"我问，"历史学会竟然没有任何相关文献。"

他摇摇头。"真正让我感到惊讶的是印第安事务局和其他联邦机构竟然没有任何关于墓地的记录。我们唯一的线索只有一张一百多年前的地图，而且那张地图上只标注着'墓地'，甚至都没有说是原住民学校的墓地，虽然它就在校园的范围内，所以很多时候我们只能靠联想和猜测。"

"热内亚校友会的牵头人南希·卡尔森和我提过，校园附近还有一些退伍军人的墓地。"

"这是其中一个干扰因素，除此之外，寄宿学校关闭后，同样的位置建起了一所州立监狱和劳教营，所以肯定也存在犯人的墓地，而且一般像这种早期的中西部殖民聚集地也会有零星的墓地。"

"能告诉我使用的是什么勘查设备吗？"

"我们使用的是探地雷达技术，这种雷达主要用在考古和地质研究上，可以很精确地检测出土壤的压实度。举例说，当你在地上挖一个坑，然后放入棺材，再重新填上土，这个位置的土壤就比周围没有被动过的土壤更松。这种雷达能非常敏感地捕捉到压实度的细微区别。从外观上看，设备像是一台除草机，有一台带轮的小车装着雷达。操作人员需要沿着一条直线推动它，每半米为单位探测地面下的情况，实时把数据收集起来。然而当下是看不到结果的，我们的分析员会把所有的数据导入电脑中，然后施加一点魔法,利用编程和制图软件来查看探地雷达经过的区域是否存在墓穴或者类似的痕迹,我们称之为'异常现象'。它有可能是一根金属或水泥,但墓穴有非常明显的特征。"

博泽尔从放在餐桌上的那叠纸中取出一张印着黑白纹路的纸,有点像超声波的照片。"过于复杂的高频电磁波原理我就不介绍了,如果探地雷达检测到疑似墓穴,雷达图像会显示出规律性向上凸起的箭头;如果是群墓,箭头还会水平分布。"当他确定我能看懂图后,继续往下说道,"我们前后一共到当地勘查了四次,每次花费一整天的时间。你应该可以想象它是一件非常耗费时间的事情,我们首先需要把计划勘查的区域划分为更小的单位,然后装好机器,一步一步地推着雷达走。"

"你收到了热内亚的雷达图像了吗?"我问。

"我这几天刚收到!"博泽尔又抽出一张纸,递给我。这一次的雷达图像是彩色的,在一片紫色的背景中,有一道夹杂着黄色、青绿色、红色和浅蓝色的光束水平穿过。"原理是一样的,你在距离地面一米以下的地方看到什么小箭头了吗?"

那片区域是一团深紫色,我想我明白了他的意思。

"结果让我非常失望!分析员没有发现任何异常,他看到了一些可能是垃圾或者水泥的掩埋物,但没有墓穴的丝毫痕迹。这个人在勘查墓穴方面有很丰富的经验,之前他分析过州首府林肯城外的一个早期拓荒者的墓地,所以他非常清楚在探地雷达的影像中墓穴应该是什么样子的。"

我想知道探地雷达勘查的是哪些区域,博泽尔给我一张热内亚的局部卫星图,我认出了南北走向的水渠和那条横穿而过的铁轨。在卫星图上标注着十二个矩形的格子，从 A 到 L 分别用英文字母命名它们。所有的格子都在铁轨的南侧（有些在水渠的西畔，有些在东畔），还有三个格子在更往东的农田边上。

"是出于什么考量把这个可疑的区域划分为十二块？"我问。

"我们绕开了水渠、铁路、农田和私人用地的围栏，毕竟不能在水底和铁轨下使用探地雷达。"他停顿了一下，仿佛想起什么，"不过铁轨在墓地出现时就已经存在了，所以干扰不大。为了操作更便利，一般会把区域划为方形或三角形，而不是随机选取路线。"

"从一个考古专家的角度看，你的结论是什么？"

"总体来说有两个可能性，"博泽尔一边思索一边说，"一是我们一开始就找错了地方，或者地图根本就标错了。二是地方是对的，但墓地已经被破坏或者埋在更深的地下。"他解释道："假设水渠的路线正好经过墓地，它大概率就被破坏了。或者，水渠刚好避开了墓地，但兴建水渠而挖出大量的土被直接堆在渠道的两侧，导致墓穴比我们想象中埋得更深，而探地雷达无法探测到距离地表九米的距离。"

"你之前经手过类似的勘探项目？"

"在调查热内亚的同一个时段，我们对奥马哈城一座十九世纪四十年代的摩门教徒坟墓使用了探地雷达。这些摩门教徒当时从伊利诺伊州迁徙到犹他州，一部分人在途经奥马哈城北部的时候死于霍乱或其他冬季严寒天气引发的疾病，被埋葬在城里的一座墓园里，还立了一块纪念碑。这几年墓园计划重建，所以希望我们能够使用探地雷达技术识别出坟墓的具体情况。我们成功发现了十到十二座坟墓，雷达影像所呈现的就是典型的墓穴特征，一个接着一个。我们也用同样的技术勘查过高速公路拓宽工程中遇到的拓荒者坟墓。"

"接下来有什么打算？"

"有一个来自艾奥瓦州的人训练了一群寻尸犬，他经常和执法部门合作寻找尸体或者失踪人口。他坚信自己的寻尸犬能够嗅探出古代遗骸。我半信半疑，因为这种方法在考古界存在很多争论。我知道他和一些考古学家合作过，也和他们中的一些人取得联系，反馈还是好的。"他语气一转，"不过我刚刚退休了！我把这些信息都发给了我的继任者大卫·威廉姆斯和内布拉斯加州原住民事务委员会主任朱迪·卡亚施基波斯。如果他们决定使用寻尸犬也无妨。"

雪一直到当天下午才落下，但不大。拓荒者勇气公园的铜像上覆盖着一层薄薄的雪花，风一吹就落到脚边，也没有融化开，犹如拆开新冰箱时从防撞泡沫片刮下的白色颗粒。

* * *

夜里又下了一点小雪，隔天上午终于放晴。阳光制造了一种温暖的错觉，但其实依旧很冷。我从奥马哈前往一个多小时车程外的林肯，我总以为这座州首府城市如同它的名字一样是一个官府味很重的地方（同类城市可见堪萨斯州的托皮卡、伊利诺伊州的斯普林菲尔德），没想到它其实是一座弥漫着文化气息的大学城，街头能看见许多书店、餐厅和酒吧，套着大学运动衫的年轻人一点也不怕冷，胸前和书包上印着红色字母"N"，那是内布拉斯州大学的校标。

玛格丽特·雅各布丝教授就在此任教，她的团队不久前公布了最新研究成果，将热内亚原住民学校的死亡学生数量从最初的十九名提高到至少八十七名。新添加的死亡案例来自旧的档案和报刊。

但我并不是为此而来。二〇二一年七月，由美国首位原住民部长德布·哈兰德领导的美国内政部宣布将调查寄宿学校政策的实情，并将在二〇二二年四月前发布详细的书面调查报告，这份历史性的报告会涵盖寄宿学校去世学生的身份和遗骸埋葬地点。此时距离拟定的报告发布时间不到两个月，作为数百所原住民寄宿学校中具有代表性的热内亚因寻墓失败而面临一个巨大的问号，其他学校旧址也有各自的困境。

驻外记者总是很被动地（也很自然地）接受常驻国政府一份又一份的报告，大力宣介也好，严格审视也罢，很难有机会在报告出炉前就深入其中，因此失去了一种类似于第一人称的视角，更像是在写褒贬难辨的影评。然而我在原住民寄宿学校这个选题上花费的时间和精力已经很难置身事外，跟随它的进展前往美国各地已经不能只用职业素养来解释，我想要知道接下来发生了什么，这种持续的好奇心已经变成一种惯性。

我来林肯是为了见内布拉斯加州的原住民事务委员会主任朱迪·卡亚施基波斯。我在去年初夏刚听说热内亚的时候就知道这个名字。无论是南希·卡尔森的校友活动，还是玛格丽特·雅各布丝教授的学术调查，又或者是罗伯·博泽尔的考古勘探，都是由卡亚施基波斯在州政府层面为他们背书。而她自己是庞卡族，她的母亲就曾经就读于热内亚原住民寄宿学校。

和卡亚施基波斯约见面并不容易,甚至差一点无法成行。我一开始先和她的办公室取得联系,负责外联的白人女秘书非常拖拉,即使到了原定见面时间前的最后一个工作日还没有准信,最后我只能越过她直接写信给卡亚施基波斯(也许我一开始就应该这么做),最终敲定了时间。

内布拉斯加州议会大厦是一栋相当壮观的哥特复兴式建筑,用印第安纳石灰石砌成的百米塔楼犹如一根针般扎入天际。当年来自纽约的建筑师曾说他希望这栋建筑像是灯塔,这个目标无论在视觉上还是在意象上,应该都实现了。我远在几十公里外就能看见塔尖的金色穹顶,而它也是全美国第二高的议会大厦,位居榜首的路易斯安那州议会大厦当年就是以它为竞争目标,生生地多建出了二十米。

然而当我从平时对员工和外来访客开放的一个过于狭小的侧门走进大厦时,立刻感受到一种类似于宗教场所的神秘和压抑。昏暗的一层大堂像是迷宫一般,每走几步就会出现通向不同方向的或直线或曲线的廊道,交会处常常出现镶嵌在石壁上的圣水盆。议会大厦的前台在一楼的正中央,那里有一片淡绿色的穹顶天花板,比中世纪火把还暗的照明灯是唯一的光线来源,时不时有一群人如同鸟群一般经过,在光滑的大理石地面上留下清脆的足音和细细长长的影子。

我向前台一个戴着黑色口罩的年轻女孩说明了来意,她很熟练地在电话机上拨通了一个号码,然后让我在一旁稍等片刻,马上会有人下楼来接我。

一个金头发的中年白人出现了，是卡亚施基波斯的副手，名叫斯考特。他长得高大，却有一张娃娃脸，让我想起美剧侦探片里那些心地善良但又有些滑稽的警探助手角色。后来据他自己说，他的上一份工作就是在狱警系统，不过做的是文书工作。

我们挤进一部面积很小的电梯，原住民事务委员会的办公室在塔楼的六层。斯考特领我走进一间光线极其充沛的细长型办公室，卡亚施基波斯迎面走来。她长得很美，黑色的披肩长发，深色的皮肤，画着淡妆，穿着一件摇曳的黑色长连身裙。我很自然地以为她只有五十出头，直到她几次提起自己的孙子，才知道她竟然已经六十九岁了。

卡亚施基波斯十分热情地招呼我，临时兴起说要带我去和参议员帕蒂·布鲁克斯见一面，正是这个议员推动州议会通过提案，将每年的二月二十日定为热内亚原住民寄宿学校纪念日。看见我没有反对，她立刻拿起手机拨通了电话。

"参议员去参加十一点的议会投票了，"卡亚施基波斯急匆匆地说，"那我们直接去西议事堂找她。"

她领着我搭同一部电梯下楼，身姿轻盈地从一条长廊绕到另一条长廊。眼前的天花板突然抬高，我们来到一个金碧辉煌的大厅，粉红色纹路的圆石柱矗立在角落里，大理石地板上是一幅幅神话人物和动物的图案。一大群西装革履的白人等候在一面刻有印第安人像的鲜艳壁画旁（我后来才发现那其实是两扇紧闭的木门），透过他们面前的玻璃门能够看见富丽堂皇的西议事堂，那是内布拉斯加州的议员发表演讲和投票的场所。

"如果是法令就必须举行听证会，而决议不一定需要。"卡亚施基波斯压低声音,"当提议热内亚原住民寄宿学校纪念日的时候,我们本来担心会有反对的声音,但布鲁克斯议员私下向其他州议员游说,向他们讲述热内亚的故事。很多议员都很惊讶,承认自己从来没有听说过这所学校。她最终劝说超过三十个州议员在决议上签名,让决议在州议会通过。"

卡亚施基波斯神情自若地走过人群,推开玻璃门进入会场,我在外面等她。

内布拉斯加州是全美国唯一一个采用一院制的州,所有议员统称为"参议员"。除了议会外,州长办公室、州最高法院、州上诉法院都在这栋大厦里。

我最后是在布鲁克斯议员的办公室见到她的,一个留着干练短发的六十多岁白人女子(外貌和年龄很相衬),画着精致的妆,微微凸起的颧骨让她的脸庞略显男性化。那是一间独立办公室(她的下属们都坐在门外的一个开放办公室里),桌上放着一块刻有她职务和选区的名牌,四周放着许多印第安元素的装饰品。她拿下贴着水钻的黑色口罩。我不知道要和她聊些什么,就问为什么决定把二月二十日作为纪念日。她支支吾吾地说不出来,目光寻找着同处一室的卡亚施基波斯。我于是又勉强聊了几句,起身离开。

在电梯间的时候,她突然又说:"你想去见一下州长吗?他这时候肯定就在办公室!"

"会不会不方便?"

"我不介意带着一个记者去'突袭'他。"她并不像在开玩笑。

"下次吧。"我说。

* * *

卡亚施基波斯从一九九五年就开始担任现在的职务了,这不是一个民选的官职,需要由内布拉斯加州内联邦承认的印第安部落和州政府共同任命。它意味着她不仅需要代表部落在州政府内争取权利,让议会和州长听见部落人民的声音,同时也要敢于和华盛顿的联邦机构周旋。卡亚施基波斯显然是这个职务的完美人选,做事雷厉风行,而且善于社交(她曾经是一九七三年"内布拉斯加之地选美比赛"的冠军)。我和她刚见面不到一个小时,就已经能深深地感受到这些特质。

"我最早的工作就和部落遗骨回迁有关,那时候庞卡族的部落重新获得联邦政府的承认。"卡亚施基波斯说,"但这一次相当不同,我不仅需要寻找遗骨,而且这些遗骨还属于一群孩子,甚至是我母亲的同窗校友。"

我们回到六楼那间狭长的办公室,从百叶窗可以看见停在议会大厦外的汽车,一辆接着一辆,把大厦周边道路两侧的空位都占满了。无论多么杰出的建筑师似乎总是轻视了人类的繁衍速度,即使是设计出一整个新首都的奥斯卡·尼迈耶,也常被后人抱怨给巴西利亚的行政区安排了太少的停车位。同样的问题也出现在林肯,为了寻找停车的地方,我不得不绕议会大厦几周,最后还是被迫把车停在了几条街之外的地方。

办公室的暖气机发出轻微但不间断的声响,像是有一双手捂着我们的耳朵。我讲述自己前一天拜访过罗伯·博泽尔,已经了解首次勘探的结果,想知道下一步她打算怎么做。

卡亚施基波斯说:"我们会继续寻找这些孩子,不能就这么停下来。当年学校的面积超过六百多公顷,而我们只勘查了不到五公顷的土地。假设这一百多个孩子是白人,那么白人群体肯定也不会善罢甘休。最近一段时间,很多人联系到我们的办公室,希望能够提供资金支持。也有很多人出谋划策,想出各种方法来寻找遗骨。接下来我们可能会用嗅探犬或更先进的设备。不久前,我联系了内布拉斯加州历史学会刚上任的负责人大卫·威廉姆斯,我们达成共识,将保证这个勘探项目拥有充足的资金,从州政府的预算里获得经费,而不需要完全通过联邦政府的《原住民墓葬保护和返还法》。我们也可以申请补助金,再不行就自筹,当然我希望不会走到那一步。"

"你还是有把握找到墓地吗?"

"说实话,我依然十分有信心。我只是担心孩子们的遗骨可能没有被存放在各自的棺材里。"她解释说,"根据一些人的回忆,早期寄宿学校的学生甚至需要为去世的同学做棺材。如果遗体被装在棺材里,遗骨就能够保留完好,只是不会有任何的印第安葬品,因为那些孩童的印第安饰品早在入学时就连同他们的信仰一样被丢弃了。因此我们很可能无法借助任何物品来辨别遗骨的身份。不过这已经是最乐观的结果了。我觉得更有可能的情况是,墓地是一个乱葬岗,人死了,校方就把尸体扔进去,用土埋好。周而复始。如果是这样,将很难判断哪一具遗骨属于谁。我们也许需要提取DNA。即使我们能够辨别遗骨的身份,要把这一百多具儿童的遗骨回迁到各自的部落,也将是一项十分艰巨的工作。"

我想让卡亚施基波斯聊聊她和内政部沟通的过程。我能察觉到她对这个话题有些警惕。

"关于这个议题,去年十二月我和德布·哈兰德部长的副手们举行过一次电话会议,会议上提到过内政部和州政府层面潜在的合作模式,当时我和其他州的原住民事务委员会都提交了自己手头的材料,但之后他们就再也没有和我联系过。"

"你后来主动联系过内政部吗?"

"是。我给他们发了邮件,询问进展。就在这一周,我再一次联系了部长助理,说时间紧迫,我们需要做些什么,但依旧没有回音。"

"十二月的那次电话会议给你留下什么印象?"

"我觉得内政部的人并不真正清楚这个议题涉及的规模和复杂性。你知道,全美国曾经有数百所原住民寄宿学校,而且每一所都有独特的情况。以热内亚为例,我们的校友基金会已经创建了三十多年,我们的数字化和解项目在几年前就启动了,我们已经知道了一部分去世学生的名字和死因。可以说我们已经领先了,唯独还没找到墓地。有的州和我们的情况相反,他们知道寄宿学校的墓地在哪里,但不知道墓中人的身份。例如在内华达州的斯图尔特原住民学校,由于多年前印第安事务局和校方直接签署过一份备忘录,导致内华达州的原住民委员会无法获得去世学生的档案。在同一场电话会议上,他们的主任也参加了,她要求内政部在这个问题上给予协助,但似乎也没有回音。"

我快速地在笔记本上写下"内华达"和"斯图尔特"。卡亚施基波斯似乎觉得先前的话有些不妥,于是马上补充道:"但内政部的心思在正确的轨道上,只是美国是一个面积很大的国家。我相信开办寄宿学校的目的是为了盗走印第安人的土地,"她悄悄地从原来的话题转移开,"先把印第安儿童从部落中带走,让家庭支离破碎,破坏语言和文化,儿童长大后就不会回到部落。即使回来也已经物是人非。"

卡亚施基波斯的不安愈发明显,她开始强调自己愿意帮助内政部,尤其是同为原住民的哈兰德部长。我不想让她对我心生戒备,就没有继续延续这个话题。

我说起前一年夏天在丹佛认识的寄宿学校幸存者贝茨·史密斯,尤其是她在钢琴课上的遭遇。

卡亚施基波斯说:"一年多前,我对数字化和解项目的研究员们提出问题:'你们会追踪学生自杀的案例吗?你们会追踪性侵犯或者性剥削的案例吗?'他们回答说并没有。我说,我们应该优先调查热内亚学校内的自杀或者他杀事件。你可以去查阅学生的死亡记录,有些非常令人生疑。例如有的记录描述死者的颈部严重受损,很难不让人怀疑可能是被吊死或者被误杀的。还有学生的死因是吞食了太多糖果,你不觉得很荒谬吗?另外,我也绝对相信热内亚学校出现过男女学生遭到性侵犯的事件。每逢夏天,当地的白人家庭和农庄都会从学校领走一些印第安学生去为他们打扫卫生、洗衣服、烤面包或者去田里干农活,很容易有机会对我们的孩子下手。这些都被卷入了黑暗的历史中。要问责具体的人或者集体为时过晚,但至少让这段历史曝光于世,让世人知道这种事曾经发生在我们的孩子身上。当社会了解了真实的历史后,对每个人都是有益的,它既治愈过去,也治愈将来,因为相同的事情将很难在人们有意识的情况下重演。"

在美国一些州，向历史或者社会政策受害者赔偿是一个类似于潮流一样的话题。加州甚至在州长加文·纽森的支持下成立了黑人赔偿特别工作组。我想知道卡亚施基波斯对于原住民寄宿学校幸存者的赔偿问题是怎么看的。

"坦诚说，我还没有听过任何寄宿学校幸存者或者他们的后人讨论过求偿的话题。我担心它可能会引起主流社会的反感，因为没有人想要被这种拖欠的感觉所劫持。当然我不能代表所有人，也许有些人不这么认为。热内亚校友基金会只有很少的经费，都是用每人十美元的会费攒起来的。如果墓地被找到了，我们需要钱将他们的遗骨送回部落，如果我们决定建一座纪念碑，也需要资金。然而钱不是问题的关键，人们追求真相和讲述真相的愿望才是关键，而这正是当下美国的难处。国家非常分裂，这里的人不想要讨论真相。对人们来说，批评其他国家很容易，像是德国，以及希特勒的所作所为，但要承认他们在自己国土上犯下的错却很难。我们没有办法像其他生活在美国的民族一样可以回到大洋之外的故土重新学习语言和文化，因为这块大陆就是我们的故土。"

"可是你希望联邦政府会有什么更实质的举动吗？"我问，"除了公布调查报告。"

她显然仔细考虑过这个问题，毫不犹豫地回答道："我有一些方案，我们可以要求联邦政府加大对印第安语言复兴项目的投资，寄宿学校夺走了印第安人的语言，所以在印第安人的领地里都应该推广语言沉浸式项目。另一个建议则是在精神健康领域，寄宿学校政策造成了代际创伤，在内布拉斯加州一些年轻人因为过往的痛苦经历选择自缢，他们把这个决定解释为将生命归还回去。

我们是这块土地最早的居民,如今却受到最糟的对待,所以必须有一批联邦经费投入到美国公共卫生署内设的印第安人健康服务局。"

卡亚施基波斯和我说起她的母亲埃莉诺,一个庞卡族女子,却被寄宿学校取了个美国最著名的第一夫人埃莉诺·罗斯福的名字。年幼时埃莉诺和另外两个姐妹就从密苏里河畔的一个印第安村落被送到热内亚,上午学习英语和算术,下午学习烹饪。

这段寄宿学校经历是如何影响埃莉诺后来的人生呢?

"就和这世间所有的事物一样,有积极的,也有消极的。"卡亚施基波斯说,"她在热内亚学到了一手好厨艺,这项技能养活了我们十个兄弟姐妹。即使在去世的前几天,她还在烤面包。她通过食物表达对我们的爱,所以我、我的女儿和孙儿们都热爱美食。但是,我的母亲不会说部落的语言,因为她没有机会和自己的父母学习语言,这对她来说是一个很大的损失,可以说是一种文化伤害。我的外祖母就不同,她是桑蒂族,小时候在桑蒂部落保留地内的走读学校上学,每天晚上都能见到父母。"

埃莉诺的另外两个同胞姐妹呢?和她一起在热内亚上学的那两个。

"她们的遭遇就悲惨多了,"卡亚施基波斯的声音沉了下来,"一个姨妈进了疯人院,一辈子住在里面。我常想着这是否和她在热内亚遭遇了精神创伤有关。她没有结婚,也没有孩子。我想起就很难过,非常难过。另外一个姨妈在三十二岁那年得了结核病去世了。"

不知为何,当卡亚施基波斯在讲述家族女性的经历时,我的脑海中一直浮现出贝茨的脸,她说自己抓住人生中的每一个机会,所以幸存了下来。

和卡亚施基波斯聊天很愉快,她有一种充满斗志却又不会过于咄咄逼人的气质,让我觉得生活是充满希望的,每个人都应该去争取点什么。

后来的一年多时间里,我和卡亚施基波斯经常通邮件,有时只是简单几句话,关于热内亚调查的进展,但一直没有断掉联系。

临别时,她坚持让副手斯考特带我去几条街外的广场上看新落成不久的苏珊·拉夫莱斯·皮科特铜像,这位在一百多年前离世的女医生是公认的美国原住民中成为医生的第一人。我穿上羽绒服、戴上绒帽和厚手套。重回寒冷的街头让我打了好几个寒颤,只披着一条薄披肩的皮科特医生提着药箱,似乎完全感觉不到寒冷。

* * *

三月份我去了一趟华盛顿。中西部依然冰天雪地,但这个位于波多马克河边上的"小镇"已经暖和起来了,穿着运动短裤的年轻小伙们(多月没见阳光的大白腿十分碍眼)从国会山一侧带着点坡度的林道里跑过,很快消失在树丛中。

国家广场东南侧一栋外形如同被风和水侵蚀过的巨大岩石的建筑是美国印第安人国家博物馆。我特意找时间去里面转了一圈,偌大的展馆里和原住民寄宿学校相关的展品只有一件卡莱尔学校的旧校服(也许是仿造品),一旁的展板上除了几句简单的介绍外剩下一大片空白（如果这不是出于排版美观的目的，只能理解为策展人在这个选题上没有太多的话可说）。

整个四月里，我每天都点开一次内政部的官网，始终没看到允诺的报告。美国媒体毫不关心，我怀疑他们早就忘了这件事。

卡亚施基波斯曾经和我提过，当热内亚去世学生名单更新后，她的办公室书面通知了每一个热内亚去世学生所属的部落，告知他们孩子的姓名。黑脚原住民保留地的部落首领特意向她发了一封致谢函，因为名单中有三人来自黑脚部落，是两个女孩和一个男孩。我想起在热内亚校友会上偶遇的吉勒姆夫妇，这会是他们一直在寻找的消息吗？

我拨通他们留给我的手机号码，接视频电话的是丈夫格雷格。

"我当然记得你。"他愉快地说，"你好吗？"

格雷格的模样没有发生变化，他似乎坐在厨房的餐桌旁。我这一次特别问了他的职业，他是部落的警察，但刚退休不久。

"调查的确有了进展！"格雷格隔着屏幕说，"还记得我的叔公丹尼尔吗？在打拳击时心脏突然停了的那个。我们后来找到一份报纸，说他的遗体当时已经运回了蒙大拿州，不过还不知道埋在了哪里，总之不在热内亚了。"

"莱丝丽祖母的姐姐呢？"我问，"她好像叫爱丽丝。"

"没错，是爱丽丝。我们找到了她的死亡证明，是在校园里去世的，死因是败血症，除此之外没有更多的细节。"他遗憾地说，"还需要继续寻找。"

我为他们的新发现而高兴，无论多么微小，但一直向前。我让他替我向莱丝丽问好。

五月中旬，内政部终于发布了调查报告。和我预期的一样，它更像是一份综述性质的东西，全都是已知的内容，而新的调查一个也没有。内政部解释说，接下来还会陆续发布新的调查。

* * *

第二年夏天，我没有重回热内亚的校友会，而是一路向东前往密歇根州。

内政部开启了一场名为"治愈之路"的全国巡回听证会，在为期一年的时间里和各地的原住民寄宿学校幸存者见面。密歇根州的佩尔斯顿是其中一站，部长德布·哈兰德也会到场。

听证会的举办日期日渐临近，但内政部的网页上却始终没有公布会场地址，只是提醒想要参加的记者必须提前注册报名。我向内政部的媒体处发了一封邮件，但到了临行前也没有收到确认的回复。

佩尔斯顿距离芝加哥六小时车程，我原计划做一趟跨州公路旅行，但最后还是决定飞到佩尔斯顿附近的特拉弗斯城。此时正值盛夏，这个被称为"世界樱桃之都"的湖滨小镇迎来了一年中的旅游旺季，游客在商店里试吃你能够想象到的任何一种用樱桃做的食品，樱桃巧克力、樱桃啤酒，甚至樱桃甜辣酱。从这里沿着密歇根湖继续向前，几乎每隔十几公里就会塞一次车，大多是因为路两侧的旅游商业区为了增加客流量而设置了过多的红绿灯。最久的一次则是为了等待几艘船从密歇根湖驶入内港，一直到桥降下来后才恢复通车。

途中，我在另一座湖滨小城佩托斯基稍作停留。咖啡厅旁的书店用一整个书柜放置海明威的小说。在我的旅行经验中，这种勋章一般的现象通常只出现在名作家的故乡或者发家之地，例如密西西比州的牛津之于威廉·福克纳，缅因州的班固之于斯蒂芬·金。我向书店的伙计打探了才知道，孩童时代的海明威曾经和家人在此度过了许多个夏天，在他小说中经常能读到佩托斯基和附近的消暑胜地。

然而我的目的地很难发生海明威的故事，它太小了，连大文豪最短的故事都塞不进去。车刚开上佩尔斯顿的地界，我正左顾右盼，没想到唰的一下竟然就开过了。

在密歇根州的行政区划中，佩尔斯顿只是一个村，常住人口不到八百人。我安慰自己，只要隔天早一点到，总能摸索到听证会的会场。

当晚我在佩尔斯顿以北二十分钟车程的麦基诺城过夜，旅馆在休伦湖畔，虽然这里和密歇根湖属于同一个水系，但我总觉得休伦湖的颜色显得更浅。入夜后，有人在沙滩上点燃篝火，不远处的码头上准点放起烟花秀。喧嚣很快结束，正当我准备关灯就寝时，突然听到隔壁阳台一个小孩的喊声。"快看啊，那是太阳！"我拉开窗帘，看见一轮巨大的血红色圆月从湖面上升起，被红光照亮的波浪一阵一阵地向岸边涌来。那一瞬间我也有了错觉。

隔天一大早，我在佩尔斯顿的一家人满为患的早餐店用餐，打听到活动地址是佩尔斯顿小学，从餐厅开车过去只需要两分钟。

听证会办在学校的室内体育馆里，我赶到的时候才刚刚允许入场，停车场上能看见车门上印有部落名称和徽章的巴士，不同年龄段的部落女人穿着鲜艳的印第安风格布裙子，男人们则身穿好看的绣花衬衫。走廊上放着自助热咖啡机和矿泉水，负责登记签到的年轻白人干事坐在一张长桌边，我向他解释之前发过邮件。"在媒体签到簿上填写你的名字就行。"他不以为然地说。那张印着简单表格的白纸上空荡荡的，填在我前面的只有两家未曾听闻的当地媒体。"听证会开始后，媒体只能待第一个小时，之后就需要离开会场。"那人提醒我。

两个身穿橙色圆领衫和花布裙的印第安女人把守在场馆的入口，手里各自托着一个珍珠贝壳，里面放着点燃的圣草，每当有人走进，她们就摇动另一只手上的羽毛扇，让来宾在烟雾中穿过。没过多久，半个体育馆已经烟雾缭绕，还一度触发了火灾报警器。

这里在平时是佩尔斯顿公立学校体育队的训练场馆，墙上画着一只露出白牙的大黄蜂，那是他们的吉祥物，墙边还有比赛的得分牌。为了腾出场地，几座篮球框都被升起来了，木地板上放着一排又一排的折叠椅。

折叠椅很快被坐满。晚到的人就坐在两侧的看台上。除了部落来的人，人群中既有中学生模样的白人青少年，也有上了年纪的本地白人居民。

等所有人坐定后，德布·哈兰德入场了，这是我第一次看见她本人，她把黑色的长发绑成一个发髻，黑色正装外套里穿着一条花布长裙，走起路来一拐一拐。原来她的左脚受伤了，一只灰色的脚骨折护具从裙角露出来。跟在她身旁的是内政部印第安人事务助理秘书布赖恩·纽兰德，他是奥吉布瓦族，猫一样的眼睛，留着长发，相貌十分英俊，穿着一件绣有印第安图腾的黑衬衫。

主席台的一侧放着一面鼓，六个鼓手围绕它而坐，每人手持一根鼓槌，在得到指示后整齐地敲击起来。一开始节奏是缓慢的，其中一个鼓手口中轻哼着歌词，鼓点渐渐快了起来，高而尖的喊声从所有鼓手的嗓子中冲出，犹如上万匹马在旷野中奔驰。

我想这可能是一首流传较广的印第安曲子，在场的一些印第安人（包括纳瓦霍族的哈兰德）都随着节奏哼唱着。渥太华族小特拉弗斯湾部落是活动的承办方，鼓声中，部落的代表们手举星条旗和部落的旗帜一步一个停顿地走到人群的最前方。

哈兰德和纽兰德发表了简单的开场发言（先用自己部落的语言打招呼，接下来再用英文），纽兰德得到的掌声明显更热烈一点，这可能是因为他出生于密歇根州上半岛的契皮瓦县，离这里不远，参加这场听证会有一种回家的意味。他特别说明为了尊重寄宿学校幸存者和家属的隐私，现场的记者在一个小时后就会离开现场，这时所有人都扭头看向场边我身处的区域。

自由发言时间开始了，工作人员拿着话筒在观众席间徘徊着，角落里的速记员也准备就绪。一个块头很大、但坐着轮椅的白头发老人最先拿到话筒，他自称是密歇根州一个知名酋长的后人。老人让身旁的妻子（她全程都充满爱意地看着他）举着一份好几页长的讲稿，开始一字不落地念起来。虽然内容和原住民学校相关，但更像是一份介绍历史背景的材料。终于在他一口气念到第十六分钟时（周围的人已经流露出厌烦的神情，但出于尊重长者的角度保持沉默），纽兰德打断了他："为了让更多人获得发言的机会，我不得不请你暂停，你可以在会后把材料交给我们的工作人员。"

在经历了这个有些尴尬的插曲后，听证会终于变得顺畅起来。

现场的人一个接着一个举手，花上两三分钟的时间讲述自己的故事：有的回忆儿时在寄宿学校的痛苦经历，另一些更年轻的人则是分享寄宿学校如何塑造了父母孤僻固执的性格，从而影响自己的家庭关系，很多人感同身受地点头。

现场大多数人或者他们的父母曾就读于哈伯斯普林斯的圣童原住民学校，它是美国历史上办校时间最长的原住民寄宿学校，一直到一九八三年才正式关闭。那里距离佩尔斯顿半小时车程，所有的校舍在二〇〇八年被拆除，只剩下一道校门。由于学校的教会背景，幸存者的故事常常出现修女和神父的踪影。

五十九岁的艾文从他姐姐手中接过话筒，他在圣童原住民学校就读了六年。他人高马大，语气有些犹豫："我从小就是一个淘气的男孩，所以在寄宿学校里遭受了很多惩罚，但这些都抵不过被性侵的经历。当时学校里的一个修女总是私下'按摩'我的身体。我觉得挺舒服的，没什么问题，"他干笑了一声，"那一年我只有十二岁，直到长大后我才意识到那是什么。这件事影响了我的一生，我一直觉得自己怪怪的，有很强烈的羞耻感，直到现在也是。"现场鸦雀无声，周围的人瞪大了眼睛。仿佛为了缓解气氛，他故作轻松地说："当然也有好的一面，我学会了算术，我很擅长计算，字也写得很漂亮。"

另一个头发花白的印第安老太太站在人群前讲述自己年幼时遭到一个修女的羞辱和体罚（她至今不忘修女的名字）。她的语气越来越弱，身体开始颤抖，仿佛快要站不住了。一个活动志愿者（高大的印第安女人）安静地走到她的身后，伸出双手支撑住老太太的双臂。

除了伤感的往事，现场也不乏故人重逢的惊喜。这些充满人性的细节是听证会最打动我的地方。

中场休息时间到了，记者必须退出会场。但我并没有离开学校，而是一直等在走廊上。

直到上午的会程全部结束后，我重新走进体育馆。活动组织方搬出一块巨大的背板，想要和哈兰德合影的人排起了长队。内政部的干事看见我四处环顾，以为我也想拍照。"你可以去排队。"他们建议说。其实我正在找那几个给我留下深刻印象的发言者，想和他们私下聊一聊。

妮可在我的笔记本里被标记成"绿裙子"，她穿着黑色的刺绣上衣，一条网格状的黑披肩，齐刘海的黑色长发，那条长及脚踝的绿松色裙子显得尤其突出。听证会上她和女儿佩尔坐在体育馆另一侧的看台上，佩尔看上去不到十岁，脸颊上散落着细小雀斑，应该是混血儿。妮可握着话筒谈起自己和父母的关系，如同话剧舞台上一段自剖式的独白。

我在人群中找到穿绿裙子的妮可，她正准备带女儿离开。

"我来自渥太华族小特拉弗斯湾部落，现在住在密歇根州的东兰辛。"妮可的声音有一种强大的平静，"我的父母是在圣童原住民学校里认识的，当时他们只有九岁。我的母亲一生遭受精神疾病的困扰，她绝口不提内心的创伤，只是不停地吃药，大量的药，完全把希望寄托在药物上，最后导致肝脏严重受损而去世。我的父亲很年轻时就染上了严重的酒瘾，出于各种原因频繁入狱。他的腿在监狱里废了，丧失了行走的能力。我一直到很久以后才明白，他们的人生遭遇都源于童年时缺乏关爱，基础被破坏了。对于我们这些子女来说也极其痛苦,因为我们是这种代际创伤的目击者和承受者。我和妹妹,以及我的女儿唯一能够和这种制度性伤害做斗争的方法就是要捍卫部落的语言、生活方式和信仰,只有这样我们才不会被摧残。"

佩特西斯在我的笔记本里被标记成"哭泣的女人"(事实上,大多数发言的人都哭了)。她看上去接近六十岁,很活泼,是那种在一大堆陌生人中你会率先想要和她亲近的类型。"我其实出生在芝加哥,"当她得知我住在芝加哥时,略显兴奋地说,"但从小在佩托斯基长大。"

大约五岁那年,佩特西斯和她的弟弟被送到了圣童原住民学校,她说当时太小了,记不清入学时发生了什么,唯一的印象是剪头发,因为所有的孩子哭成一团。"修女们无止尽地吼我们、责备我们,每一天都是如此。"她伸出双手,指关节和手臂上浮现出白色的疤痕,"你看我的手,这些伤疤都是戒尺留下来的。我记得有一次在课上,可能是因为开小差,修女手上的尺子直接落下来,血溅得到处都是。好几次我可能因为违反校规,被修女们关进地下室的黑屋里,或者让我跪在一块地毯上,然后拿手巾猛地勒住我的脖子,这是寄宿学校惩罚学生的方式。我被勒过许多次,眼前一黑,一下子就晕过去了。"

佩特西斯和刚去世不久的丈夫相识于圣童原住民学校,后来结成伴侣,拥有子女。一年多前,丈夫突然问她,你还记得夜深人静时从集体寝室里传出的奇怪声音吗?她说隐约记得,怎么了?丈夫回答,那是学校里的神父和修女正在骚扰甚至强奸我们这些小男孩。我就是其中之一。直到这个时候,佩特西斯才想起这种事也发生在自己身上。

"有一天晚上,我正在熟睡时,突然惊醒了,因为有一个人压在我身上。那个黑影是一个大人的轮廓,他在我耳边说,如果你告诉别人,就再也见不到你的父母。"

她鼻头一酸,眼泪似乎就要流出来,但她努力镇定了一下,止住了。"我不想哭,因为我不想让我的女儿们觉得我不够坚强。很长一段时间里,她们都不知道这些事,直到有一回,我的老同学和她们偶然提起,我才一点一点地向她们透露过去的事。"她挤出一个笑容,"我在会上发言的时候整个人都在发抖,现在还有一点抖,因为要把这些回忆讲出来实在太难了。我经常问自己,你应该没事了吧,过去的事都过去了,但很多时候又不得不承认,童年的经历会对一个人的所思所为造成不可逆转的影响。"

我在离场的人群中寻找艾文,但他已经消失了。

雷吉娜·加斯科-本特利是渥太华族小特拉弗斯湾部落的首领(开场仪式中她是持旗人之一),大家都简称她为吉娜,一个留着宽刘海、身材高大的印第安女人。每当我向听证会现场的志愿者咨询一件事,他们总是说:"也许吉娜知道。"活动结束后,吉娜终于有时间和我聊聊天。我们坐在空无一人的校园食堂里,墙上是一幅幅七巧板图案的画。我说起之前不知道听证会的地址,这一路都是摸索而来。她解释说内政部一直找不到合适的场地,问了很多地方都没有成功,这所公立学校是唯一愿意接洽的地方。吉娜不是一个喜形于色的人,但临别前她淡淡地问我是否吃过饭,然后去厨房里给我拿了一盒工作午餐。

在接下来的一年里,内政部每隔两三个月就在不同的城市举行一场听证会。形式和流程十分雷同（好几次也不对外公布会址），唯一的区别是场地，如果得到了赞助，会场就会光鲜亮丽不少，反之亦然。有一回，听证会在北加州一个赌场酒店的宴会厅举办，还配有高档的自助早餐和午餐。我打听了才知道，那是得到了赌场老板（一个极其富有的印第安商人）的招待。会场走廊的玻璃墙外是酒店的露天泳池，穿着泳衣的白人男女们在水池边戏水、晒阳光浴，和室内的氛围形成鲜明的反差。

我相信倾诉和分享的力量，把心中的痛苦说出来，和周遭的人产生共鸣，无论对于诉说者，还是倾听者，都是疗愈的第一步。但与此同时，我又对这一系列的听证会产生了极大的疑惑，这些仪式感大于内容的活动更像是走走过场，它们对于改变现状究竟能起到什么具体的作用呢？

内政部一再强调他们会完整记录和整理听证会上的发言，做成口述历史的档案，但我总想起这一路上听到的对印第安事务局的抱怨，或许在向档案库塞进更多文字材料前，应该先花时间和精力，把杂乱无章的旧档案整理一下，让那些封尘许久或者散落遗失在角落里的原住民学生档案重见天日。

* * *

在北加州的那场听证会上，两鬓斑白的来宾们频繁地谈到一所叫作"斯图尔特"的学校。我觉得这个校名有些耳熟，便在笔记本上找了找。原来，它就是朱迪·卡亚施基波斯曾经提到的那所拥有学生墓地，却不知墓中学生身份的内华达州原住民学校。

一个来自卡赫托部落、名叫阿塔的老妇人回忆说,她刚到学校的第一天就被带到那块墓地边,有的坟前竖着小小的墓碑,但大多数什么都没有,埋的都是学校里的孩子。随行的牧师威胁她:"如果你没有按照我们说的做,就是自寻死路,下场就是这里!"她当时并不理解话中的含义,只觉得一股恨意涌上心头,转身朝牧师的胸口捶了一拳。"我的拳头撞到他胸口的金属十字架挂坠上,疼了很久。"

另一些人则用惊骇的语气描述教会的人如何把意外怀孕的印第安女学生的新生儿扔到墓地中。"一开始还能听见婴孩的哭声,后来声音渐渐弱了。过了一夜去看,附近的野狼已经把孩子叼走了,四处都是残碎的骨头。"

会后,我找到阿塔,希望她给我讲讲更多关于斯图尔特的事。她个头不高,头发松散地批在肩头,戴着一副珍珠贝壳的耳坠,说话中气十足。

"几个月前我刚去过一次,那是我离开学校那么多年后第一次回去。"她说,"开车途经卡森城的时候,同车的女伴说,快看,路标说城里有一座原住民学校的古迹。你知道这个地方吗?我说,我就是从里面出来的。于是我们决定绕道去看一眼。校园旧址的广场上正在举行一场帕瓦大会,年轻的孩子们穿着鲜艳可爱的衣服,到处都是欢乐的音乐声。然而当我走在当年的校舍之间,眼前全都是黑白色的,我的耳畔响起昔日同窗们的哭声。"

阿塔说起十二岁那年,一个来自亚利桑那州的印第安女孩在她面前自杀的过往。"她有最动人的笑容,红色的脸颊,一头美丽的长发,个头比我矮。有一天下午她来找我,她说自己要回家了。

我立刻明白她的意思。她事先准备了一瓶打字机的涂改液,大口吸进嘴里。她很快瘫倒在地上,那个场景恐怖极了。她奄奄一息地望着我,我紧握着她的手,直到她闭上眼睛。"阿塔总结道,"你能想到世上对一个人能做出的最残忍的事,就是寄宿学校施加在她身上的罪恶,而她唯一的自由就是抛弃自己的生命。"

我心生了拜访斯图尔特的念头,我想看一眼那块墓地。在朱迪·卡亚施基波斯的邮件引荐下,内华达州原住民事务委员会向我开了绿灯。几周后,我从加州首府萨克拉门托开车环绕太浩湖,跨过州界,最终抵达卡森城。这座位于沙漠河谷中的城市是内华达州的首府,地名是为了纪念美国白人探险家基特·卡森。崇山脚下的草地有大群的黑牛在吃草漫步,犹如一张绿毯上的黑珍珠。

委员会的主任史黛西·蒙图斯非常热情地接待了我,她来自沃克河派尤特部落,一头白发绑成一条粗辫子,沿着右肩优雅地垂下来。蒙图斯的祖母年仅四岁时就被送到斯图尔特,从她现在的办公桌能够看见当年祖母的寝室。"六号楼,"她手指窗外,然后从墙上摘下一张黑白照片,是她的祖母十三岁时在楼前拍下的,"你看,连角度都一样。"

斯图尔特建校于一八九〇年,比热内亚晚了六年,一直到一九八〇年才突然收到联邦政府关停的通知。蒙图斯专门找来一把钥匙,带我参观了许久未曾打开的学校剧院——一栋西班牙传教风格、标注着竣工年份(一九二五年)的砌石建筑。门一推开,往昔的尘土受到惊扰,四处飞扬。墙上紧闭的木窗上残存着几幅当年的宣传画,一幅写着"通向快乐",一幅写着"永恒的生命"。光线从侧门照进来,椅背上的铁罩条闪着银光,空荡荡的座位仿佛大鱼的鳞片。

"所有的学校档案，包括去世学生的档案，都锁在离这里只有一公里的仓库里。我和华盛顿的印第安事务局交涉了好几次，他们回复说斯图尔特的一部分学生依然活着，考虑到他们的隐私，不允许州政府获得这些档案。"蒙图斯无奈地笑了笑。

黄昏时分，我沿着一条两边长满荆棘的戈壁小径走到那块墓地。它是正方形的，大概有半个足球场那么大，四周用铁丝网拦着。入口的网格上绑着几条用彩珠编织的印第安装饰，我打开一个刚好容得下一人通过的缝隙，侧身进入。

墓地里散落着膝盖那么高的水泥墓碑，有的挂着一条红线，碑前有鲜艳的塑料花。越往后走，墓碑就越分散，有的地方什么标记都没有。

我蹲下身，环顾周围。几块墓碑上浅浅地刻着去世年份："〇九年""一一年"……我先是一惊，然后才想到那是一个世纪前的年份了。我们今天所经历的所有日期，其实都已经被前人一遍又一遍地重复使用过。

墓地边竖着一面星条旗，几只飞鸟排成一字形从旗杆上方掠过。

远处是连绵的浅赭色荒山，仿佛一个赤身裸体的印第安人躺在那里休憩，夕阳已经退到了戈壁的尽头。

我突然感到难过极了，一股从未体验过的强大能量灌入全身。

* * *

重回热内亚有一种轻车熟路的感觉。我在同一家牛排店吃了晚餐，饭菜依旧索然无味，但不知为何我却有些渴望回到那里。曾经坐过的用餐区客满了，我被侍从领到侧边的小隔间，墙上的电视机正在播放右翼媒体的新闻评论节目。我住进了同一家旅馆，当看见停车场对面的那栋公寓楼时，想要冲动搬进去的念头再一次浮现，虽然我依旧找不到在此停留数月的理由。

距离我第一次来热内亚已经相隔两年。故地重游的决定十分突然，几天前，我偶然读到一条关于热内亚原住民寄宿学校的新闻，报道说内布拉斯加州的考古专家将首次挖掘校园旧址中的墓地。我立刻打通了新任历史学会主任大卫·威廉姆斯的手机号码。"我们很有把握能找到孩子们的遗骨！"他很兴奋，"但电话上不方便详聊，还是见面再说吧。"

我早早地从旅馆出发。一路大雾，公路和两旁的玉米田消失在一片白色中。能见度只有几米，迎面而来的车辆开着前灯，在浓雾中犹如怪兽的眼睛。

这一次，地图导航上不仅能搜到原住民寄宿学校博物馆的地址，甚至还在水渠边的林地里标注出学校墓地的位置。我很意外，也十分感慨。

车经过那栋再熟悉不过的校舍。在逐渐靠近水渠时，路突然消失了，前方是树林和围栏。我决定往北开，然后寻找一条小路绕过树林折回水渠。

这么一条路的确存在，它是水渠旁一条光秃秃的土路。然而越往前开，路越窄，车轮离渠边只有一步之遥。路边出现一块警示牌，告知一旦出现事故，土地的所有者将不负任何责任。我心中虽然充满疑问，但看见路上有车轮碾过的痕迹，便继续向前。

终于，路被渠道的一道水闸截断了，闸上有铁轨经过。我下车，四处观望着，双脚踩在软塌塌的泥土里。在铁轨另一段的树林间隐约出现一个类似于白色帐篷的东西。难道是那里？我心想。

车小心翼翼地调转方向，按原路返回校舍，再从南边开向水渠。窗外出现相距甚远的独栋旧房子和不知用途的土堆。我继续向前开，渠道近在咫尺，从这里能窥见远处草地上的一圈红色的隔离网。开近后，是一个罩着白帆布的挖掘坑，旁边停着一辆皮卡，威廉姆斯和一个留着长发的年轻小伙正在卸下车后厢里的工具和一个盛满冰水的红色保温桶。

我从未见过威廉姆斯本人，他和照片中差别很小，高大魁梧，留着络腮胡，身穿卡其色的防晒钓鱼衬衫和浅灰色的登山裤，很容易就能辨认出来。威廉姆斯一边将一张巨大的防雨罩揭开，一边和我闲聊。他和助手这几天也住在哥伦布，是另外一家旅馆。听他说话，你能感觉他是一个温和而有耐心的人。也许这一次真的能够找到墓地。

"这块土地属于当地的电力公司，我们申请了四天挖掘时间，今天是最后一天。"威廉姆斯向我讲述开掘的第一天，现场被蜂拥而至的媒体记者挤得水泄不通，但到了第二天，人都蒸发不见了。

"我看新闻里说探地雷达检测出了疑似墓穴的信号？"我问。

他打开手机相册，给我看那张雷达图像：一共有四个向上凸起的小箭头，两两平行。

凸起的箭头一般被认为是墓穴的标记，这是罗伯·博泽尔教我的。

"抱歉我不能直接把这张照片传给你，"他说，"需要部落首领的许可。"

"如果我没记错的话,博泽尔之前也勘查过这个区域,它位于F格内。他当时没有测到任何异常吗?"我说。

"那一次没有检测到。我后来使用的是更灵敏的探地雷达,外请的嗅探犬也在这个地点闻出了气味。我们可能已经离孩子们的遗骸很近了。"

挖掘坑大约三平方米,威廉姆斯的助手和随后赶到的一个研究人类遗骸的年轻女专家(她需要辨别遗骨的年龄和性别,如果是未成年人,更能证明是学生的遗骸)用铁铲一层层向下挖,为了避免损害可能出现的碎骨、器皿或金属,他们每一次只铲开很薄一层土壤。我知道这是必要的,但依然等得十分焦急。

即使已经如此小心,现场还是发生了流血事件。威廉姆斯左手的大拇指被一把考古铲劈开了一大道口子,瞬间鲜血止不住地向外涌,一滴一滴地落入土坑中。他疾步走回皮卡,很困难地取出急救箱。我帮他用消毒药水冲洗伤口,再撕开大号的止血贴压在伤口上。血继续渗出,把我的手指都染红了,但最终还是慢慢止住了。

空气异常湿润,天也更加阴沉了。几辆皮卡缓缓开来,是北部几个印第安部落派来的代表。三个戴着棒球帽的印第安小伙不怎么说话,就这么沉默地盯着挖掘坑。天空渐渐飘起雨丝,渠道的水面上布满了深深浅浅的圆点。没过多久,天际传来轰隆的暗雷声,天更黑了,硕大的雨点开始噼里啪啦地落下。挖掘团队连忙用白色的帆布把整个坑严严实实地罩上,然后躲回各自的车里。

我原以为七月的雨并不持久,很快就会停歇。谁料雨越下越大,旁边的几辆车启动引擎开走了，我想他们可能是找个地方打发时间去了，于是我也去热内亚唯一一家咖啡店避雨。

咖啡店弥漫着一股乡间农舍的气息，餐桌是能够坐下至少六人的圆木桌。一群本地人模样的白人老头坐在靠窗的圆桌边看报纸。饮料单上种类丰富，但我发现无论点哪一款咖啡，都是从一个黑色的保温瓶里倒出的。我捡了一份别人看剩的当地报纸（每份六十美分的《热内亚领导者时报》），心想也许能读到挖掘墓地的新闻。头版是当地一座天主教堂在过去一百多年遭遇时代变迁的故事，接下来是热内亚历史博物馆的志愿者讲述热内亚的摩门教历史、热内亚公共图书馆举行儿童读书会的新闻。

我一直往后翻，终于读到一对夫妻来到热内亚寻找先人的故事。也许是黑脚部落吉勒姆夫妇？我心想。

并不是。故事的主人公是一对白人摩门教夫妻，妻子家族中的一个长辈曾在热内亚传教，他们只是想看看长辈当年生活过的地方。

我读完报纸，雨也几乎停了。

"你来热内亚做什么？"结账时店主友善地问。

几辆皮卡又陆陆续续地开回挖掘坑，草地上泥泞极了，人们的裤腿上很快就沾上了泥渍。

又开来了几辆车。一个高个头的白人男子从车厢里取出两把折叠椅，放在树下。我觉得在哪里见过他。

我去附近逛了一圈，回来时发现朱迪·卡亚施基波斯也来了，她穿着一件宽大的白色衬衫，里面是纪念原住民寄宿学校的橙色圆领衫，手里举着一个咖啡纸杯。和一年多前相比，她似乎苍老了许多，但更接近她的真实年龄。我们热情地打招呼。"我们刚才去买咖啡，店员说城里出现了一个亚洲人，我立刻对斯考特说，肯定是你！"卡亚施基波斯说。我恍然大悟，高个头的白人男子是斯考特。

"这几天我一醒来就接受采访，嗓子都说哑了。"她抱怨中又带着得意，"我不敢相信这真的发生了，我们已经等了太长时间。当年这些孩子去世时，学校并没有邀请他们的家长和部落代表到现场举行传统的葬礼。在印第安的文化里，由于缺乏正确的仪式，他们的灵魂在离开躯体的时候迷失了，所以我们需要重新为遗骨举行安葬仪式。"

我想起在玫瑰花蕾保留地时，伊扬·奎格莉讲述过把她把赭红色的颜料涂在尸骨上，那是葬礼的一个重要的步骤。

"找到孩子们的遗骨后会有什么程序？"我问。

"都已经考虑好了，"卡亚施基波斯解释说，"我们会暂时把遗骸留在原地，做好保护，然后咨询几个部落的首领，听从他们的决定。也许会检测遗骸的DNA，但更大的可能性是建一座悼念寄宿学校死难者的纪念碑。"说罢，她的手机响了，"又是另一个电话采访。"

挖掘坑边出现了另一个熟悉的身影，是南希·卡尔森。她的头发变长了，戴着一副塑胶手套，正在把从坑中铲出来的土过一遍筛子。"你还记得我吗？"我问。她面无表情地点点头。

我想知道这座以白人居民为主的小城对挖掘墓地的看法，她倒是直言不讳，说一些本地居民很不高兴，觉得原住民学校的过去败坏了热内亚的名声，这样一遍又一遍地从历史里刨出东西没有意义,凡事都要向前看。"但他们不敢当着我的面说。"

我问起下个月的校友会。"我已经退出了,让更年轻的人负责。"她说。

在挖掘坑周围的草地上开满了喇叭状的白色小花,一列长长的火车从铁轨上经过,这个季节谷物还未成熟,灰色的货厢里也许装着内布拉斯加州盛产的牛肉、生物燃料或者化肥,很多车厢被画上了涂鸦。大雨过后,气温开始升高,一股湿热从地面上升起,粘在人们的皮肤上。威廉姆斯脸上兴奋的神情渐渐消失了,他不断地擦汗,长发小伙的白衣服已经沾满了污泥。坑的深度已经接近一米五,依然没有挖到雷达图像中的东西,连一块铁都没有。

最后一朵云从天空飘过后,剧烈的阳光如同倾盆暴雨一般照射下来,很快就到了难以忍受的程度,围观的人抵不过暴晒,纷纷躲到破碎的树荫里或者回到车上。

我到城里拍几张照片。维拉德街一个行人也没有,咖啡店已经挂上打烊的牌子,这里已经看不出一丝曾经下过大雨的痕迹。在一个拐角的砖墙上画着一面巨大的星条旗和一只鹰兽。"我们信仰上帝,我们团结一致",墙上写着。

威廉姆斯说他们可以一直挖到下午五点,于是我决定先回旅馆,晚一点再回来。"稍后见,我们会找到的。"他已经不像一大早时那么信心十足。

刚过下午四点,我就迫不及待地拨打了威廉姆斯的手机。无人接听。我又拨了几次,还留了信息。难道找到遗骨了?疑虑中,我又找到了南希的号码,依然无人接听。可能真的找到了,我心想,他们现在一定忙成一团,才没有时间理会我。我有些懊恼自己为了避暑，错过了遗骨重见天日的那一刻。

我立刻出发。公路像是射出的箭一样笔直，窗外是金灿灿的阳光，这是一年中白昼最漫长的时期，一切计划和心愿都有足够的时间去实现。

然而，水渠边的草地上只剩下一辆车，挖掘坑已经重新被白色的帆布盖起来了。我看了一眼时间，还不到五点。

我下车，跑到那辆车边。威廉姆斯摇下车窗，从他的表情我已经能猜到答案。

"很遗憾，什么都没有找到。"他说，"也许挖得不够深。"

"接下来怎么办？"我问。

"也许下周可以继续。"他似乎并不相信自己说的话。

"总会找到他们的，"我说，"只是时间问题。"

内布拉斯加州热内亚原住民寄宿学校旧址

热内亚原住民寄宿学校校园生活旧照

原住民寄宿学校幸存者贝茨和妹妹格蕾丝的童年照

卡莱尔原住民寄宿学校遇害学生艾文（左二）和同学们

内华达州斯图尔特原住民寄宿学校的墓地

南达科他州玫瑰花蕾部落埋葬回迁遗骨的墓园

图书在版编目（CIP）数据

美国路人 / 刘骁骞著. -- 北京：新星出版社，
2025. 2. -- ISBN 978-7-5133-5782-1

Ⅰ. I25
中国国家版本馆CIP数据核字第2024EH0734号

美国路人
刘骁骞 著

责任编辑	汪　欣	**特约编辑**	褚方叶　王　雪
装帧设计	韩　笑	**内文制作**	王春雪
责任印制	李珊珊　史广宣		

出 版 人　马汝军
出　　版　新星出版社
　　　　　（北京市西城区车公庄大街丙3号楼8001　100044）
发　　行　新经典发行有限公司
　　　　　电话（010）68423599　邮箱 editor@readinglife.com
网　　址　www.newstarpress.com
法律顾问　北京市岳成律师事务所
印　　刷　河北鹏润印刷有限公司
开　　本　880mm×1230mm　1/32
印　　张　9.5
字　　数　205千字
版　　次　2025年2月第1版　2025年2月第1次印刷
书　　号　ISBN 978-7-5133-5782-1
定　　价　69.00元

版权专有，侵权必究。如有印装质量问题，请发邮件至 zhiliang@readinglife.com